엘리나리제

리랴

파울로

루데우스

인물소개

"아아, 다행이다…"

무직전생

이세계에 갔으면
최선을 다한다

⑫

글 리후진 나 마고노테　　일러스트 시로타카　옮긴이 한신남

無職転生　～異世界行ったら本気だす～ 12

©Rifujin na Magonote 2016
First published in Japan in 2016 by KADOKAWA CORPORATION, Tokyo.
Korean translation rights arranged with KADOKAWA CORPORATION, Tokyo.

이 책의 한국어판 저작권은 일본 KADOKAWA CORPORATION과의 독점 계약으로
(주)학산문화사에 있습니다.
저작권법에 의해 한국 내에서 보호를 받는 저작물이므로 불법 복제와 스캔 등을 이용한
무단 전재 및 유포 시 법적 제재를 받게 됨을 알려 드립니다.

CONTENTS

"눈을 돌리고 싶어질 정도로

잔혹한 현실은 반드시 찾아오겠지."

**When my father dies and my mother has got ill,
what should made neatness?**

글 : 루데우스 그레이랫

옮김 : 진 RF 매곳

제12장

청소년기

미궁편

제1화 도착

   미궁도시 라판.

   그 도시는 달리 찾아볼 수 없는 신기한 우리에 둘러싸여 있었다. 광대한 사막 안에 하얗고 거대한 우리가 있는 것이다. 뭔가 싶어서 그 우리로 다가가서 확인하니, 그것은 다름 아닌 뼈였다. 거대한 베히모스의 뼈인 것이다. 라판이란 도시 하나를 통째로 뒤덮을 정도로 거대한 늑골 안에 만들어진 도시였다.

   과거 작은 오아시스에 불과했던 이곳은 베히모스의 시체 덕분에 변모했다. 놀랄 만큼 많은 미궁이 출현하고 수많은 모험가를 끌어들이는 곳이 되었다. 일확천금을 꿈꾸는 모험가가 전 세계에서 라판으로 모이면서 수많은 감동극과 비극이 생겨났다.

   혼돈이 가득한 이 도시는 지금 베가리트에서도 손꼽히는 대도시다.

      —— 모험가 블러디칸트 저 『세계를 걷는다』에서 발췌

   『세계를 걷는다』를 읽은 기억도 희미하다.

라판은 대도시다. 특징적인 열두 개의 하얀 기둥을 중심으로 흙색의 도시가 펼쳐졌다. 건물도 흙과 마물에게서 채취한 소재로 만들어졌다. 이런 분위기의 도시는 마대륙에서 쉽게 찾아볼 수 있다.

그렇긴 해도 의외로 나무도 많았다. 뼈기둥 옆에 오아시스가 있는 탓일까. 멀리서 봐도 야자나무 같은 게 보였다.

분위기도 독특하다. 야만스러운 냄새라고 할까? 노예시장에서도 비슷한 인간 냄새가 난다.

"놀랐나? 저 기둥은 베히모스의 늑골이야."

걸으면서 관찰하고 있으니 가르반이 자랑하듯이 말을 붙여 왔다. 포메이션 관계상 최근에는 가르반과 대화하는 일이 많다. 그는 자랑하길 좋아한다. 거짓인지 진짜인지 모르는 자랑뿐이지만, 이야기를 듣는 쪽으로선 재미있다.

"옛날에 바로 그 대영웅, 북신 칼맨 2세가 여기에 들렀을 때, 이 사막에서 날뛰던 거대한 베히모스를 동료와 함께 퇴치했지. 베히모스의 살은 먹히고 썩어서 지금은 흔적도 남지 않았지만, 뼈만큼은 지금도 이렇게 썩지 않고 계속 남아 있는 거야."

"헤에."

여기는 북신 칼맨과 관련 있는 땅인가.

북신의 일화는 몇 가지 알고 있었지만, 베히모스를 해치웠다는 이야기는 처음이군.

여행 도중에 딱 한 번 베히모스를 봤는데, 너무 커서 해치운다는 생각도 들지 않았다. 그런 걸 해치운다니 제정신으로 할 짓이 아니다.

어떻게 해치웠을까. 뭐, 북신은 불사신 마왕이나 거대한 드래곤을 해치웠다는 모양이니까, 그렇게 HP가 높은 괴물을 쓰러뜨리는 게 취미였을지도 모르겠군.

"미궁이 많은 건 북신이 퇴치한 베히모스를 먹은 마물 중에 개미 계열이 섞여 있었기 때문이야. 강력한 마물의 살을 먹으면 강력한 마물이 생기지. 변이를 일으킨 개미가 대량의 둥지를 팠고, 그게 전부 미궁으로 변한 거야."

"그렇군요."

베히모스가 죽어서 거기에 벌레가 꼬였고, 벌레가 번식하여 둥지를 튼다. 그리고 오랜 세월을 거치면서 대량의 벌레가 죽고 둥지가 변이했다, 그런 이야기인가.

참고로 강력한 마물의 살을 먹으면 강력한 마물이 생겨난다는 것은 속설이다.

인어 고기를 먹으면 불사신이 된다는 이야기만큼이나 신빙성이 없다. 혹시 그렇게 해서 강력한 마물이 생겨난다면 마물의 살을 일상적으로 먹는 마대륙 사람들은 더 강해도 이상하지 않다. 마물의 살을 먹으면 강해지는 것이 마물만의 특권인 것도 아닐 테고.

아니, 잠깐만? 바디가디나 키시리카 같은 녀석이 태어날 가능성이 커진다는 설은 어떨까? 마물은 애초에 보통 생물의 돌연변이 같은 것이고, 사람에게서 돌연변이 생물이 태어나도 이상하지 않다.

큰일이네. 나도 마물의 살을 꽤 먹었는데. 어쩐다. 실피의 배 속에 있는 아이가 태어난 순간 '짐은 마, 계, 대, 제!'라고 소리친다든가….

뻐꾸기 둥지에 알을 낳은 때까치의 기분이 된 걸지도 모르겠다.

"전 세계에서 상인과 모험가가 여기로 모여들지."

차례로 산출되는 마법 아이템. 날개 돋친 듯이 팔리는 무구나 마도구. 아무리 많아도 부족한 마석, 마력결정. 그런 일정한 상품을 가져오면 틀림없이 비싼 값에 모두 팔 수 있다.

상인으로서는 그런 꿈의 땅인 모양이다.

물론 여기에 오려면 사막을 통과할 지식 같은 것이 필요하다. 고로 한정된 상인에게만 허락되는 장사라는 소리다.

하지만 중앙대륙에 가면 더 안전하게 돈을 벌 수 있는 장사가 얼마든지 있을 텐데.

우물 안 개구리. 사막 속의 모래다.

그렇긴 해도 가르반은 그런 스스로에게 취한 모양이니까 찬물을 끼얹기도 그렇군. 그 같은 상인이 있으니까 경제가 돌아간다.

라판에 도착하고 가르반 일행과 헤어졌다. 그들은 도시 가장 자리 쪽에 천막을 친다고 했다.

짧은 시간이었지만 그들에게는 많은 것을 배웠다.

"감사합니다."

"우리가 할 말이지. 또 무슨 일이 있거든 말하라고."

담백한 이별. 짧은 시간이었지만 신세 졌다는 의미일까. 바리바돔이나 카루메리타에게는 가볍게 인사하는 걸로 끝냈다. 조금 어색한 분위기였지만, 응어리는 남지 않았다고 생각하고 싶다.

자, 기스를 찾아야겠지. 아니면 파울로나.

바삐 달려오긴 했는데 여기에 있으려나?

해가 지기 전까지 아직 시간이 있다. 평소라면 숙소를 확보하는 게 우선인데, 그들을 찾는 쪽을 우선해야 할까?

"어떻게 할까요?"

"글쎄요. 이 정도로 큰 도시라면 모험가 길드도 있을 테니 그쪽으로 가 보죠."

"알겠습니다."

먼저 짐을 풀고 싶었지만, 괜찮겠지.

가능하면 숙소도 기스나 파울로와 같은 곳으로 하고 싶고.

사람들에게 모험가 길드의 위치를 물어보니 도시 중심 근처에 있다는 대답이 돌아왔다. 길드란 건 보통 중심에 있군.

오가는 사람들 중에는 상인이 많았다. 상인은 대개 가르반과 비슷한 모습이었다. 터번에 몸을 완전히 뒤덮는 스타일의 옷. 덥수룩한 수염. 그런 모습의 사람이 낙타를 끌고 걷든가 길가에 천을 깔고 장사를 하고 있었다. 이쪽은 피부를 완전히 숨긴 사람이 많다.

천으로 그늘을 만들고 장사하는 사람들 중에는 알라딘 같은 모습인 사람도 있었다. 잡화상인지 금속 램프나 기묘한 무늬가 그려진 항아리 같은 걸 팔았다. 진짜로 아라비안이란 느낌이군.

아마도 리코더를 불면 그 항아리 안에서 레드 스네이크가 컴온하겠지.

모험가 길드로 다가가자 낯익은 모습의 모험가들이 많아졌다. 이 근처에는 중앙대륙 출신도 많겠지. 다만 다들 역전을 거친 사람의 얼굴이었다. 아마도 전원이 미궁 탐색 전문의 S급이겠지.

기본적으로는 얇은 옷차림의 사람이 많았다.

햇살이 강한 곳에서는 옷을 잘 챙겨 입지 않으면 위험한데, 장시간 밖에 나오지 않으니까 문제없는 걸까.

모험가 길드는 거대한 바위를 뚫어서 만든 건조물이었다.

아마도 마술로 만들었겠지. 나도 비슷한 것을 만들 수 있으니까 금방 이해가 되었다.

물론 내가 만든 것보다 더 잘 만들었다. 입구에는 정교한 조각이 새겨졌고, 안에 들어가니 바람이 잘 통해서 시원했다.

모험가 길드 안의 분위기는 어디든 대충 비슷한데, 역시 여기는 장소가 장소인 만큼 신입 모험가의 모습은 보이지 않았다. 다들 강해 보였다.

특히나 얼굴이나 몸에 흉터가 있는 모습이 눈에 띄었다. 분명 정신적인 부상을 입은 이도 많겠지.

이 중에서 부모 밑에서 편하게 살았던 건 나밖에 없을 거다.

"자, 일단 파울로나 기스에 대해 물어보고 올게요."

"글쎄요. 물어보면 알 수 있을까요?"

"기스는 이런 곳에 정보망을 깔아두니까, 이름만 말하면 저쪽에서라도…. 어머, 그럴 필요도 없겠네요."

엘리나리제의 말. 그녀의 시선을 따라가니 모험가 길드 구석에 원숭이 같은 얼굴의 그 녀석이 있었다.

수족 검사와 뭔가 대화하고 있었다.

"어이, 부탁 좀 하자. 너도 그 녀석에게 신세 좀 졌잖냐."

"무리인 건 무리야."

"그걸 좀 어떻게 안 될까? 한시가 급해."

"벌써 한 달이잖아? 죽었을걸."

"아니, 절대 안 죽었어. 게다가 시체를 확인하려고 해도 사람이 필요해. 응? 부탁 좀 하자. 네 검술을 믿고 이렇게 부탁하는 거야. 뭣 하면 보수는 곱절로 줄 수 있어."

꽤나 필사적인 표정이다. 기스 녀석, 저런 얼굴도 할 수 있구나.

"미안한데 다른 데 가서 말해. 나는 아직 죽기 싫으니까."

기스는 한동안 수족 전사에게 뭐라고 부탁했지만, 이윽고 수족 전사는 고개를 내젓고 기스는 이쪽에까지 들릴 만큼 크게 혀를 찼다.

"칫, 겁쟁이 자식! 그러고도 용케 모험가를 해 먹고 있구나!"

"…흥, 맘대로 떠들라지."

수족 남자는 기스의 투덜거림에도 돌아보지 않고 그렇게 말하더니 건물에서 나갔다.

기스가 저렇게 투덜거리다니 신기한 일이다. 아니, 내가 기스에 대해 많이 아는 것도 아니다. 내가 아는 기스는 더 표표한 느낌이었고.

"기스가 꽤나 절박한 모양이네요."

"어머, 기스는 보통 저런데요?"

"그렇습니까? 내가 생각하기로는 조금 더…."

"분명 루데우스의 앞에서는 어른스럽게 굴었던 거겠죠…. 기스!"

기스가 주위를 두리번거리다가 우리를 발견하더니 눈을 치켜뜨고 이쪽을 향해 비틀비틀 걸어왔다.

"오, 오오! 엘리나리제잖아!"

"늦어서 미안해요."

엘리나리제가 그렇게 말하자 기스는 힘없이 웃었다.

"그건 아니지. 오히려 너무 빨랐어."

기스는 얼굴을 펴더니 엘리나리제의 어깨를 탁탁 두들겼다.

"어이, 그보다 어떻게 이렇게 빨리 왔어, 엉? 편지 보낸 건 고작 반년 전인데? 아, 혹시 편지 안 봤어? 엇갈렸나?"

"거기에 대해선 나중에 이야기하지요. 제니스 쪽은 어떻게 되었나요?"

엘리나리제의 질문에 기스의 얼굴이 흐려졌다.

"안 좋아. 장기전이 될 거라고 생각하고 너희에게도 편지를 보냈는데…. 솔직히…. 음, 이쪽도 자세한 이야기는 나중에 할게."

상황은 안 좋은 모양이지만, 그건 예상했던 바이다.

여기 도착했을 때에는 이미 다 해결된 상태일 거란 낙관적인 가능성은 사라졌다.

"아무튼 아버지에게 안내해 주세요."

기스는 나를 보더니 눈을 휘둥그레 떴다. 그리고 코 밑을 벅벅 긁적였다.

"어, 어어…. 뭐야, 선배로군. 꽤나 컸는데."

"기스 씨는 변함없는 모양이네요."

"흥, 그만해. 낯간지러워. 신입이라고 부르면 돼."

아, 이런 대화 오래간만이네.

"어머나, 꽤나 사이가 좋군요?"

엘리나리제가 재미있다는 듯이 말했다. 기스는 그 말을 듣고 실실 웃었다.

"뭐, 같은 감옥 신세를 진 사이니까. 그렇지, 선배?"

"예, 그렇네요."

돌디어족의 마을에서 알몸으로 감옥 신세. 정말 그렇다.

내가 마대륙에서 미리스 대륙으로 넘어가 유괴범 누명을 쓰고 돌디어족의 마을로 끌려갔을 때의 일이다. 돌디어족은 중죄인을 알몸으로 감옥에 넣는다. 나는 성수를 납치해서 야한 짓을 했다는 죄로 알몸이 되어 감옥에 갇혔다. 물론 누명이다. 누가 강아지에게 야한 짓을 한단 말인가.

그리고 거기서 만난 것이 기스. 경범죄를 저지르고 붙잡혔다는, 통도 크게 노는 도적이다.

"음, 계속 여기 있을 수도 없지. 파울로에게 안내할게."

기스는 그렇게 말하더니 힘없이 웃고 모험가 길드를 뒤로 했다.

파울로 일행이 머문다는 곳은 도시 구석에 있는 숙소였다.

흙과 돌로 만든 건축물. 마대륙 기준으로는 B급 모험가 숙소일까. 좋지도 나쁘지도 않다.

입구까지 왔을 때 기스는 말했다.

"일단 말해두겠는데, 파울로도 꽤나 초조한 상태니까. 엘리나리제, 너도 할 말이 있겠지만, 이번에는 좀 참아줘."

"…약속까진 할 수 없지만요."

엘리나리제는 그렇게 말하며 고개를 내저었다. 기스는 쓴웃음을 지으면서 어깨를 으쓱였지만 그 이상은 별말 없었다. 뭐, 엘리나리제라면 갑자기 싸우자고 덤빌 일은 없겠지.

"선배도. 저번처럼 싸우진 말아줘. 만나면 하고 싶은 말이 많이 있겠지만, 일단 녀석을 탓하진 말아줘."

사전에 그런 말을 할 정도로 파울로의 상태는 안 좋은 모양이다. 물론 나는 이전에도 약해지고 힘을 잃은 파울로를 보았다. 마음의 준비는 해둬야지.

파울로는 그렇게 보여도 정신적으로 꽤나 약하다. 무슨 일이 있으면 금세 힘을 잃는다. 두부 멘탈 정도는 아니지만, 과거에도 큰 좌절을 별로 겪지 않은 타입이군. 제니스를 찾으면 부에나 마을에 있을 때의 자신만만한 파울로로 돌아오겠지만….

뭐, 이번 일이 중요하단 뜻이다. 관대하게 가자. 부처님 루데우스라는 소리를 들을 레벨로 가자.

"그럼 들어가자."

기스는 그렇게 말하더니 숙소 안으로 들어갔다. 문은 없고 커튼 같은 천을 헤치며 안으로 들어갔다.

모험가용 숙소의 1층은 대체로 어디고 비슷한 구조다.

식사를 하기 위한 장소다. 테이블의 재질이나 배치 등이 다를 뿐이지 큰 차이는 없다.

파울로는 한눈에 찾을 수 있었다. 테이블 위에 푹 엎어진 남자다.

"…아."

작은 소리를 내는 사람이 있었다.

파울로의 바로 옆에 선 인물. 리랴다. 이런 곳에서도 메이드 복을 입고 있다. 항상 아름다운 모습인 그녀의 머리칼은 푸석 푸석하고, 지친 얼굴을 하고 있다. 하지만 나와 눈이 마주치자 그 얼굴은 다소 밝아졌다. 그녀는 나에게 인사하고 곧바로 파 울로의 등을 쓸었다.

파울로의 정면에 앉아 있던 여성도 일어섰다. 그녀는 내 얼 굴을 보더니 몇 걸음 뒤로 물러난 뒤 놀란 얼굴로 고개를 숙였 다. 로브 차림의 여성이었다.

저건 베라였던가, 쉐라였던가.

분명히 쉐라였지. 미리시온에서 만났던 경리 담당이다. 그녀 도 지친 얼굴이었다.

다들 지친 얼굴을 하고 있다.

나는 그녀가 앉았던 자리, 파울로의 정면에 앉았다.

"여보, 루데우스 님이 오셨습니다."

"음…?"

파울로는 리랴의 손길에 천천히 고개를 들었다.

눈 밑은 시커멓고, 전체적으로 완전히 여위었다. 몰골이 지 독하지만, 수염도 잘 깎았고 머리도 그럭저럭 매만진 모양이 다. 저번처럼 술 취한 모습도 아니다.

하지만 그때처럼 궁지에 몰린 상황임을 알 수 있었다.

오길 잘했다.

파울로가 이런 상태라면 그것만으로도 내가 온 의미가 있다.

"루디…?"

"아버지, 오래간만입니다."

파울로는 내 얼굴을 멍하니 바라보았다. 마치 잠이 덜 깨서 헛것을 보았다는 듯이.

아니, 실제로 자고 있었을까. 테이블에 엎어져서 깜박 잠들었든가.

오래간만의 재회.

저번에는 화를 내며 야유를 던졌다. 파울로도 궁지에 몰린 상태였다지만, 나도 심하게 반발하면서 싸움을 벌였다.

오늘은 그러지 않는다. 왜냐면 나는 부처님 루데우스.

"어…? 이상하네. 루디가 보여…. 하하, 여어, 루디, 오래간만. 건강해 보이네. 노른이랑 아이샤는 건강하게 있냐?"

파울로는 어두운 안색으로 그렇게 말했다.

솔직히 예상 밖의 반응이었다. 저번처럼 술에 취해서 약해진 파울로가 나올 줄 알았다. 그리고 술병을 한손에 들고 나한테 욕을 하려나 싶었다.

"노, 노른과 아이샤는 제가 보호했습니다. 지금은 마법도시 샤리아에서 살고 있지요. 일단 믿음직한 사람에게 뒷일을 맡기고 왔으니 괜찮습니다."

"그래, 그래, 역시나 루디구나. 든든하다니까. 아, 너는 어때? 건강하냐?"

"예…. 뭐, 건강하지요."

파울로는 넋 나간 기색으로 히죽 웃었다. 이런 자리에 어울리지 않게 힘없는 웃음이었다.

오싹할 정도였다.

"그래, 그럼 됐어. 건강이 제일이지."

파울로의 눈은 죽어 있었다. 어쩌면 정신적으로 맛이 가서 폐인이 된 걸까.

불안한 얼굴로 기스를 보니 녀석은 진지한 표정으로 끄덕였다.

진짜냐. 파울로, 이 정도까지 몰린 거야…?

"루디…."

파울로는 비틀비틀 일어서더니 테이블을 돌아서 이쪽으로 다가왔다.

그리고 나를 꽉 끌어안았다.

"이 애비는 말이지, 틀려먹었다…."

나는 말없이 파울로를 받아 안았다. 파울로는 틀렸을지도 모른다. 두 번 다시 원래대로 돌아올 수 없을지도 모른다. 이제 곧 손주도 태어나는데. 이렇게 되다니….

하지만 내가 왔으니까 괜찮다. 내가 어떻게든 하자. 그러기 위해 왔다.

"네 엄마는 못 구했고, 스스로 정한 것도 못 지켰다. 부모로서 너한테 하나도 못 해 주고. 정말 한심한 녀석이야."

"안심하세요. 제가 왔으니까 이제 괜찮아요."

"으윽…. 루디, 너, 정말로 많이 컸구나."

파울로는 내 어깨를 세게 붙들었다. 조금 아프다. 하지만 참자.

"많이 자랐습니다. 이제 곧 아이도 태어나요. 그러니까 안심하고, 뒷일은 제게 맡기고 푹 쉬세요."

"……뭐? 아이?!"

거기서 파울로가 이상한 소리를 냈다. 그와 동시에 갑자기 눈에 빛이 돌아왔다.

"오, 오오?"

여우에 홀린 듯한 표정으로 내 얼굴을 이리저리 만졌다.

"…혹시, 진짜냐?"

"진짜입니다."

"꿈이 아니라?"

"꿈에서나 볼 만큼 멋진 남자죠?"

"…아, 진짜구나."

파울로는 눈을 껌뻑이더니 주위를 보았다. 리랴와 눈이 마주쳤다.

"일어나셨나요, 여보."

"어어, 리랴. 얼마나 잤던 거야?"

"탈핸드 님이 물건을 산다고 나가셨을 때부터니까… 대략 한

시간 정도입니다."

"그런가, 잠이 덜 깼었나 보군."

파울로는 머리를 흔들고 쭈욱 기지개를 켰다. 흠, 역시 잠이 덜 깼던 것뿐인가.

폐인은 아닌 모양이다. 다행이다. 이 나이에 벌써 수발을 들어야 하나 싶었다.

파울로는 다시 의자에 앉아 내 쪽을 바라보았다. 그리고 이야기를 처음부터 다시 시작하자는 듯이 물었다.

"…루디, 너 왜 여기에 있지?"

"방금 전에도 말했습니다만, 도우러 왔습니다."

"아니, 그런 의미가 아니라…."

나는 고개를 내저었다. 예상했던 질문이다. 이전에는 이런 점에서 엇갈리면서 싸움으로 발전했지만, 이번에는 괜찮다. 편지는 봤고, 노른도 아이샤도 보호했다.

"괜찮습니다, 노른도 아이샤도 무사히 보호했습니다."

아까 했던 말을 거듭했다.

"그, 그런가."

파울로는 혼란스러운 모양인지 내 몸을 툭툭 건드려 보았다. 마치 정말로 여기에 있는지 확인하듯이.

"아니, 하지만, 그게… 너무 빠르지 않아?"

"조금 특수한 이동방법으로 왔습니다. 돌아갈 때 이야기하겠습니다."

"특수라…. 뭐, 너라면 그런 것도 있을 법한가….”

파울로는 얼떨떨한 얼굴로 어깨를 축 늘어뜨렸다. 여전히 넋 나간 표정이다.

"일단 편지를 보낸 뒤에 무슨 일이 있었는지 들려주시겠습니까?”

"아니, 잠깐만 있어봐. 좀 정신이 없군.”

"그렇군요. 물이라도 마시면서 진정해 보세요.”

나는 흙 마술로 컵을 만들고 물 마술로 물을 주르륵 채워서 파울로에게 건넸다.

파울로는 그걸 얌전히 받아선 바로 싹 비웠다. 그리고 푸앗 소리 내며 숨을 내뱉었다.

"미안, 조금 놀랐다. 기스가 멋대로 편지를 보낸 건 알고 있었지만, 도착하려면 조금 더 걸릴 줄 알아서.”

"서둘러 왔으니까요.”

그렇게 말하자 파울로는 쓴웃음을 보였다.

"서둘렀다고 해도 너무 빠르지 않냐?”

한 달 반. 파울로의 입장으로는 반년 남짓인가. 그렇다고 해도 빠른가. 빠르겠지. 보통은 그 뒤로 1년은 걸린다. 파울로도 앞으로 열 달은 더 있어야 한다고 봤겠지.

그때 파울로는 턱에 손을 대고 뭔가 생각하는 얼굴을 했다. 그리고 다소 긴장한 표정으로 내게 물었다. 그 목소리는 느릿느릿해서 뭔가 확인하는 듯한 목소리였다.

"그러고 보니 아까 자식이 태어난다고 그랬던가?"

그러고 보니 말했지. 숨길 생각은 없지만. 역시나 꾸중을 들을까.

내가 이렇게 중요한 상황에서 혼자만 행복하게 지냈다고.

나는 말을 고르면서 대답했다.

"저기. 사실은 마법대학에 재학하는 도중에 결혼했습니다."

"…결혼?"

파울로의 눈썹이 꿈틀거렸다.

"누구랑…. 아, 에리스인가?"

"아뇨, 실피랑. 마법대학에서 재회했습니다."

"실피? 부에나 마을의 그 애인가…. 살아 있었나."

"예, 그녀는 그녀대로 고생이 많았지만요."

파울로는 놀란 얼굴로 턱을 쓸었다. 몇 차례 편지를 보냈을 텐데, 역시나 도착하지 않았나.

"결혼까지의 경위, 들어보시겠습니까?"

"…어, 어어. 그래, 일단 들려줘."

나는 편지를 보낸 뒤의 일을 말하기로 했다. 마법대학에 입학하고 결혼에 이르기까지의 이야기를.

내용은 신중하게 말했다.

솔직히 학교생활은 즐거운 추억뿐이다. 분명히 조금 싫은 일도 있었지만, 장밋빛이라고 해도 과언이 아니다.

친구도 생겼고 연인도 생겼다. 일만 생기면 잔치도 했다.

최대한 객관적인 말이 되도록 주의하면서 말했다.

하지만 숨기진 않았다. 즐겁게 보냈던 것은 틀림없는 사실이니까.

"그래…. 아이가…. 내 손주인가…."

나는 질책을 각오했다. 아이가 생겼다는 소리는 즉, 아이가 생길 만한 일을 했다는 소리다. 파울로가 필사적으로 제니스를 구하려는 때에 말이다.

보통은 화를 내겠지. 쾌락을 동반하는 것이고, 파울로는 금욕 생활을 했던 모양이다.

그런 생각을 하는 내 앞에서 파울로는 고개를 숙였다.

"미안했다. 내가 못난 탓에 아버지가 되려는 녀석을 이런 데까지 불러내고."

사과했다. 다름 아닌 파울로가.

"아뇨, 나야말로 죄송스럽게 생각합니다. 어머니를 찾지도 못했는데 나만."

"아니, 내가 그걸 뭐라고 할 순 없지. 나도 리랴를 한 번 안았으니까."

리랴와는 부부니까 괜찮지 않나? 라고 생각하는데.

"제니스를 구할 때까지는 안 하기로 했는데 말이지. 정말로 한심해…."

파울로는 고개를 숙이고 또 울 것 같은 얼굴을 했다. 약하군. 유리 멘탈인 십대 같다.

그때 리랴가 끼어들었다.

"서큐버스 때문입니다. 어쩔 수 없었습니다."

"그래도 말이지, 너, 그런…. 으으, 제길…."

파울로가 뭔가를 떠올리고 머리를 싸쥐었다.

그래, 서큐버스인가. 서큐버스라면 어쩔 수 없지. 나도 마주
쳤지만, 그건 견딜 수 없다. 인간이 마음속에 숨기고 있는 것
을 끄집어내는 느낌이다.

하지만 서큐버스의 공격은 해독 마술로 치료할 수 있다.

파울로의 파티에도 치유 술사가 있었을 텐데.

그리고 힐끗 쉐라를 보았다. 그녀는 내 시선을 받더니 명백
하게 당황했다.

"죄, 죄송합니다. 저기, 단장이, 무서워서, 아무것도 못 하
고…."

"루디, 그녀에게 뭐라고 하진 마라. 내가 잘못한 거니까."

아마도 발정한 파울로가 주위 여자를 덮친 거겠지. 이 남자
가 제대로 발정하면 진짜 무서울 거다. 하물며 파울로의 파티
는 파울로가 전력의 중심이다. 해독 마술은 상대에게 손을 대
지 않으면 발동할 수 없다. 파울로를 제압하고 해독 마술을 쓴
다는 건 불가능했겠지. 그래서 리랴가 몸을 바친 거겠지.

"나도 도중에 서큐버스와 만났습니다. 그 무서움은 잘 압니
다. 어쩔 수 없는 상대지요."

"하지만 탈핸드는 아무렇지도 않은데 나만…."

그러고 보니 이 파티에는 탈핸드라는 남자가 있었지.

그는 괜찮았단 말인가. 어떻게 된 걸까? 거기에 저항할 수 있는 남자가 있다. 혹시 드워프에게는 안 먹힌다든가?

그런 생각을 하는데 파울로가 나를 바라보고 있었다.

"왜 그러나요?"

물어보니 파울로는 코 밑을 쓱쓱 문지르면서 대답했다.

"아니, 너, 지금은 스스로를 '나'라고 말하는 것 같아서."

"예?"

지적에 나는 내 일인칭이 변했음을 깨달았다.

그러고 보면 어느 틈에 그렇게 말하게 되었군. 의도적으로 상황에 맞춰 바꾸었는데, 자노바나 다른 애들과 어울린 탓인지 점점 섞인 모양이다.

"아, 죄송합니다. 제가 그만."

"아니, 괜찮아. 그 편이 더 남자답고 좋네."

파울로는 웃었다. 웃긴 했지만, 눈가에는 굵은 눈물이 맺혀 있었다.

눈물이 뚝 떨어졌다. 한 방울 떨어진 뒤로는 계속해서 뚝뚝 떨어졌다.

멈추지 않고 떨어졌다.

"…루디, 너 정말 많이 컸구나…."

그런 말에 나도 울고 싶어졌다.

우리는 가족인데. 서로의 변화도 모른다.

"애비가 이렇게 한심해서 미안하다⋯."

"⋯⋯."

나는 말없이 파울로의 어깨를 껴안았다.

괜히 잘난 척할 필요도 없이, 등까지 팔을 둘렀다.

나는 나도 모르는 사이에 파울로와 키가 비슷해져 있었다.

그렇게 둘이서 울었다.

시간이 조금 지난 뒤에 파울로와 떨어졌다.

재회는 끝났다. 마음을 다잡아야만 한다. 아직 문제가 하나 남았다.

"⋯흥."

엘리나리제는 근처 의자에 앉아서 재미없다는 눈치로 이쪽을 보고 있었다.

파울로가 천천히 그쪽을 보았다. 두 사람의 시선이 얽혔다.

파울로의 눈이 가늘어지고 엘리나리제가 눈썹을 찡그렸다.

이런.

"저기, 아버지. 엘리나리제 씨는 도와주러 왔습니다. 마법도시 샤리아에서 여기까지, 우리 가족의 위기를 알고서. 아버지와 얼굴을 맞대기 싫은 것도 참고서."

"⋯⋯."

파울로는 천천히 일어섰다. 엘리나리제를 향해 천천히 걸어갔다.

그녀는 주먹을 쥐고 일어섰다.

"그녀도 걱정해 주었어요. 분명히 옛날에 문제가 있었을지도 모르지만. 여기선 내 얼굴을 봐서 물에 흘려버리면 안 될까요?"

파울로는 나를 무시, 엘리나리제의 눈앞에 섰다.

엘리나리제는 머리 하나 정도 더 높은 곳에 있는 눈을 노려보았다. 찌릿찌릿 하는 기운이 전해져 왔다.

일촉즉발. 그런 말이 떠올랐다.

혹시 주먹다짐을 시작하려는 걸까. 아니, 칼부림일지도 모르지.

이런. 설마 그렇게 사이가 나쁜가.

"…기스."

기스에게 눈짓을 했다. 그러자 녀석은 장난스럽게 어깨를 으쓱이고 사람 열 받게 하는 웃음을 지었다.

이 녀석은 도움이 안 돼.

"엘리나리제."

"뭔가요?"

파울로는 힐끗 나를 본 뒤에 리랴나 쉐라에게도 눈짓을 보냈다. 뭔가 의미심장한 시선이었다.

"……."

파울로는 그 자리에 무릎을 꿇더니 머리를 지면에 댔다.

무릎 꿇고 엎드렸다!

"그때는 미안했다!"

엘리나리제는 파울로를 보지 않았다. 고개를 다른 데로 돌리고 있었다.

그리고 입술을 삐죽이면서 재미없다는 눈치로 말했다.

"…그때 일은 저한테도 잘못이 있다고 생각하니까요."

예상 밖의 말이었다. 솔직히 투덜댈 거라고만 생각했다.

파울로는 개구리 같은 자세로 계속 말했다.

"전이사건 이후로 많이 신경 쓰게 만든 것 같아서 정말 미안해."

"됐어요. 저도 찾고 싶은 사람이 있어서 겸사겸사였으니까요."

"고마워, 엘리나리제."

"별말을요, 파울로."

그걸로 끝이었다. 깨끗했다. 두 사람의 얼굴에는 작은 웃음이 떠올라 있었다.

파울로와 엘리나리제 사이에 있던 뭔가가 사라진 것처럼 보였다.

그렇게나 파울로를 용서할 수 없다고 하더니만. 정말 깨끗하게.

"후우…."

파울로는 크게 숨을 내뱉더니 허리를 들고 일어서서 팡팡 무릎을 두드렸다.

그리고 엘리나리제를 보았다. 엘리나리제도 부드러운 시선으로 파울로를 보았다.

"파울로, 늙었네요."

"너는 여전히 미인이군."

"어머, 제니스에게 이르겠어요."

"그러면 또 질투하는 제니스를 볼 수 있지."

"기대되네요."

두 사람은 씨익 웃었다.

좋구나. 미인 엘프와 지친 중년 검사. 왠지 그럴싸하다.

사이가 틀어진 이유는 모르겠다. 엘리나리제가 고집을 부린 것뿐이지 별것 아니었을까. 아니면 이른바 시간이 해결해 준 것일까….

어쨌든 화해는 아름답군.

"아…. 하지만 너 용케 참았군. 북방대륙에서 여기까지 꽤 되잖아?"

"예, 꽤 되었지요."

"저주는 어떻게 됐어? 혹시 루데우스랑 한 건 아니겠지?"

"설마요. 크리프의 마도구 덕분에 어떻게든 되었지요."

엘리나리제의 말에 파울로가 고개를 갸웃거렸다.

"크리프란 건 누구야?"

"제 남편이랍니다."

"뭐?!"

파울로가 눈을 치켜떴다. 그리고 놀란 듯이 소리질렀다.

"너한테 남편이라니, 그런 괴짜가 다 있냐! 그게 무슨 소리야. 혹시 네가 멋대로 그렇게 말한 것은 아니겠지! 어이, 루디, 크리프란 녀석은 너도 아는 사람이냐?"

파울로가 웃으면서 나를 보았기에 나는 진지한 표정으로 끄덕였다.

엘리나리제가 무시무시한 얼굴을 했기 때문이다.

"아버지, 말씀이 심합니다. 크리프는 분명히 괴짜일지도 모르지만, 존경할 만한 남자입니다."

크리프. 분위기 파악을 못 하는 면이 있긴 하지만, 올곧고 누군가를 사랑한다는 말을 뻔뻔하게 할 수 있는 남자다. 대단한 녀석이야.

"진짜냐. 네가 존경한다니, 얼마나 거물인 거야…?"

파울로는 충격을 받았지만, 이윽고 겸연쩍은 얼굴로 고개를 숙였다.

"그래. 미안해. 다음에 소개해 줘."

"예, 당신보다 훨씬 좋은 남자랍니다."

파울로는 그 말에 쓴웃음을 짓고 다시 고개를 숙였다.

"어찌 되었든…. 엘리나리제, 루데우스, 와 줘서 고맙다."

"감사는 나중을 위해 아껴두세요."

"가족이니까 당연합니다."

자, 슬슬 본론으로 들어가자.

"아버지. 상황을 설명해 주세요."

파울로는 일단 여기에 온 경위를 말해 주었다. 대충 아는 이 야기다.

미리시온에서 록시와 탈핸드와 만난 것. 정보를 입수하고 베가리트 대륙으로 넘어온 것. 그럭저럭 충실한 파티 구성이었기에 라판까지 올 수 있었던 것. 거기서 기스와 재회하고 제니스가 어디 있는지 안 것.

"기스의 정보에 따르면 네 어머니… 제니스는 여기서 북쪽으로 하루거리 장소에 있다. 미궁에 붙들려 있는 모양이야."

"……."

붙들려 있다. 누군가에게 붙잡혔다는 소릴까. 미궁에, 라는 표현이 이상하군.

사람을 붙잡는 미궁이 있나?

"6년 동안 계속 말인가요?"

"모르겠다."

파울로는 고개를 내저었다.

"생명에 무슨 문제는?"

"모르겠다. 다만 몇 년 전에 그 미궁에 들어간 파티 중에 제니스인 듯한 사람을 봤다는 이야기를 들었을 뿐이야. 그리고 그 파티가 미궁에서 소식이 끊어졌다는 이야기도…."

소식이 끊어졌다니…. 절망적이잖아.

붙들려 있다는 소리는 그냥 그렇게 믿고 싶을 뿐인 거 아냐?

하지만 록시의 이야기로는 적어도 키시리카에게 이야기를 들은 순간까지 제니스는 생존했던 모양이다. 그리고 소식이 끊어졌다는 기스의 정보는 록시가 키시리카에게 이야기를 듣기보다 이전이란 이야기가 되겠지.

록시가 키시리카에게 정보를 얻은 것이 2년 전. 기스가 얻은 정보가 4년 전.

즉, 최소한 2년 동안 제니스는 소식불명인 채로 살았다는 소리다.

그렇다면 지금도 제니스가 살아 있을 가능성이 클 것 같다.

일단 한 줄기 희망에 걸고서 제니스의 수색을 계속했던 모양이다. 혹시나 죽었다고 해도 그걸 확인하는 것도 중요하니까. 물론 살아 있길 바라지만….

하지만 죽었다는 말에 내 안에서 쿵 하고 뭔가가 무너졌다. 내 안의 어딘가에서는 아마 늦었을 거란 생각도 있었던 모양이다. 전이로부터 6년 지났고….

그때 기스가 끼어들었다.

"어떤 상황인지는 건너들은 거라서 정확하지 않아. 어쩌면 죽었을지도 모르지. 마물이나 뭔가가 씌어 방황하는 걸지도 몰라. 다만 미궁 안에서 봤다는 이야기도 있어."

파울로가 그 말을 보충했다.

"그 미궁이란 게 오래 되었고 귀찮은 놈이야. 근래 1년 동안 우리가 몇 차례 도전해 봤는데, 이게 아무래도 잘 안 풀려. 미궁 탐색의 프로가 네 명 모였는데 반년이나 공략하질 못하는 판이지. 한심한 이야기야."

네 명. 파울로, 기스, 탈핸드, 그리고 록시인가. 그 외에도 세 명 더 있지만, 그녀들은 미궁 탐색의 프로가 아니다. 그러고 보니 나머지 세 명은 어디에 갔지?

"음, 손님이 왔나?"

그런 생각을 할 때 입구에서 빛이 들어왔다. 누군가가 들어온 것이다.

"오오! 이거 감동의 대면을 놓쳐 버린 모양이로군!"

키 작은 남자였다. 하지만 작은 것은 키뿐. 키와 비슷할 정도로 옆으로 넓찍한 덩치의 남자. 한눈에 드워프라고 알 수 있었다. 그는 긴 수염을 흔들고, 손에는 커다란 삼베자루를 들고 있었다.

아마도 그가 탈핸드겠지.

그 뒤에는 검사 같은 차림의 여성이 역시나 비슷한 삼베자루를 들고 있었다.

비키니 아머는 아니지만 기억에 있는 얼굴이었다. 분명히 베라라고 했던가. 그녀는 내게 인사하더니 쉐라에게 재빨리 다가갔다.

남자는 묵직해 보이는 몸을 흔들면서 내 앞으로 와서 내 머리 끝부터 발끝까지를 빤히 바라보았다.

"네가 파울로의 아들인가?"

"아, 예. 처음 뵙겠습니다. 루데우스입니다."

"탈핸드다. 이야기로 들은 것처럼 재치 있게 생겼군. 음음."

탈핸드는 삼베자루를 테이블 위에 놓았다.

"루데우스, 그 남자에게 접근해선 안 되어요. 남자에게 중요한 것을 빼앗길 테니까요."

그렇게 말한 것은 엘리나리제였다. 남자에게 중요한 것이란 게 뭘까.

자존심이라든가?

"호오, 왠지 여자 냄새가 난다 싶더니만⋯."

탈핸드는 엘리나리제를 보았다. 이제야 알았다는 듯한 표정으로.

"뭐야, 자네도 왔나."

"어머나, 오면 안 되나요?"

"안 되지, 안 돼. 자네는 있기만 해도 문제를 일으키니까."

탈핸드는 삼베자루 안에서 호박색 액체가 가득 든 유리병을 꺼냈다. 그리고 마개를 뽑더니 그대로 벌컥벌컥 들이켰다.

"푸하, 여기 술은 오장육부에 스미는군."

술 냄새가 좌악 풍겼다. 꽤나 독한 술이다. 드워프는 주당이니까.

"자."

탈핸드는 술병을 엘리나리제에게 내밀었다. 그녀는 말없이 그걸 받아서 그대로 쭉 들이켰다. 탈핸드만큼은 못 마시지만,

그래도 하얀 목이 두 번 정도 꿈틀거렸다.

"후우…. 싸구려 술이로군요."

"싸구려인 자네랑 어울리지."

탈핸드는 술병에 도로 마개를 하더니 삼베자루에 집어넣었다.

지금 그 대화는 뭐지? 드워프의 전통 인사인가?

그 행동에 대해 아무도 뭐라 하지 않았다. 이게 뭐지?

"전원 다 모였으니 이야기를 계속하지, 괜찮겠지?"

파울로의 말에 정신이 들었다. 탈핸드의 임팩트가 강해서, 이야기하던 도중이란 걸 잊고 있었다.

응? 전원…?

"잠깐만요. 록시 선생님은 어떻게 됐습니까?"

그렇게 묻자, 파울로의 얼굴이 어두워졌다. 아니, 파울로만이 아니었다. 엘리나리제를 제외한 전원의 얼굴이. 아름다운 엘프족 여자도 그걸 깨닫고 눈을 크게 떴다.

"어? 거짓말이죠?"

그 말에 내 뇌리에 어떤 단어가 떠올랐다. 최악의 단어다.

즉, '죽음'.

"록시는, 한 달 전, 미궁에서 덫에 걸려서…."

심장이 크게 뛰는 걸 느꼈다.

듣고 싶지 않다. 그 파랑머리 소녀가. 설마. 듣기 싫다. 그녀는 혼자서 미궁을 답파하는 실력자고, 무영창은 못 해도 영창의 단축에도 성공했고. 수왕급 마술사고. 내 은인이고.

듣기 싫다.

"주, 죽었, 습니까?"

하지만 물었다. 조심조심. 어느 틈에 엘리나리제가 일어나 뒤에서 내 어깨에 손을 올렸다.

"아니, 전이마법진을 밟아서 행방불명되었을 뿐이야. 아직 죽었다고 확정된 건 아냐. 미궁 속에서 살아남았을 가능성은 크지."

그런 말에 순간 안심했지만, 이어진 기스의 말에 또 얼굴이 굳었다.

"어이, 파울로. 그건 무리야. 아무리 록시라도 마술사 혼자서 어떻게 할 수 있을 리가 없어. 살아 있을 가능성이야 있지만, 그 확률은…."

거기서 탈핸드가 끼어들었다.

"아니, 록시는 마술사로서 각별하지. 살아남았을 가능성도 있어."

"그렇다고 해도 한 달이나 안 보일 리가 없잖아! 다섯 번이나 탐색하러 갔는데 못 찾았다고!"

"기스, 이 이야기를 몇 번 계속할 건가!"

파울로, 기스, 탈핸드가 저마다 떠들며 싸웠다. 표표한 기스가 짜증내는 표정으로 다투고 있다. 역시 꽤나 절박한 상태인가.

그렇긴 해도 전이마법진의 덫을 밟았나….

록시는 그렇게 보여도 덜렁대는 구석이 있으니까. 그녀답다면 그녀답지만.

뭐, 죽은 걸로 확정된 게 아니라면 죽지 않았다고 생각하자. 록시 미굴디아가 그렇게 쉽게 죽을 리가 없다. 그렇게 생각하고 싶다. 그렇게 생각하자.

아, 제니스가 죽었을지도 모른다고 들었을 때보다 쇼크가 컸던 것 같다.

"죄송합니다. 말허리를 잘라 버렸군요. 그래서 그 미궁이란 건 어떤 곳입니까?"

내가 그렇게 묻자, 세 사람은 서로의 얼굴을 보았다. 누가 말할 건지 눈짓으로 정하고 있다.

파울로가 입을 열었다.

"난이도는 S급. 이 근처에서 최악의 미궁 중 하나야."

파울로는 천천히 말했다.

"전이의 미궁이다."

그 말을 들은 순간 짐 속에 든 책이 부스럭 소리를 낸 듯했다.

『전이의 미궁 탐색기』가….

제2화 상황 확인

록시가 위기.

그 말을 들으니 당장이라도 미궁에 뛰어들고 싶은 충동에 사로잡혔다.

장소는 전이의 미궁이지만, 운 좋게도 수중에는 『전이의 미궁 탐색기』가 있었다. 공략본이다.

전이마법진에 대해서는 나도 조사했고, 한 마법진을 관찰할 시간만 있으면 책에 적힌 대로 미궁을 공략할 수 있겠지.

하지만 일단 상황을 정리하자. 상황 정리는 중요하다.

록시와 제니스는 한시를 다툴지도 모른다. 구출이 딱 5분 늦기만 해도 그만 때를 놓칠지도 모른다.

하지만 그렇다고 해서 서두르면 안 된다.

상황을 정리하고 꼼꼼히 준비를 해서 확실하게 구출해야만 한다.

허둥대는 상태로는 뭔가를 놓친다. 놓치고 실패해서 허탕을 칠 가능성도 커진다. 그 결과 5분이 아니라 하루, 어쩌면 이틀, 사흘이나 낭비할지도 모른다.

신중해져야 한다. 여기는 실패해선 안 되는 상황이다. 실패하면 그것은 후회로 이어지겠지. 어떤 형태든지 내 실패로 록시나 제니스를 구해내지 못하면 커다란 후회로 남겠지.

"아버지. 여기에 전이의 미궁 깊숙한 곳까지 들어갔던 모험가의 수기가 있습니다."

일단 나는 책의 존재를 제시했다.

『전이의 미궁 탐색기』. 과거에 실피＝피츠 선배가 가르쳐 준 책. 금기로 일컬어지는 전이마법진의 형태가 소상히 기록된 책. 다른 책에서는 삭제된 기록이 남아 있는 책이다.

마법대학의 검열을 피한 것은 단순히 운이 좋았기 때문일까, 아니면 이것이 모험기이기 때문일까. 고로 이 책이 픽션일 가능성도 있다. 전이의 미궁은 아무도 답파하지 못한 미궁이다. 그걸 소재로 삼은 가공의 모험기라는 선도 생각할 수 있다.

하지만 그럴 가능성은 낮겠지. 애초에 이 책에 기록된 전이마법진의 형태는 실제의 그것과 흡사했다. 나도 실제로 전이마법진에 대해 조사했지만, 이 책이 가장 정확하고 정밀하게 기록되었다. 다른 문헌과도 대조한 결과니까 틀림없다.

하지만 **다른** '전이의 미궁'일지도 모른다. 전이의 덫이 많은 미궁이 이 세계에 두 개 이상 존재하지 않으리란 법이 없다.

공략본의 타이틀이 똑같더라도 내용이 다르면 의미가 없다.

"혹시 이 수기의 내용이 앞으로 갈 미궁과 같다면 이 책은 미궁 탐색에 크게 도움이 되겠죠."

그렇게 말하자, 사람들은 눈을 휘둥그렇게 떴다.

"어이, 루디…. 어, 어떻게 그런 걸 가지고 있냐?"

"혹시 도움이 될까 싶어서 마법대학의 도서관에서 빌려왔습니다."

"그러냐…."

전이마법진에 대해서는 일단 덮어두자.

지금 확인해야 할 것은 이 책의 내용과 앞으로 갈 미궁에 대해서다.

"확인을 부탁하겠습니다. 그리고 미궁 탐색에 참고가 될 것 같다면 활용하도록 하죠."

파울로는 책을 손에 들더니 표지를 꼼꼼하게 본 뒤에 바로 옆에 있는 기스에게 건넸다. 기스는 책을 받고선 내게 물었다.

"그럼 읽도록 할게."

"…부탁합니다."

왜 기스가? 그렇게 생각하긴 했다. 하지만 모두가 당연하다는 얼굴을 하였기에 나도 묻지는 않았다. 파울로의 파티에서 기스는 그런 역할이겠지. 뭐든지 할 수 있으니까 뭐든지 한다. 분명히 이전에 그런 말을 들은 적이 있다. 예를 들어서 미궁 탐색에서 '지도 작성'이나 '정보 정리'를 하는 것도 그의 몫이겠지.

"아버지, 기스 씨가 읽는 동안 미궁에 대해 좀 들려주세요."

나는 맞은편에 앉은 파울로에게 몇 가지 질문을 던지기로 했다.

책에 적혀 있는 내용의 확인 작업이다

"음, 좋아."

질문 내용은 '마물의 종류, 이름', '최심부까지 몇 층인가', '내부 상황이나 마법진의 색깔' 등.

파울로는 척척 가르쳐 주었다.

일단 마물의 숫자는 다섯 종류. 파울로는 아직 3층까지밖에 들어가지 못했기 때문에 본 적 없는 마물도 있겠지.

·타란튤라 데스로드

커다란 독거미. 타란튤라 주제에 실을 뿜는다. 초급 해독으로 치유 가능. B급.

·아이언 크로울러

중전차 같은 송충이. 단단하고 무겁다. B급.

·매드 스컬

진흙으로 뒤덮인 인간형 마물. 몸의 중심에 인간의 두개골이 파묻혀 있어서 거기가 약점. A급.

웃기게 생겼지만, 지능이 높고 진흙을 날리는 마술을 쓴다.

·아머드 워리어

네 개의 팔을 가진 녹슨 갑옷. 각각의 팔에 예리한 검을 들고 있다. A급.

·이트 데빌

긴 팔다리와 날카로운 발톱을 가진 마물. 벽이나 천장을 기 듯이 이동한다. A급.

·최심부가 몇 층인기

이건 알 수 없다.

소문으로는 6층이나 7층이라고 하는데, 제일 끝까지 들어가서 가디언을 본 사람은 없다.

각 층이 어떻게 구성되어 있는가는 복잡한 이야기지만, 책에 설명이 있다.

거미가 대량으로 둥지를 튼 곳이 1층.

송충이와 거미가 대량으로 있는 것이 2층.

매드 스컬이 그 양쪽을 통제를 하는 것이 3층.

4층은 거미와 송충이가 보이지 않게 되고, 매드 스컬과 아머드 워리어만 있다.

그리고 5층부터는 매드 스컬도 안 보이게 되고, 아머드 워리어와 이트 데빌만 있다.

6층부터는 이트 데빌뿐이다. 그 이상은 책에도 적혀 있지 않다.

·내부 상황

1층~3층까지의 미궁 내부는 '개미집'과 같다. 구불대는 복잡한 통로 끝에 방이 있다. 그리고 방 안에는 반드시 전이마법진이 존재한다는 모양이다.

책에 따르면 4층부터는 석조 유적 같은 형태로 변한다는데, 파울로의 파티는 거기까지 진입하지 못했다. 다만 마물의 정보나 3층 부근까지의 내용은 수많은 모험가의 트라이&에러로 어느 정도 정보가 나도는 모양이다.

· 전이마법진의 조형

푸르스름한 빛을 뿜으며 복잡기괴한 무늬가 그려져 있다. 자세히 들어보니, 수차례 보아온 전이마법진과 같은 듯하였다.

파울로에게 들은 이야기는 대략 내가 책에서 읽은 내용, 보아온 것과 들어맞았다.

"이거 대단한데…. 하핫! 역시나 선배. 엄청난 놈을 들고 왔잖아!"

설명을 다 들었을 무렵, 기스가 다소 흥분한 목소리로 말하며 책을 덮었다.

얼추 다 읽은 모양이다. 꽤나 빠르군. 아니면 중요한 대목만 읽었든가.

기스의 눈치를 보고 파울로가 놀란 듯이 말했다.

"어이, 기스. 그렇게 대단해?"

"음, 대단하지, 파울로. 여기 적힌 게 사실이라면 6층까지는 공략한 거나 마찬가지야."

기스가 흥분한 눈치로 탈핸드에게 책을 건넸다. 탈핸드가 읽기 시작한 것을 본체만체하고 기스는 흥분을 숨기지 못하는 기색으로 책에 적힌 내용을 파울로에게 설명했다.

"우리가 몰랐던 게 모두 적혀 있어. 어느 마법진을 이용하면 될지, 어느 마법진이 안 되는지. 어느 마법진을 쓰면 어디로 날아가서 어떤 꼴을 당하는지도!"

아무래도 기스가 보기에 이 책은 '진짜'인 모양이다.

하지만 파울로는 진지한 얼굴로 기스를 노려보았다.

"그래. 그럼 그 책으로 록시나 제니스가 어떻게 되었는지 알 수 없냐?"

"그건… 모르지만."

기스는 찬물을 뒤집어쓴 얼굴이 되었다.

"기스, 너무 들뜨진 마라. 더 이상 실패할 수 없으니까."

파울로는 낮은 목소리로 그렇게 말했다.

신중하다. 신중해질 수밖에 없겠지.

책에 적힌 내용을 맹신했다가 전멸하면 죽도 밥도 안 된다.

"…무슨 말을 하는 건진 알아, 파울로. 하지만 책만이 아니라 든든한 전위와 후위가 더해졌어. 일단은 기뻐하자고, 응?"

기스는 그렇게 말하며 주위 사람들을 둘러보았다. 파울로도 그걸 따라 주위를 보다가 내게서 시선을 멈추었다.

"으음…. 그렇지…. 미안하다. 그렇구나."

파울로의 얼굴에 다소 여유 있는 웃음이 떠올랐다. 아무리 절박한 상황이라도 어느 정도의 여유는 필요하다. 파울로도 그 정도는 알겠지.

"좋아, 전원이 다 읽거든 포메이션부터 정하자."

마음을 다잡은 듯한 기운 찬 목소리에 그 자리의 분위기가 조금은 누그러졌다.

미궁에 들어가는 멤버는 다섯 명.

나, 파울로, 엘리나리제, 기스, 탈핸드다.

나와 엘리나리제가 참가하면서 베라와 쉐라가 빠졌다. 그도 그럴 것이 미궁은 좁으니까 너무 많이 들어가도 서로에게 방해가 될 뿐이다. 엘리나리제는 베라의, 나는 쉐라의 상위호환이 되니까, 함께 있어도 일을 완전히 빼앗는 꼴이 된다. 그렇기 때문에 교대한 것이다.

탱커인 엘리나리제. 서브 어태커인 파울로. 어태커 겸 힐러인 나. 서브 탱커도 서브 어태커도 될 수 있는 탈핸드. 전투 쪽으로는 그렇게 네 명이 담당한다.

탈핸드의 역할이 모호한데, 그는 흙 마술을 중급까지 쓸 수 있는 마술사이면서 전사로서의 역할도 가능한 만능 타입이다. 그렇기에 어디에서든 싸울 수 있는 위치로 배치되었다. 재주가 없어 보이는 외모와 달리 재주가 많다. 아니, 드워프들은 모두 재주가 많았나.

"잘 부탁하지!"

위치적으로 내 바로 앞이나 바로 뒤에 서는 모양인지, 싹싹하게 내 어깨를 탁탁 두들겼다.

왜인지 등골에 오한이 들었다.

"루디는 기본적으로 마술 담당이다. 전투가 끝나면 치유도 부탁하게 되겠지. 할 수 있지?"

"문제없습니다."

공격에 회복. 첫 미궁인데 은근히 일이 많을 것 같다.

하지만 모험가로 있을 무렵에도 내 역할은 대충 그랬다. 못할 건 없겠지.

이렇게 네 명에 기스가 더해진다. 전투에는 도움이 안 되는 기스지만, 전투 이외의 세세한 일을 모두 높은 수준으로 해낸다. 지도 확인에 진행 방향의 설정, 식량 관리, 소재의 선별, 채취, 미궁에서 철수할지의 판단까지.

사령탑 겸 잡일 담당이다. 디렉터란 느낌일까. 미궁 탐색도 전투만 하는 게 아니니까 당연히 이런 역할도 필요하다.

나머지 세 명. 베라, 쉐라, 리랴는 도시나 입구에서 대기하는 서포트를 맡는다.

대기하며 의자나 데운다는 소리를 할 수도 있겠지만, 이건 이거대로 중요한 일이라는 모양이다.

커다란 클랜은 미궁 탐색에 나설 때 대기자를 설정한다고 들었고.

준비의 태반은 엘리나리제나 탈핸드 같은 프로에게 맡기기로 했다. 나는 미궁 탐색의 초보다. 생전의 지식을 살려서 이 것저것 생각해 보기도 했지만, 일단 제쳐두었다.

우선은 프로의 방식에 따른다. 그리고 필요한 부분에 떠오른 게 있거든 제안하면 된다.

어디까지나 제안이다. 생전의 지식, 로그 라이크형 게임에서 얻은 지식이 통용될지는 알 수 없으니까.

"일단은 최초의 목표인데, 제3층이다."

포메이션을 정한 뒤에 파울로는 그렇게 선언했다.

"거기서 록시의 행방을 확인한다."

록시가 살아 있을지는 알 수 없다. 하지만 살아 있을 경우는 그녀를 보호하고 일단 미궁에서 나온다. 록시의 상태에 따라서는 그녀도 파티에 넣고 미궁의 더 안으로 들어간다.

여섯 명이서 미답 상태인 4층, 그리고 더 아래를 탐색하는 것이다. 그렇게 최심부까지 구석구석 탐색해서 어딘가에 있는 듯한 제니스를 찾는다.

며칠 걸릴지 알 수 없다. 집중적인 탐색이다.

그 날 밤. 나는 파울로, 리랴와 같은 방에서 자게 되었다.

가족들과 시간을 보내라는 기스의 눈치 빠른 배려다.

그렇다고 해도 나는 리랴와 가족이 아니었던 시간이 길다. 아이샤를 낳기까지 그녀는 메이드였으니까, 아무래도 메이드로 보게 된다.

파울로는 리랴를 아내로 보지만, 어디까지나 제2부인으로서다. 제니스가 제일, 리랴가 두 번째, 세 번째가 노른이겠지. 아이샤는 4위고, 나는 그 아래인가.

"루데우스 님과 한 방에서 자는 건 처음이로군요."

"그러네요."

리랴를 보면 나와 파울로를 자신의 주인으로 보는 건가 싶을 정도로 다소곳한 분위기를 띠었다. 나도 그 분위기에 따라서 조금 긴장한 자세였다.

"이분이 코를 심하게 골거든 참지 말고 말씀해 주세요."

하지만 리랴의 말은 가볍고 유머가 넘쳤다.

"아, 예…."

나도 거기에 유머 넘치는 대답을 할 순 없었다. 무슨 말을 하면 좋을지 잘 알 수 없었다.

리랴와는 예전에 어떤 식의 이야기를 했더라. 부에나 마을에 있을 적에는 꽤나 비즈니스 라이크였던 것 같다.

"……."

파울로는 방금 전부터 나를 볼 뿐이지 아무 말도 없었다. 뭐지? 표정이 이상한데? 히죽거린다고 할 정도는 아니지만, 얼굴이 살짝 풀어진 모습이다.

"저기, 루데우스 님."

"예, 말씀하세요."

"아이샤는 할 일을 잘 하고 있습니까?"

리랴의 질문에서 나는 답을 찾았다. 가족 이야기. 그래, 우리는 가족이다. 그럼 가족 이야기를 하면 된다.

"예. 아이샤는 씩씩하게 지내고 있습니다."

"루데우스 님을 귀찮게 하지는 않습니까?"

"예, 전혀요. 가사를 전부 해 주어서 큰 도움이 됩니다."

"그렇습니까. 괜히 응석을 부리지 않으면 좋겠습니다만."

"조금 정도는 그래준다면 내 마음도 편했을지 모르겠네요."

그렇게 말하자 리랴는 조용히 웃었다. 안도한 웃음이었다.

"노른 아가씨와 아이샤는 어떻습니까? 싸우지는 않습니까?"

"그게 말이죠…. 좀 어색한 눈치긴 하지만, 지금은 눈에 띄게 대립하는 일은 없습니다. 싸운다고 해도 보면서 미소 지을 수 있는 정도라서."

"항상 노른 아가씨의 체면을 세워줘야 한다고 일러주었습니다만, 왜 그렇게 되는 걸까요…."

리랴는 그렇게 말하고 한숨을 내쉬었다.

"어쩔 수 없어요. 아이샤도 아직 애니까요. 부모로서 평등하게 사랑해 주는 편이 중요하지 않을까요?"

"그럴지도 모르겠습니다. 아이샤는 제가 낳은 아이지만, 분명히 남편의 피도 이어졌으니까요…."

"피 같은 건 상관없어요. 우리는 가족이니까요."

"…감사합니다."

파울로는 대화에 끼어들지 않았다. 나와 리랴의 모습을 아까부터 같은 표정으로 보면서 감개 깊게 들을 뿐이었다.

"뭡니까, 아버지. 아까부터 히죽대면서."

"아니, 으음, 좋구나, 싶어서."

파울로는 뒷머리를 벅벅 긁으면서 겸연쩍은 듯이 얼굴을 붉혔다.

"뭐가 말인가요?"

"루디가 말이지, 이렇게 어른이 되어서 리랴와 이야기하는 광경이 말이야."

성장한 아들과 아내의 대화. 리랴는 내 어머니가 아니지만, 그래도 파울로에게는 양쪽 다 가족이다. 감개 깊을지도 모른다. 나도 내 자식이 크면 이해할 수 있을까.

"그러고 보니 루디. 너 결혼했댔지?"

"예. 딱 반년 정도 전일까요."

"그런가. 루디가 결혼이라니. 저번에 만났을 때는 아직 요만했는데."

"키는 몇 년 동안 부쩍 자랐으니까요."

내 키는 어느 틈에 파울로와 비슷한 정도가 되었다. 파울로 쪽이 조금 더 크지만, 아직 더 성장할 테니까 언젠가 추월하겠지.

"돌아가거든 다 함께 성대하게 축하를 해야겠구나."

"그러네요. 아버지의 첫 손주입니다. 파울로 할아버지네요."

"그만둬라. 아직 그럴 나이는 아니니까."

파울로는 그렇게 말하면서도 꼭 싫지만은 않은 얼굴이었다. 그리고 히죽 웃었다.

"자식이 생긴다는 건 말이다, 루디. 너도 '남자'가 되었다는 소리지?"

"여보. 너무 저속한 이야기는 좀 아닌 것 같은데요….."

히죽히죽, 중년 아저씨 같은 웃음을 짓는 파울로를 리랴가 나무랐다.

"괜찮잖아. 나도 루디랑 이런 이야기를 한 번은 해 보고 싶었다고."

"하지만."

"너도 루디에게 흥미는 있잖아?"

"그런 식의 말은 비겁하다고 생각합니다."

"그, 그래서 첫 상대는 누구였어? 역시 실피냐? 아니면 에리스냐? 분명히 헤어졌다고 그랬는데, 헤어질 때 그런 식의 흐름이 된 거 아니냐?"

파울로는 저속한 보이즈 토크를 하고 싶은 모양이다.

이럴 때에 그런 이야기를 해도 좋은가 싶은 생각도 들지만…. 뭐, 모를 것도 아니다.

나랑 오래간만에 만났으니 파울로도 조금은 마음을 풀고 싶겠지. 모두가 있는 앞에서는 그런 모습을 보이지 않으려고 했을 뿐이다. 나도 오래간만에 파울로와 만나서 떠들고 싶은 마음은 있다.

모레부터는 미궁에 들어가니 그럴 여유도 없어진다. 오늘 정도는 마음 놓고 그런 이야기를 해도 좋겠지.

"이 애비는 그런 쪽으로 좀 자신이 있거든. 뭐든지 물어봐라. 이렇게 보여도 젊었을 적에는 꽤 놀았으니까."

어쩔 수 없군, 좀 맞춰 줄까. 나도 이런 적나라한 이야기를 당당히 할 수 있는 상대가 왠지 좀 필요하긴 했다.

"그렇군요. 그럼 몇 가지 여쭙고 싶은 게 있는데요——"

"아니, 루데우스 님까지…."

"리랴도 이렇게 말하지만, 그쪽 방향으로는 제법이라서."

"여보!"

"그러고 보니 이전에 리랴 씨가 먼저 유혹했다고 그랬죠. 그때의 이야기를 좀 자세히 부탁합니다."

"루데우스 님까지…. 그만하세요! …아아."

리랴는 그런 우리를 보고 한숨 섞어서 말했다. 하지만 그 얼굴은 웃고 있었다.

그 뒤에 우리는 밤늦게까지 그런 이야기를 나누었다.

늦은 밤. 불을 끄고 침대에 누웠다. 파울로와 리랴는 이미 잠이 들었을까.

옆 침대에서는 규칙적인 숨소리가 들려왔다. 내가 잠든 것을 확인하고 둘이서 좋은 시간을 보내거나 하진 않는 모양이다. 제니스를 찾을 때까지는 금욕한다고 파울로가 그랬는데, 제대로 지키는 모양이다.

나는 파울로와의 이야기에 살짝 흥분했는지 쉽게 잠이 들지 않았다. 설마 이런 내가 실제 체험을 포함한 에로 토크를 하는 날이 올 줄이야. 인생은 무슨 일이 일어날지 모르는군.

뭐, 그런 건 넘어가고. 이번 일에 대해 생각해 보자.

나는 역시 이번에도 인신의 손바닥 위에서 춤을 춘 걸지도 모른다.

그런 실감이 들었다.

생각해 보면 그 책을 손에 넣을 수 있었던 것은 마법대학에 갔기 때문이다. 마법대학에 가서 전이사건에 대해 조사하라는 말을 듣지 않았으면 나는 그 책과 만나지 못하고 아무것도 없는 상태로 전이의 미궁에 도전하는 꼴이 되었겠지.

뭔가 의미심장한 듯한 인신의 발언도 그렇다. 후회한다는 둥, 리니아, 프루세나에게 손을 대라는 둥. 내가 거스르고 싶어질 만한 말을 골라서 한 것 같다.

인신이 아무 말을 하지 않았으면, 혹은 인신이 '가라'고 했으면. 나는 '남는다'는 선택지를 택했을 가능성이 크다. 인신에 대한 반발심도 있었고, 실피 문제도 비슷한 무게로 저울에 올라가 있었다. 그 경우는 물론 무책임하게 내던질 수 없었겠지. 예를 들어서 루이젤드나 바디가디, 혹은 졸다트 등을 파견했을지도 모른다.

인신은 그 모든 것을 넘겨보고서 그런 행동에 나선 걸까.

제니스를 구출하기 위해 필요한 것을 학교에서 얻을 수 있게 하려고.

…인신의 정체는 대체 뭘까. 정말로 나한테 무엇을 시키려는 걸까. 혹시 정말로 나를 보고 즐거워하고 싶을 뿐일까. 여전히

그 점을 모르겠다. 다만 내 편이라는 것은 틀림없다.

오늘 밤 정도에 또 나오려나.

아무리 그래도 그건 타이밍이 너무 좋지.

혹시 일이 잘 풀리면 선물 하나 정도는 주자.

그 녀석이 좋아할 만한 걸 모르니까 좋아할지는 모르겠지만.

그런 생각을 하면서 나는 잠이 들었다.

꿈에 인신은 나오지 않았다.

제3화   미궁 진입

전이의 미궁.

거기는 언뜻 보면 평범한 동굴이다.

외견에 특별할 것은 없다. 주위에 거미 마물이 많고, 벽에 거미집이 빼곡하게 쳐져 있긴 하지만, 그걸로 끝. 그냥 절벽에 구멍이 뚫렸을 뿐이다. 사진으로 봐도 특별한 감정은 들지 않았겠지.

하지만 직접 보니 달랐다. 거기에서는 미궁이라고 직감할 수 있는 뭔가가 느껴졌다. 기분 나쁜 뭔가가.

하지만 그건 호기심을 자극하는 것이기도 했다. 미궁이란 어디고 이런 분위기를 풍기는 걸까.

"자, 루디. 계획한 대로 간다, 알겠지?"

"예이."

파울로가 내 어깨를 두드리기에 고개를 끄덕였다.

어제 의논하여 정한 포메이션을 취하고 미궁으로 들어갔다.

첫 미궁이지만, 별로 두근거리진 않았다. 실패할 수 없다는 무게감이 있을 뿐이다.

"여보, 무운을."

"여러분, 조심하세요."

리랴와 베라, 쉐라는 말을 타고 도시로 돌아갔다. 커다란 클랜이 미궁을 공략할 때는 서포트 담당자가 미궁 입구에서 캠프를 치는 일도 있지만, 다행스럽게도 라판은 하루, 서두르면 한나절 거리다. 일부러 동굴 앞에 캠프를 칠 필요는 없다.

"그럼 갈까."

동굴 안은 어둡지만, 아무것도 보이지 않을 정도는 아니었다. 동굴 내부에서 빛이 나는 건지, 어둑어둑할 정도다.

하지만 결코 밝은 건 아니었다. 이 어둠이 목숨을 앗아가겠지.

"불을 켜겠습니다."

"음."

들어가자마자 나나호시에게 받은 정령의 스크롤을 사용했다.

그러자 밝게 빛나는 구슬이 튀어나와서 우리 머리 위를 돌았다.

기스도 나와 비슷하게 스크롤을 발동시켰다. 그는 척후 담당이라서 우리와는 별도의 광원이 필요하다.

스크롤은 기스나 파울로도 사용할 수 있다. 당연하지만 마력을 많이 쓸 수 있는 내가 쓰는 게 가장 오래 가지만, 소비마력 자체는 거의 없는 모양이다. 두 사람은 '이거면 횃불을 들 필요가 없어서 좋다'며 좋아했다. 역시 한손에 횃불을 드는 건 불편하겠지.

정령의 불빛은 횃불보다 밝고, 적은 마력으로도 오래간다. 이게 보급되면 시장에서 횃불이 사라질지도 모른다.

"파울로, 자네 아들은 편리한 것을 가져왔구먼."

"뭐, 자랑스러운 아들이니까."

파울로는 자랑하듯이 가슴을 펴고, 탈핸드는 황당함 어린 눈치로 말했다.

"자네는 별로 자랑스러운 애비가 아닌 모양이네만."

"그 소린 하지 마. 스스로도 찔리니까."

한숨 섞인 목소리와 함께 파울로가 추욱 어깨를 늘어뜨렸다.

"자, 얼른 가자."

기스의 말에 동굴 안으로 발을 내디뎠다.

제1층. 개미굴 같은 동굴을 나아갔다.

벽이나 천장에는 하얀 실이 대량으로 쳐졌고, 또 그 안쪽에는 푸르스름한 선이마법신이 빛났다. 서기를 형광등 정도 밝기의 빛의 정령이 앞서갔다.

"가끔은 빛나지 않는 마법진도 있으니까 주의가 필요하다고 했죠?"

"그래, 루디. 기스가 밟은 곳을 밟으며 따라가."

기스는 열 걸음 정도 앞서갔다.

그는 특수한 신발을 신고 있었다. 바닥에 십자가 같은 쇳조각을 박은 신발로, 걸으면 십자가 모양의 발자국이 남는다. 물론 마력부여품은 아니다. 모험가의 지혜로 생겨난 것이라나 보다. 미끄러짐 방지도 되고 발자국을 또렷하게 남길 수 있는 편리한 아이템이다.

물론 1층에서는 전이마법진을 찾기 쉽다.

1층에 출현하는 마물은 타란튤라 데스로드. 하지만 바닥에는 타란튤라 데스로드가 주식으로 삼는 다른 거미나 아직 덜 큰 새끼 거미가 기어다녔다. 거미를 싫어하는 사람이 보면 실신할 만한 광경이다.

그런 거미 떼들 사이에 희미하게 공백이 있는 장소가 있다. 둥글거나 사각형의 공간. 거기에 전이의 덫이 있다. 거미를 밟는 게 싫다고 거기에 발을 올리면 순식간에 어딘가로 전이하는 것이다.

그 결과 우리는 새끼 거미를 푸직푸직 짓밟으면서 걷게 되었다. 별로 기분 좋은 건 아니지만, 어쩔 수 없다.

자, B급 마물인 타란튤라 데스로드는 통로에선 나오지 않는다. 어쩌다 한두 마리가 있는 경우도 있지만, 기스가 먼저 발견해서 파울로가 즉시 처리했다. 지금으로선 내가 나설 차례가 아니다.

"흥, 뭐, 이 정도라면 간단하지."

파울로는 두 자루 검을 손에 들고 척척 전진했다.

두 자루 검. 한쪽은 집에서도 항상 휴대하던 것이다. 그의 애검이겠지. 그리 특별한 힘을 가진 걸로는 보이지 않지만, 타란튤라 데스로드는 일격에 둘로 쪼개졌다. 검이 예리해서가 아니라 파울로의 기술 때문이겠지.

왼손에 든 것은 본 적 없는 형태의 검이었다. 이른바 쇼트소드로 분류되는 것일까. 단검이라고 할 정도로 짧은 건 아니고, 장검이라고 할 만큼 긴 것도 아니다. 손을 뒤덮는 핸드 가드에 다소 구부러진 양날 도신. 한가운데에 구멍이 뚫린 것은 벤 것이 달라붙는 일을 방지하기 위해서일까.

하지만 왼손에 든 검은 별로 쓰지 않았다. 파울로는 기본적으로 오른손에 든 검만으로 싸웠다. 왼손의 검은 뭘 위해 들고 있는 걸까? 중2병 때문일까.

"…정말로 여유롭군!"

아무래도 좋을 일이지만. 한 마리씩 정리할 때마다 파울로가 내 쪽을 힐끗 쳐다본다.

귀찮다. 나한테 멋진 모습을 보여주고 싶은 거겠지. 싸우는 아빠가 멋지다는 건 알았으니까 방심하진 말아줬으면 싶다.

"파울로! 한눈팔지 말고 앞을 봐요!"

거봐, 엘리나리제 할머니한테 야단맞았다.

"괜찮다니까. 1층에는 몇 번이나 들어와서 실수할 일 없어."

"그 방심이 목숨을 앗아가는 법이지요."

"그딴 건 나도 알아."

"애초에 아까부터 너무 앞으로 나섰어요. 제가 앞이잖아요?!"

"1층이면 별다를 것도 없는데."

엘리나리제와 파울로가 말싸움을 시작했다.

내 뒤에서 탈핸드가 "이거야 원, 시작했구먼."이라면서 한숨을 쉬는 게 들렸다.

"저는 몰라도 루데우스는 미궁 자체가 처음이니까 어른스럽게 본보기를 보여주세요!"

"그러니까 그 긴장을 풀어주려고 대화의 기회를 엿보고 있단 말이야."

"거짓말, 지금 당신에게서는 제니스가 파티에 들어왔을 때의 들뜬 분위기가 느껴져요!"

"아니, 그렇게 말하면 받아칠 말이 없긴 한데. 너 어째 잔소리가 많아졌다?"

"당연하지요. 파울로는 아들이나 마찬가지니까 야단칠 만도 하지요!"

그 말에 파울로가 웃었다.

"뭐가 아들이야. 루디랑 오랫동안 같이 있어서 나한테까지 정이 붙었냐? 그만둬. 네가 어머니라니 닭살이 돋는다."

"…어머, 루데우스가 아직 말 안 했나요?"

"뭘?"

"실피는 제 손녀딸이에요. 손녀딸과 결혼했으니 루데우스는 제 손자나 마찬가지. 그렇다면 그 손자의 아버지인 파울로와 제니스, 당신들은 제 자식이나 마찬가지지요."

파울로의 발이 멈췄다. 천천히 내 쪽을 돌아보더니 성큼성큼 돌아왔다.

포메이션이 무너지고 일행의 발이 멈췄다.

"어이, 어떻게 된 거야, 루디. 실피가 손녀라니, 엘리나리제가 이상한 소릴 하는데?"

그러고 보니 말을 안 했던가.

"아무래도 롤즈 씨가 엘리나리제 씨의 아들이었다나 봐요."

"롤즈가? 그 녀석, 그딴 소린 한마디도 안 했는데."

"뭐, 과거에 일이 좀 있어서 엘리나리제 씨의 존재를 덮어두고 있었던 모양이라서요."

"음…. 그래…. 모를 것도 아니지."

"그런 것보다 계속 전진하죠. 절대 방심하지 않도록 조심하면서."

"어, 어어."

파울로는 알았다고 하고 전위로 돌아갔다.

"진짜냐…. 엘리나리제랑 사돈 집안이라니… 진짜냐…."

그런 중얼거림을 남기고. 꽤나 쇼크가 큰 모양이다.

1층은 간단했다. 파울로의 말처럼 몇 번이나 경험했던 거겠지.

짬짬이 쉬면서 통로를 걷고 타란튤라 데스로드가 가득한 방을 돌파했다. 적이 많이 있을 때 그걸 정리하는 건 마술사인 내 역할이다.

하지만 처음에 큰 방에 들어가기 전에 탈핸드에게서 몇 가지 주의사항을 들었다.

"알겠나, 불은 쓰지 마라."

"왜입니까?"

"불을 쓰면 방 안에 독이 충만해질 수 있다. 특히나 아래로 내려갈수록 주의가 필요하지."

"…해독으로는 안 됩니까?"

"안 된다."

여기서 말하는 독이란 아마도 일산화탄소 중독이겠지. 폐쇄된 공간에서 불을 쓰면 산소를 소비하고, 머지않아 의식이 몽롱해진다. 이건 마술도 변함없는 것이다.

"그리고 천장을 공격하는 것도 삼가라. 이유는 알겠지."

"동굴이 무너질지도 모르기 때문이군요."

"그래. 그러니까 물도 되도록 쓰지 않는 편이 좋지. 가능하면 얼음을 써라."

"알겠습니다."

물을 대량으로 쓰면 지반이 약해진다. 하지만 어느 정도라면 괜찮겠지. 흙 마술도 있고.

그렇긴 해도 흙 마술은 나도 모르는 사이에 동굴 안의 흙을 쓸 수도 있다. 동굴을 유지하는 흙을 가져다 쓰면 붕괴로 이어질 가능성도 있다.

그럼 얼음이겠지. 추천하는 대로 하는 게 무난한 선택이다.

그런고로 나는 상급 물 마술 '블리자드 스톰'을 선택했다. 얼음창을 대량으로 떨어뜨리는 마술이다. 다른 이들이 휘말려들지 않도록 안쪽에 있는 놈부터 순서대로 정리했다.

"오오, 역시나 록시의 제자로군. 쓰는 마술까지 똑같다니…."

뒤에서 탈핸드의 중얼거림이 들렸다. 록시도 '블리자드 스톰'을 썼던 모양이다. 조금 기뻐졌다.

"게다가 무영창이라. 록시가 자랑하는 제자인 것도 이해가 되는군."

탈핸드의 말에 콧대가 높아지면서 거미를 전멸. 계속 전진했다.

거미굴을 돌파하고 그 안쪽에 있는 전이마법진을 밟았다.

통로를 나아가서 또 다른 거미굴로 향했다.

미궁에 들어온 뒤로 그것을 다섯 번 정도 반복했다.

물론 마법진에 관해서는 책과의 차이가 없는지 그때마다 공들여 조사했다.

1층의 마법진은 전부 어디로 전이하는지 판명하였지만, 책의 신뢰성을 확인하기 위해서였다.

형태, 색깔, 특징. 모든 것이 책과 들어맞는 것을 확인하면서 전진했다.

한 마법진에 도달하기까지 약 한 시간.

그게 다섯 번이니까 시간적으로는 다섯 시간 정도겠지.

1층의 종점인 거미집투성이의 방 안쪽에는 두 개의 마법진이 나란히 있었다. 여태까지의 마법진보다 조금 더 청색이 강하고 조금 더 큰 마법진이었다.

진청색 쪽은 다음 층으로 가는 마법진이지만, 비슷한 형태의 마법진이 또 하나. 아무것도 모르는 녀석이라면 어느 쪽이 진짜인지 모르겠지.

하지만 한쪽 마법진 앞에는 크게 동그라미 무늬가 새겨진 돌이 놓여 있었다.

이건 이전에 왔을 때에 기스가 놔둔 것이라는, 이게 정답이라는 표식이다.

맞는지 책을 확인한 뒤에 마법진으로 올라갔다.

여기서부터 2층이다.

2층부터는 바닥의 작은 거미가 없어지고, 거미집도 확 줄었다. 맨땅이 드러나게 되었다.

대신 거대한 강철의 송충이 '아이언 크로울러'가 기어 다니고 있었다. 높이 1미터, 길이 2미터 정도 크기를 가진 아이언 크로울러는 땅딸막하다는 느낌이었다.

비슷한 이미지로 말하자면 나○시카에 나오는 벌레일까. 외견처럼 튼튼하기도 하다. 그리고 외견과 어울리지 않게 빠르다. 송충이라기보다는 지네를 연상시키는 속도였다.

게다가 거미와는 한편인지, 아이언 크로울러가 방패가 되고 거미가 뒤에서 끈적거리는 실을 뱉었다.

실에 붙들리면 체중 1톤은 될 듯한 크로울러에게 유린당하는 식이다.

아이언 크로울러는 단단해서, 파울로라도 일격으로는 해치울 수 없다.

그래서 내 차례가 돌아왔다. 나는 두 가지 마법을 동시에 날릴 수 있다. 후위의 타란튤라 데스로드에게 '블리자드 스톰'을 선보이면서 파울로와 엘리나리제가 붙들고 있는 아이언 크로울러를 스톤 캐논으로 하나씩 쓰러뜨렸다.

아이언 크로울러는 보통 스톤 캐논을 튕겨낼 정도로 단단한 모양이지만, 내게는 별 관계가 없어서 간단히 관통했다. 그렇긴 해도 역시나 벌레답게 급소를 맞지 않으면 즉사하지 않아서 마지막 몸부림이라는 듯이 날뛰는 일도 있었다.

"이거 내가 나설 차례는 없구먼."

내가 정력적으로 일하고 있자, 탈핸드가 재미없다는 듯이 뒤에서 중얼거렸다.

그는 여차할 때를 위해서 내 근처에서 대기하고 있다. 물론 그런 여차할 위기를 맞지 않도록 기스를 포함한 세 명이 세심한 주의를 기울이며 행동하였다.

고로 지금으로선 탈핸드가 할 일이 없다.

하지만 그게 좋은 거다. 예비전력을 남긴 상태인 것에 안심할 수 있을 정도다.

타란튤라 데스로드는 끈적거리는 실을 날려 왔다. 타란튤라는 거미집을 만들지 않는다고 생각했는데, 분명 이놈들은 또 다르겠지. 때때로 내게까지 날아왔지만, 마안을 썼기에 맞지 않았다. 맞는다고 해도 공격력은 없어서 불 마술로 태워 버리면 되니까 문제는 없다.

"아, 제길…."

"우우, 끈적거리네요."

그렇다고 해도 전위는 전부 피할 수도 없는지, 파울로와 엘리나리제는 실로 끈적거리는 꼴이 되었다.

"자, 너무 낭비하진 마."

내가 태워 버려도 되겠지만, 기스가 실을 녹이는 용액을 가져왔기 때문에 그걸 물로 묽혀서 썼다. 베가리트 대륙에 전해지는 특수한 약품이라는 모양으로, 인체에 해는 없다. 해는 없지만 피부가 거칠어진다고 엘리나리제가 투덜댔다. 무슨 세제 같은 건가 보군.

가지고 돌아가서 설거지에도 써 볼까.

"좋아, 여기서 일단 휴식하자."

전투 후 기스의 말에 따라 우리는 그 자리에 주저앉았다.

탈핸드와 엘리나리제는 그대로 파수를 섰다.

파울로는 주저앉더니 즉각 갑옷과 혁대를 벗어서 표면에 묻은 마물의 체액을 씻어내기 시작했다. 짧은 휴식 동안에 장비 점검을 순식간에 끝마쳤다. 익숙한 손길은 파울로가 이 방면의 프로임을 보여주었다.

"왜 그러냐. 루디, 너도 얼른 해둬."

"아, 예."

파울로에게서 다소 엄한 질책을 받고 나도 장비를 점검했다.

그렇긴 해도 원거리에서 마술을 쏠 뿐이었으니까 딱히 봐야 할 것은 별로 없다.

그렇긴 한데. 파울로가 조용하다. 1층에서는 휴식 때마다 '좀 어때?'라면서 물었는데, 역시나 2층 정도 되면 진지함이 다르군.

대디가 쿨하다.

"칫, 제대로 달라붙었군."

파울로가 갑옷에 묻은 체액인지 뭔지를 천으로 문지르면서 투덜거렸다.

"아까 기스 씨가 쓴 약품을 쓰면 어떨까요?"

"그건 실을 녹이는 거잖아?"

그렇게 말하면서도 파울로는 약품을 천에 묻혀서 쓱쓱 문질렀다. 그러자 놀랄 만큼 하얗게. 아니, 갑옷은 하얗지 않지만.

"오, 지워지는군. 고맙다."

"아뇨, 아뇨."

역시 세제인가. 돌아가는 길에 사가면 실피가 기뻐할지도 모르겠다. 가능하면 저쪽에서도 만들 수 있으면 좋겠는데….

파울로는 더러움을 털어낸 갑옷을 재빨리 입고 검을 뽑더니 엘리나리제 쪽으로 걸어갔다. 나도 탈핸드와 교대하려고 했는데 기스가 한마디 했다.

"선배, 파수는 됐어."

"괜찮나요?"

"상관없어. 저 영감은 일이 없었으니까. 그런 것보다 앞으로 어떻게 할지에 대해 선배의 의견을 들어보고 싶어."

"아버지 없이 해도 되나요?"

"괜찮아. 그 녀석보다 선배 쪽이 머리가 좋으니까."

기스는 그런 시시한 소리를 하면서 가방에서 책과 지도를 꺼냈다. 펼친 지도는 두 장. 한쪽은 깨끗하게 정리되어 있지만, 다른 쪽은 제작 도중에 멈춘 상태다.

"이제 곧 3층이야. 록시를 잃어버린 장소는… 여기야. 운이 좋으면 록시는 아직 그 주변에 있겠지. 책이 옳다면의 이야기지만."

"예."

책에 따르면 전이의 덫은 같은 층으로밖에 전이하지 않게 만들어졌다는 모양이다. 랜덤 워프라고 해도, 그걸 밟았다고 갑자기 최하층의 보스 앞으로 가진 않는 것이다.

록시는 3층에서 워프했다. 그녀가 밟은 마법진이 랜덤인지, 아니면 일방통행인지는 모른다. 아무튼 아직 살아 있다면 3층에 있을 가능성이 크다.

물론 운 좋게 탈출하여 2층이나 1층에 있을 가능성도 있다.

하지만 2층까지는 록시도 여러 차례 다녔다. 록시 정도의 실력자가 3층에서 2층까지 자력으로 이동했다면 바로 미궁을 탈출했어도 이상하지 않다. 4층까지 내려갔다고는 생각하기 어렵고.

"탐색에 쓸 수 있는 편리한 마법 같은 거 없어?"

"예, 없습니다."

지금 쓸 수 있는 마법 중에 뭔가를 응용할 수 없을지 생각해보았지만, 바로는 떠오르지 않았다.

"선배, 감이라도 좋으니까 록시는 어디쯤에 있을 것 같아?"

"감이라….'

"이 미궁은 오른쪽을 따라 걸으면서 샅샅이 훑는다는 방식이 안 통하니까. 찾을 거면 그런 것도 필요해."

"그럼 이 근처일까요."

일단 적당히 지도의 공백부분을 짚어보았다.

"전이한 장소에서 동쪽인가. 그럼 그쪽부터 찾자."

대충이군. 오른쪽을 따라가면서 샅샅이 훑는 식이 효율 좋을 것 같은데. 하지만 과학적인 분석이 가능한 사람은 이 자리에 없다. 아무튼 지금까지 가 보지 않은 장소를 찾는 수밖에 없다.

"솔직히 록시가 빠진 우리로는 2층도 돌파할 수 없었어. 선배 덕분이야. 아이언 크로울러가 힘들거든."

"그렇겠죠."

여기 마물은 탈핸드가 잘 다루는 속성과 상성이 안 좋다. 주전력인 파울로도 실에 붙들려서 만족스럽게 전위를 수행할 수 없다. 베라도 전위로서 믿음직하지 않고, 엘리나리제만큼 잘 커버할 수 있는 게 아니다. 여기를 돌파하려면 얼음과 불 마법을 쓸 수 있는 사람이 필요하겠지.

그런 때에 록시가 없어졌으면 정말 오도 가도 못 하게 되는 것도 이상하지 않다.

오히려 록시가 없어진 뒤에 용케 돌아올 수 있었다고 해야겠지.

"어떻게든 해 보려고 했지만, 아무래도 이 근처에는 마술사가 얼마 없고 전이의 미궁에 도전할 만큼 기골 있는 놈은 하나도 없어서."

기스는 기스대로 어떻게든 해 보려고 했던 모양이다. 생각해 보면 우리가 도착했을 때에도 길드 내부에서 누군가를 권유하려고 했지. 생각대로 잘 안 풀린 모양이지만.

"기스 씨는 고생이 많았겠네요."

"흥, 됐어. 그보다 신입이면 된다고 했잖아? 경어를 들으니 등이 근질거려."

"알았어, 신입. 다음에 귀여운 암원숭이를 소개해 줄 테니까, 등의 벼룩 잡아달라고 해."

"오, 좋지. 요즘은 사창가에도 못 갔으니까. 근데 누가 원숭이냐, 쨔샤."

기스랑 하고 싶은 이야기가 많았지만, 지금은 넘어가자.

그 뒤에 나는 앞으로의 루트에 대해 기스와 확인 작업을 가졌다.

기스가 만든 지도는 정말 보기 쉽지만, 완전하게 망라된 1층과 비교해서 2층에는 공백지대가 몇 군데 존재했다. 이 구멍난 부분에 사실은 록시나 제니스가 있는 건 아닐까.

불안하긴 하지만, 일단은 3층이다. 제일 가까운 곳이 아니라 가장 가능성이 큰 곳부터 찾는다.

"기스, 지금은 어디쯤 있는 건가요?"

그때 엘리나리제가 끼어들었다. 기스는 거기에 답하여 지도를 짚었다.

"지금은 여기쯤이야."

"이제 곧 2층도 끝이로군요."

"그래, 하지만 거미나 송충이는 계속 나올 거야."

"도중에 마물의 구성이 변한다니 귀찮은 미궁이로군요."

"맞는 말이야."

엘리나리제는 머리를 쓸어올렸다. 자랑하는 곱슬머리도 기분 탓인지 축 쳐졌다.

"그런데 기스는 왜 루데우스를 선배라고 부르나요?"

"이히히, 돌디어족의 감옥에서 조금 일이 있어서."

"돌디어의 감옥이라면 전에 길레느가 말했던 그거? 그게 어쨌는데요?"

"돌아가거든 자세히 들려줄게."

기스는 히죽히죽 웃으며 이야기를 끊었다.

돌디어족의 감옥이라니 그립구나. 그 무렵의 나는 프리덤했다. 지금은 그런 꼴을 할 수 없다. 어차, 침대 위에서는 언제나 그런가.

속으로 그런 대화를 할 정도로 내게도 여유가 있는 모양이다.

그리고 우리는 3층에 도달했다.

시간으로 보자면 미궁에 진입하고 열 시간 정도겠지. 지극히 신속하다.

"며칠쯤 걸려서 들어갈 줄 알았습니다."

"지도가 없는 곳은 그렇지."

생각 없는 혼잣말에 파울로가 대답했다.

차근차근 조사하면서 가는 것과 지도를 보면서 가는 것은 당연히 다른가.

이제 바닥에 새끼 거미는 없다. 가끔씩 벽에 거미줄이 붙어 있지만, 생물의 기척이 거의 없다. 대신 뭔가 으스스한 분위기가 어두운 동굴 안쪽에서 흘러나오는 것 같았다.

여기부터가 진짜다. 일단 록시를 찾아야지.

"……."

그렇게 생각하니 록시의 그리운 냄새가 풍기는 듯했다.

아니, 기분 탓이 아냐. 이건 록시의 냄새, 록시의 기운이다.

내가 틀릴 리가 없어. 가슴이 술렁대는 것을 느꼈다.

있다.

나는 록시의 존재를 확신했다.

제4화   그때 그녀의 마음

나는 작은 소리에 눈을 떴다.

주위는 어둡고 좁다.

그래, 이 공간은 좁다.

수십 번의 전이 끝에 도달한 이 공간은 요람처럼 좁다.

사람 한두 명 정도가 누울 수 있을 정도의 넓이밖에 안 된다.

천장도 낮다. 아슬아슬하게 내 키 정도 높이다.

하지만 이 높이에 이렇게 좁다면 내가 있는 한 마물이 전이해 올 리는 없겠지.

나는 이 공간의 구석에 앉아 벽에 몸을 기대고 눈앞의 것을 바라보았다.

거기에 있는 것은 마법진이다. 희미하고 푸르스름하게 빛나는 마법진. 전이마법진.

여기에 발을 올리기만 하면 나는 어딘가로 날아간다. 아마도 마물의 소굴로.

두 자릿수의 마물이 꿈틀대는 죽음의 공간으로.

한 달 전. 나는 실수를 저질렀다.

어쩔 수 없었다고 변명할 순 있다. 전투 중에 날아온 공격을 피해서 한 발 뒤로 물러나려다가 돌에 걸렸다. 비틀거리는 다리, 그 앞에 전이마법진이 있었다.

전투에 들어가기 전에 어디에 덫이 있는지 확인했음에도 불구하고, 나는 실로 간단하게 그 덫을 밟아 버렸다.

그리고 전이한 곳에는 대량의 마물이 있었다. 스물, 아니, 서른 마리는 되었겠지.

나는 마술사다. 스스로는 우수한 축이라고 생각했다.

무영창으로 마술을 쓸 수 있는 건 아니지만, 주문을 단축하여 어지간한 마술사보다 빠르게 마술을 쓸 수 있다. 많은 적을 상대하는 것에도 익숙했다. 대량의 마물에게 둘러싸여도 당황하지 않았다. 곧 전멸시키자는 생각에 도달했다.

하지만 마물은 쓰러뜨려도 쓰러뜨려도 계속 나왔다. 시야 구석에서 차례로 마물이 출현하였다. 이 미궁의 마물은 전이마법진이 어디로 통하는지 아는 것이다.

여기는 마물의 소굴. 마물들이 가엾은 희생자를 포식하기 위한 덫이다.

나는 죽음을 각오했다.

마물은 쓰러뜨릴 수 있다. 하지만 마력은 무한하지 않다. 언젠가 힘이 다해서 쓰러질 것을 직감했다.

내 마력이 3할, 아니, 2할 이하로 떨어져도 적의 숫자는 전혀 줄지 않았다.

사체의 숫자는 늘어나는데, 마물은 계속해서 밀려들었다.

완전히 궁지에 몰렸다.

구원은 오지 않는다. 버림받은 걸지도 모른다. 내가 저쪽 입장이라면 이런 한심한 여자는 두고 가겠지. 아무리 마술을 잘 쓴다고 해도 덫을 밟는 멍청이는 짐일 뿐이다.

아니, 그들이 나를 버릴 거라곤 생각되지 않는다. 어쩌면 전이의 발동범위에 파울로 씨 일행도 있어서 다른 장소로 전이했을까. 전력이 부족해서 일시적으로 철수할 수밖에 없었을까.

아무튼 구원은 오지 않는다. 나는 울 것 같은 마음으로 필사적으로 싸웠다. 계속해서 줄어드는 내 마력을 느끼면서.

그런 가운데 빛을 하나 찾았다. 이 넓은 방에 있는 여섯 개의 마법진. 그중 하나에서는 마물이 출현하지 않았다. 어쩌면 그 마법진을 통한 곳에는 마물이 없는 걸지도 모른다.

도박이다. 나는 모든 마력을 구사하여 마물의 포위를 돌파하고 그 마법진으로 뛰어들었다.

그렇게 도착한 곳이 이 공간이다.

간신히 살아남았다.

행운이었다. 물은 마술로 얼마든지 만들어낼 수 있다. 식량도 가방 안에 어느 정도 넣어왔다. 여기서 마력을 회복하고 어떻게든 탈출하자. 그렇게 생각하며 하루를 보냈다.

다음날, 나는 방에 딱 하나 있는 전이마법진을 밟았다. 그렇게 도착한 곳은 처음 보는 통로였다. 아무래도 랜덤으로 전이하는 마법진이었던 모양이다.

주위에 인기척은 없었다. 나는 자력으로 지도를 만들면서 미궁에서 탈출하기 위해 전진했다. 구원을 기다리는 것도 생각했지만, 파울로 씨 일행이 전멸했을 가능성도 있었다. 전이의 덫은 그렇게 무서운 것이다.

나는 통로를 돌아다니면서 전이마법진을 발견했다. 그 근처의 바위에 표식을 새기고 마법진에 뛰어들어서 낯선 통로로 전이했다.

그런 일을 몇 번이나 반복했다. 전이의 미궁은 그러지 않으면 나아갈 수 없다.

나는 덫을 밟지 않도록 주의하면서, 바위 등에 숨겨진 마법진을 조심하면서 이동했다.

앞으로 나아가는 건지, 돌아가는 건지는 알 수 없었다. 전이의 미궁에선 자신의 현재 위치도 파악할 수 없다. 감각을 믿을 수 없어진다.

불안하긴 하지만, 그래도 나아가야만 한다.

식량도 미덥지 않다. 마물을 쓰러뜨리고 그 고기를 먹으면서 나아갔다.

하지만 몇 차례 전이하다가 또 마물의 소굴로 날아가 버렸다.

죽을 기세로 싸워서 저번처럼 마물이 나오지 않는 마법진을 발견하고.

그리고 돌아왔다. 이 좁은 공간에.

그걸 몇 번 반복했을까.

다섯 번, 열 번. 눈앞의 마법진으로 이동하는 곳은 매번 다르다.

하지만 언젠가는 여기로 돌아온다.

나는 힘이 다했다. 아무래도 지쳤다. 체내시계로는 한 달 정도 지났겠지. 한 달이나 아무런 성과도 없이 빙글빙글 맴돌았다.

싸움은 편하지 않았다. 편한 싸움은 한 번도 없었다. 몇 번이나 공격을 맞고 출혈로 의식이 몽롱해진 적이 있었다. 언젠가부터 마물도 내가 도망치는 마법진을 가로막듯이 움직이기 시작했다.

생각 외로 놈들은 지능이 높다. 돌파하려면 전력을 다해야만 한다.

몸 곳곳이 아프다. 식량도 다 먹었다. 여기 마물은 딱딱하고 맛도 없다. 해독을 쓰지 않으면 먹을 수 없을 성노로 몸에도 나쁘다. 내 체력이 떨어지는 것을 느꼈다. 남아 있는 것은 마력뿐이다.

궁지에 몰렸음을 느꼈다.

다음에는 어떻게 될지 모른다. 조금만 더 적이 많았으면, 조금만 더 적의 연대가 좋았으면. 내 마력은 바닥을 쳐서 마물에게 사지가 갈가리 찢기고 잡아먹힌다. 그리고 그걸 운 좋게 회피해서 마물들을 돌파해도 또 여기로 돌아올 뿐이다.

그렇게 생각하니 눈앞의 마법진을 밟을 수 없었다.

아마도 마물은 내 존재를 알아차리고 있다. 내가 이 좁은 공간에 있는 것을 알고 있다. 그리고 이 좁은 공간의 마법진을 밟은 내가 그 소굴로 돌아오는 것도.

분명 준비하고 기다리고 있겠지. 내가 지쳐서 치명적인 실수를 하는 것을, 어딘가에서, 이제나 저네나 하면서 기다리고 있다.

예감이 들었다. 분명 '다음'은 없다.

"……."

여기서 나는 처음으로 죽음을 의식했다.

분명 사체는 발견되지 않겠지. 유품도 남지 않겠지.

아무것도 남기지 못하는 채로 나는 죽는다.

무섭다. 두려웠다. 어느 틈에 이가 딱딱 부딪치고 있었다. 소리치고 싶은 충동에 사로잡혀서 지팡이를 꾸욱 움켜쥐었다.

여태까지 죽음이란 것을 몇 번이나 보았다. 눈앞에서 사람이 죽는 것을 목격한 적도 여러 차례 있다. 강인한 전사가 메마른 나무처럼 마물에게 두 동강 나는 것을 본 적도 있고, 총명한 마술사가 토마토처럼 마물에게 박살나는 것을 본 적도 있다. 눈치 빠른 도적이, 민첩한 검사가 눈앞에서 죽었다.

그런 것을 본 날에, 언젠가 내 차례가 온다고 희미하게 생각한 적도 있다.

동시에 나는 괜찮다고 생각했다. 하지만 실제로 직면하고 보니 무서웠다.

나는 아직 아무것도 하지 않았다. 아직 하고 싶은 것도 있다. 꿈도 있다.

그래. 꿈이다. 나는 교사가 되고 싶다. 나는 남들에게 뭔가를 가르치는 것을 좋아한다. 교사로서의 재능은 없지만, 가르치는 것을 좋아한다. 그러니까 이번 일이 끝나거든, 무사히 제니스 씨를 구해내면, 마법대학에서 교직 시험이라도 칠까 생각했다. 학교 교사다.

마법대학에는 스승님이 계신다. 싸우고 결별한 스승님. 어쩌면 또 그분과 싸울지도 모른다. 하지만 지금이라면 분명 그 스승님과도 잘 지낼 수 있을 것 같다. …과시욕이 강한 사람이었는데, 지금은 수석교사 정도 되었을까.

평범한 행복이란 것도 느껴보고 싶다. 그래. 교사가 되면 결혼도 할 수 있겠지. 좋아하는 남자와 결혼해서 함께 살고, 그리고 정열적인 밤을 보낸다. 나는 마족이라서 어린애 같이 조그만 외모지만, 그래도 기회 정도는 있겠지.

"흥."

조소가 새어나왔다. 이 상황에서도 용케 이런 꿈 같은 생각이 나는구나.

나는 죽는다. 그 어떤 꿈도 이루지 못한다. 참담한 죽음뿐이다.

이렇게 되었으면 살아날 길은 없다.

이러고서도 살아난 사람을 나는 모른다.

……죽고 싶지 않다.

하지만 나는 마법진을 밟았다. 죽고 싶지 않으니까.

예감은 적중했다. 나는 모르는 통로로 전이했고, 모르는 마법진에 표식을 새기면서 몇 차례 이동했다. 그리고 당연하게도 마물의 소굴로 날아갔다.

언뜻 본 순간 무리라고 깨달았다.

마물들은 전이마법진 위에 죽은 마물을 쌓아두었기 때문이다. 역시 마물은 그 좁은 방으로 전이하지 않는 걸까. 그렇다면 저걸 치우고 뛰어드는 수밖에 없다.

"이 무리와 싸우면서?"

멋진 포메이션이라고 깨달았다. 사체의 산—— 내가 도망칠 전이마법진을 지키면서 마물들이 부채꼴로 배치되어 있었다.

정면에 있는 아이언 크로울러는 방어에 치중하듯이 움직이고, 아이언 크로울러의 뒤에서 타란튤라 데스로드가 실을 뱉어 이쪽의 움직임을 막으려고 들었다. 또 그 뒤에는 거대한 진흙

인형, 매드 스컬이 서서 바윗덩이를 사출하였다.

완전히 군대 같다고 생각하면서 나는 마술을 썼다.

"장엄한 대지의 갑옷을 두르라. '어스 포트리스'!"

주위에 돌로 요새를 만들었다. 이윽고 그것은 내 머리 끝까지 뒤덮어 돔 형태가 되어 나를 지키겠지. 하지만 나는 일정 높이에서 제어를 풀었다.

천장은 필요 없다. 가슴 정도까지 높이면 아이언 크로울러의 돌진을 막을 수 있다.

"떨어지는 물방울을 흩고, 세계는 물로 뒤덮이리라. '워터 스플래시'!"

내 주위에 무수한 물방울이 떠올라서 탄환이 되어 주위로 날아갔다.

하지만 이 마술의 공격력은 지극히 낮다. 마물들은 잠깐 발이 느려질 뿐. 알고는 있다. 곧바로 다음 마술을 사용했다.

"하늘에서 내려오는 푸르른 여신이여, 그 지팡이를 휘둘러서 세계를 얼린다! '아이시클 필드'!"

물방울이 묻은 마물의 표면이 빠직빠직 소리를 내면서 얼어붙는다. '워터 스플래시'와 '아이시클 필드'의 혼합 마술 '프로스트 노바'.

전위에 해당되는 마물들의 움직임이 완전히 멎었다.

나는 거기서 또 다른 마술을 날렸다.

"서리의 왕. 거대한 설원의 패왕. 순백을 두르고 그 모든 열기를 거두는 냉기의 왕. 죽음을 관장하는 차가운 왕이 얼린다!
'블리자드 스톰'!"

단축한 마술이 완성되었다. 본래 주위 전체에 대고 날리는
얼음창. 그것이 앞쪽에 부채꼴로 날아갔다. 얼음창은 얼어붙은
적 전위의 뒤, 마물들에게 차례로 꽂혔다.

적의 전위는 일부러 쓰러뜨리지 않았다. 얼음 조각상이 벽의
역할을 해 주는 동안 상급 마술을 외우고 배후의 후열을 친다.
이 전법으로 실론 근처에 있던 미궁을 돌파한 적도 있다.

필승의 전법이다. 하지만….

"…역시나, 틀렸, 습니까."

후위의 마물이 죽는 동시에 차례로 전이마법진에서 다른 마
물이 쏟아져 나왔다. 쓰러진 마물을 뛰어넘어 순식간에 방에
마물이 채워졌다.

순식간에 방은 마물로 가득해졌다.

내 마음도 절망으로 가득해졌다.

저 사체의 산을 치우지 않으면 여기를 돌파하는 건 불가능하
다. 하지만 수가 부족하다.

"큭!"

원거리에서 매드 스컬의 바윗덩이가 날아왔다. 어스 포트리
스 일부가 파괴되고, 움직임이 둔한 아이언 크로울러가 거기를
통해 꾸물꾸물 들어왔다.

등골에 식은땀이 좌악 솟았다.

"타 버린 검을 들고 적을 찢으라! '프레임 슬라이스'!"

화염 칼날이 날아가서 아이언 크로울러의 껍질을 붉게 가열했다. 아이언 크로울러는 몸부림치다가 숨이 끊어졌다.

아이언 크로울러는 불에 약하다. 하지만 동굴 안에서 불을 쓰는 건 묘수가 아니다. 스스로의 목을 조르는 결과로 이어진다. 하지만 안 쓸 수는 없다.

"장엄한 대지의 갑옷을 두르라, '어스 포트리스'!"

다시 흙의 벽을 만들었다. 마력 잔량이 눈에 띄게 줄어들었다.

초조해졌다. 어떻게 하면 좋을까. 어떻게 하면 살 수 있을까. 생각했다. 생각하면서 계속해서 마물을 쓰러뜨렸다. 하지만 모르겠다. 궁지에 몰린 것 아닌가. 이미 끝장 아닌가. 역시 나는 여기서 죽는 것 아닌가.

그렇게 생각하면서도 기계처럼 마물을 쓰러뜨렸다.

"…아."

다리가 비틀거렸다. 머리가 멍했다. 마력이 고갈되어 가는 게 느껴졌다.

앞으로 마술을 몇 발만 더 쓰면 나는 기절한다.

"싫어…."

나는 지팡이를 움켜쥐었다. 죽기 싫다. 죽기 싫다.

그렇게 생각하는데, 머릿속에는 지금까지의 일이 차례로 떠올랐다.

태어난 직후, 주위를 보았을 때 양친이 안타깝다는 얼굴을 하고 있었다.

조용한 마을이고, 나만 다른 사람과 대화할 수 없음을 알았다. 가엾게 생각한 부모님이 말을 가르쳐 주었다. 마을에 온 떠돌이 마술사에게 감명을 받아서 마술을 배웠다. 초급 물 마술을 무기로 마을을 뛰쳐나갔다. 뛰쳐나간 직후에 세 명의 소년과 만났다. 그들과 함께 몇 년이나 모험가로 돌아다녔다. 동료 중 한 명이 죽고 파티가 해산되었다.

중앙대륙을 여행했다. 거기서 여러 사람과 만나고 마법대학의 존재를 알았다.

마법대학에 입학했다. 수업이란 것을 처음으로 받고 감명을 받았다. 시험에서 좋은 성적을 거두고 실기에서 결과를 남겨서 주위에게 질투를 샀다. 기숙사에서 친구와 뒹굴면서 많은 이야기를 나누었다. 학년이 올라가서 스승님과 만났다. 스승님에게서 성급 물 마술을 배우고 간단히 쓸 수 있게 되어서 기가 살았다. 스승님에게 잔소리를 듣고 화가 났다. 졸업 후에 스승님에게 인사도 없이 떠났다.

나는 우수하니까 아슬라 왕국에서도 일할 수 있으리라고 생각하고 왕도로 갔다. 하지만 일을 얻을 수 없어서 점점 변경으로 이동했다. 변경에서도 일이 없어서 곤경에 처했다. 거기서 가정교사 모집 전단지를 보았다.

파울로 씨 가족, 그리고 루디와 만났다. 파울로 씨 부부의 정사를 보고 흥분했다. 루디의 재능에 놀라고 질투했다. 나처럼 잘난 척하지 않는 루디를 보고 존경과 비슷한 감정이 싹텄다. 루디에게 수성급 마술을 가르치고 여행에 나섰다.

실론 왕국 근처에 있는 미궁에 들어가기 시작했다. 답파했더니 실론 왕국의 초빙을 받았다. 팍스 왕자에게 마술을 가르치면서 다시 루디의 대단함과 내가 교사로서 재능이 부족하다는 사실을 깨달았다.

루디에게서 편지가 와서 열심히 마신어 교과서를 만들었다. 여러모로 싫증을 느껴서 실론 왕국을 떠났다.

그리고 전이사건을 알았다. 엘리나리제와 탈핸드와 만났다. 엘리나리제나 탈핸드의 분방함에 놀랐다. 마대륙을 여행했다. 양친과 재회하고 그분들이 분명히 나를 사랑해 주었음을 확인했다. 키시리카와 만났다. 그리고, 그리고….

그런 정경이 순식간에 머리를 스쳤다. 눈앞에서는 아이언 크로울러가 다가왔다.

방금 전의 불 마술의 열기가 방을 데워서 프로스트 노바의 효과가 약해진 것이다.

이제 틀렸다. 죽기 싫다, 싫다, 싫다.

"안 돼, 싫어…!"

나는 마구잡이로 지팡이를 휘둘렀다. 끈적이는 실이 날아와서 지팡이에 달라붙었다. 순식간에 지팡이를 떨어뜨렸다.

"죽기 싫어, 누, 누가, 도와줘…!"

뒷걸음질 쳤지만, 뒤는 벽이다. 아이언 크로울러가 다가온다. 몇 마리나, 몇 마리나, 이제 방법이 없다. 이대로 산 채로 잡아먹힐까. 싫다, 그런 건 싫다.

"누가 좀 도와줘…."

아. 아이언 크로울러가… 아.

눈앞에 다가오는 마물. 나는 눈을 꾹 감았다.

'이제 부모님과 못 만나겠네.'

마지막에 생각한 것은 그런 것이었다.

아무리 기다려도 그 순간은 오지 않았다.

혹시 난 즉사해서 이미 죽어 버린 것이 아닐까 생각했다.

그럴 리가 없다. 하지만 소리조차 들려오지 않았다. 여기는 이미 사후세계일지도 모른다. 조심조심 눈을 떴다. 거기에는 상상을 뛰어넘는 광경이 펼쳐져 있었다.

얼음 세계였다.

타란튤라 데스로드도, 아이언 크로울러도, 매드 스컬도.

모두 새하얀 얼음 조각상이 되어 있었다. 안에 있던 매드 스컬이 퍼석 소리를 내며 무너졌다. 본체인 두개골이 땡그렁거리며 지면에 떨어지더니 퍼걱 하고 갈라졌다. 속까지 완전히 얼어붙은 것이다.

표면을 얼릴 뿐인 나의 프로스트 노바와는 위력이 딴판이었다.

아마도 살아 있는 마물은 없겠지.

"…어?"

무슨 일이 일어났는지 몰라서 혼란스러운 채로 나는 지팡이를 주웠다.

"히익!"

지팡이는 얼음처럼 차가웠기에 무심코 떨어뜨렸다. 땡그렁하고 정적의 세계에 소리가 울렸다. 그 소리에 반응한 건지, 내 귀에 한 목소리가 들려 왔다.

"아아, 다행이다…."

얼음 조각상 사이를 누비듯이 걸어온 것은 한 청년이었다.

그를 본 순간 심장이 빠르게 울리는 것을 느꼈다.

가슴이 벌렁대는 소리가 자신의 귀에 닿았다.

얼굴에 피가 화악 몰려서 뺨이 뜨거워지는 게 느껴졌다.

내 이상형인 남성이 거기에 있었다.

부드러운 느낌의 머리칼과 온화한 얼굴. 키는 크고 로브 차림―― 마술사임에도 불구하고 튼실한 체격으로 보였다. 갈색 로브를 두르고 커다란 지팡이를 손에 든 채 이쪽으로 다가왔다.

그는 분명히 안도한 표정으로 나를 내려다보았다.

"어? 어?"

놀라는 나를 껴안았다. 따뜻하고, 힘 있고, 든든한 팔이었다.

화악 풍겨오는, 땀 냄새가 조금 섞였지만 어딘가 그리운 냄새.

그는 웅크려서 내 목덜미에 얼굴을 묻으며 감격한 듯이 크게 숨을 들이마셨다.

"후우…."

"……!"

그때 나는 어떤 사실을 깨달았다. 한 달 동안 제대로 씻지도 않았다.

"아."

그걸 깨달은 순간 나는 그를 밀치고 있었다.

"어라?"

놀란 얼굴을 하는 그. 이런. 미안한 짓을 했다. 도와주었는데. 하지만 냄새 나는 여자라고 보이고 싶지 않고…. 아, 아니, 지금은 그런 걸 신경 쓸 때가 아닌가?

어라? 머리가 안 돌아간다.

"죄, 죄송합니다, 냄새가 조금 나서…."

"내, 냄새가 나나요, 죄송합니다."

쇼크를 받은 얼굴로 자기 옷자락 냄새를 맡는 그.

"아닙니다! 제가 말이에요. 한 달이나 이런 곳에 있었기에."

"아, 그런가요. 하지만 난 신경 안 쓰는데요?"

"제가 신경 씁니다."

아, 이런. 이런 건 됐다. 일단 인사를 해야지.

"구해 주셔서 감사합니다."

"아뇨, 당연한 일입니다."

당연한 일이라니. 저 정도의 마물의 대군을 상대로 나를 구할 의리 따윈 없을 텐데. 그래, 이름. 이름을 물어야지.

"어흠…. 처음 뵙겠습니다. 제 이름은 록시 미굴디아라고 합니다. 가능하면 성함을 알려주실 수 있을까요?"

그렇게 말하자 그는 조각상처럼 우뚝 굳어 버렸다. 무슨 이상한 소리라도 했을까?

"처, 처음…?"

"어? 아, 어디서 만난 적이 있었나요? 그렇다면 죄송합니다. 저기, 기억을 못 해서."

그러고 보니 어디서 본 적이 있는 듯한 느낌이다. 어디였을까. 파울로 씨와 조금 닮았는데…. 이런 사람을 잊어버렸을까.

"기억을, 못 한다…."

그는 새파란 얼굴을 하였다. 화내는 걸까. 아니, 하지만 분명히 어디서 만난 적이 있는 것 같은데. 기억에 남는 얼굴이고, 분명히 예전에….

"기억을… 기억…."

그는 살짝 고개를 흔들면서 비틀거리듯이 뒤로 몇 걸음 물러났다. 그리고 갑자기 입가를 누르더니.

"우에에에엑."

토했다.

이 청년이 루디 —— 성장한 루데우스 그레이랫이라고 안 것은 그로부터 얼마 후의 일이었다.

뒤따라온 파울로 씨 일행과 합류하면서 나는 구사일생으로 살아났다.

제5화 불굴의 마술사

오래간만에 만난 록시는 별로 변하지 않았다.

외모도, 분위기도, 그대로다.

다만 한 달이나 미궁에 갇혀 있던 탓일까. 꽤나 쇠약해졌다. 뺨은 여위고 눈 밑이 시커매졌고, 풀어헤친 머리는 푸석거려서, 전체적으로 더러운 부랑아 같은 모습이었다. 물론 그래도 록시다운 점은 하나도 줄어들지 않았다.

그녀의 모습을 보고 기스는 즉각 귀환한다는 판단을 내렸다. 올바른 판단이다.

탈핸드가 록시를 업고 지상으로 돌아갔다. 꼭 내가 록시를 업고 가겠다고 진언했지만, 애초에 내가 전력에서 빠지면 2층을 빠져나갈 수 없다.

그러니까 어쩔 수 없다. 이렇게 털북숭이 남자에게 록시를 업고 가게 해도 되나 싶었지만, 록시를 포함하여 아무도 군소리 없었다.

"죄송합니다, 탈핸드 씨. 실례하겠습니다."

"됐네. 록시. 가끔은 나도 너를 도와야지."

"냄새나진 않습니까? 루디가 토할 정도니까 보통이 아닐 텐데요."

"하하하, 이 정도로 구리다고 하면 모험가 같은 건 못 해 먹지."

도중에 그런 대화가 내 바로 앞에서 들렸다. 록시와 탈핸드는 오랫동안 둘이서 여행했다고 들었다. 그 신뢰관계를 느끼게 하는 대화라서 조금 질투했다.

"선생님. 나는 딱히 선생님에게 냄새나서 토한 게 아니니까요."

질투 때문에 뒤에서 말을 붙이자, 록시는 힐끗 내 쪽을 보더니 바로 얼굴을 돌렸다.

"그, 그럼 왜 토했습니까?"

"록시 선생님을 만난 기쁨과 나를 잊어버렸다는 말의 슬픔 사이에 끼어서 위가 꽉 비틀렸습니다."

"…잊어버린 건, 아니에요. 다만 예전의 귀여운 루디와 지금의 루디가 이어지지 않았을 뿐입니다."

록시는 작은 목소리로 말하더니 그대로 입을 다물었다.

"……."

짧은 대화였지만, 오랜만에 듣는 록시의 목소리는 귀에 기분 좋게 닿아서 그대로 천국에라도 갈 것 같은 기분이었다.

록시의 귀환에 대기하던 이들은 환성을 올렸다.

이 미궁 탐색이 시작된 이후로 처음 나온 기쁜 뉴스였기 때문이겠지. 그 뉴스란 것도 자기가 한 실수를 만회했을 뿐이지만. 아니, 그건 아닌가. 원인이 무엇이든 기쁜 일은 기쁜 일이다.

록시는 곧바로 리랴에게 붙들려 목욕을 하게 되었다.

나는 그동안 록시를 위해 할 수 있는 게 없을까 생각하며 방 앞을 서성거렸지만, 베라에게 쫓겨났다. 여자가 목욕하는데 방 근처에 있지 말라는 이야기였다.

결단코 내게 흑심은 없었다. 나는 그녀를 위해 뭔가 하고 싶었다. 정말로 그것뿐이다.

분명히 전과가 있지만. 지금은 누명이다. 그렇게 주장할까 했지만 그만두었다.

이거면 됐다.

옆을 보다가 거기에 세탁물이 개어져 있으면 그대로 손이 미끄러져서 제일 위에 있는 하얀 천을 주머니에 넣을지도 모른다. 가엾은 고스트에게 속삭일 틈을 주어선 안 된다. 지금은 **아직** 누명. 그렇게 생각하니 그거면 됐다.

록시는 체력 회복을 위해서라도 며칠 안정을 취하게 되었다.

그러고 보면 그녀도 모험가다. 외상은 없고, 자기 발로 걸을 수 있을 정도로 체력도 남아 있다. 밥을 잘 먹고 편안한 침대에서 잘 자면 곧 회복할 수 있다고 장담하였다.

정말로 문제는 없는 모양이다.

그렇긴 해도 록시에게는 갑자기 안 좋은 모습을 보였다. 환멸하지는 않았을까. 갑자기 토하는 건 실례였다. 하지만 정말로 쇼크였다. 나는 계속 록시를 잊지 않았는데. 그런 록시가 날 잊어버렸다고만 생각해서.

…그러고 보니 실피도 내가 처음 만난다고 말했을 때 쇼크를 받았다고 했지.

그때의 실피도 이런 기분이었을까.

돌아가거든 그녀에게도 사과해야겠다.

록시는 꼬박 하루 동안 푹 잤다.

한 달이나 마물들의 미궁에 있었으니 어쩔 수 없겠지.

일어나면 제일 먼저 인사를 해 주려는 마음에 방 앞을 서성거렸는데, 리랴에게 쫓겨났다. 그때 힐끗 록시가 잘 자는 모습을 볼 수 있었기에 그걸로 만족하기로 했다. 얼른 좋아지면 좋겠다.

록시는 그 다음날이 되자 일어났다. 마침 점심시간이었다.

그녀는 어색한 동작으로 우리가 식사하는 테이블 앞에 앉았다.

"안녕하세요, 록시 선생님!"

"예, 루디… 루데우스 씨, 안녕? 하세요."

테이블 앞에 있던 사람은 나를 포함하여 네 명. 엘리나리제,

파울로, 탈핸드였다.

기스와 나머지 세 명은 현재 물건을 사러 나갔다. 탐색조는 도시에 있을 때에는 푹 쉬고, 그동안 대기조가 움직이는 구도다.

기스는 탐색조지만, 어째서인지 대기조의 지휘를 맡았다. 그 녀석, 열심히 뛰어다닌다고 할까, 부지런하군. 모험가는 그만두고 경영가가 되는 편이 낫지 않을까?

"여러분….”

이 자리에 있는 전원이 록시를 쳐다보았다.

록시는 미안한 표정을 짓더니 모두다 한 번씩 시선을 맞춘 후 머리를 숙였다.

"이번에는 수고를 끼쳤습니다. 저는 이제 괜찮습니다."

그녀의 행동에 대한 반응은 제각각이었다. 됐다면서 어깨에 손을 두르는 사람. 당연한 일을 했다며 끄덕이는 사람. 술을 마시고 술병을 내미는 사람. 복귀에 감동하여 말을 잃은 나.

"뭐, 인사라면 루디에게 해. 이 녀석이 갑자기 '아버지, 신의 기운이 느껴집니다'라는 소리를 하면서 벽을 뚫고 달려가지 않았으면 못 찾았을 테니까."

파울로의 말을 들으면 내가 이상한 사람 같지만, 3층을 공략하다가 나는 왜인지 록시의 위치를 알 수 있었다. 그리고 록시가 궁지에 처했다는 예감도 있었다.

시급한 상황이라고 판단한 나는 붕괴의 위험 따윈 개의치 않고 벽을 향해 똑바로 돌진했다.

똑바로 달려간 곳에는 벽이 있었지만, 개의치 않고 뚫으며 직진했다.

왜 그런 예감이 들었는지는 모른다. 왠지 확신이 있었다. 분명 나와 록시가 서로를 끌어당긴 것이다. 분명 그렇다. 응. 어쩌면 인신이 뭔가 했을 가능성도 조금은 있지만, 믿지 않는다. 나의 신은 한 명뿐이다. 잠깐, 그렇다면 이것도 신의 인도 아닌가? 그럼 신기할 일도 아니다.

그런 생각을 하는데 록시가 나를 향해 또 고개를 숙였다.

"어어, 루데우스 씨, 저기, 감사합니다."

…뭐지. 록시에게서 어딘가 모르게 거리감이 느껴졌다.

이 감각은 알고 있다. 학교에서 배웠다. 이름이다. 이름을 그렇게 부르기 때문이다. 루데우스 씨라고 부르기 때문에 거리감이 느껴진다.

"신경 쓰지 마세요. 당연한 일이니까요. 그보다 예전처럼 루디라고 불러주세요."

그렇게 말하자 록시는 고개를 조금 숙인 상태로 띄엄띄엄 대답했다.

"그, 그렇게 부르면, 너무 친한 척 구는 것 같지 않을까요?"

"아뇨, 전혀요. 선생님이 루데우스 씨라고 부른다면 아버지에게도 루데우스 씨라고 부르게 하겠습니다."

"어이, 그게 뭔 소리냐."

파울로의 딴죽 따윈 들리지 않는다.

"예전처럼 친근함을 담아서 루디라고 불러주세요. 몇 년이 지났어도 록시 미굴디아는 내가 존경하는 선생님이니까요."

그렇게 말하자, 록시는 눈을 껌뻑거렸다.

기분 탓인지 얼굴이 빨갛다. 혹시 열이라도 있는 걸까.

그때 그녀는 자기 뺨을 찰싹찰싹 때렸다.

"예, 그렇군요…. 루디."

"예, 선생님."

살짝 자조의 웃음을 지으면서 록시는 나를 보았다. 그 얼굴은 살짝 붉었다.

"그건 그렇고, 많이 자랐네요."

"인간이니까요. 선생님은 변함없는 모양이네요."

"예…. 여전히 작습니다."

"그렇게 작은 건 아니라고 생각하는데요."

"그런가요…?"

그립다. 눈을 감으면 록시와의 옛날 일이 이것저것 떠오른다.

처음 만난 날. 처음 마술을 배운 날. 그녀의 팬티를 받은 날. 성급 마술을 배운 날. 헤어진 날. 편지를 주고받은 나날. 모두 소중한 추억이다.

"그렇긴 해도 훌륭한 마술이었습니다. 제가 없어도 착실히 수행을 한 모양이네요. 그건 제급 물 마술인가요?"

"그거라는 게 뭘 말하나요?"

제급 마술을 썼던가?

"저를 구해 주었을 때에 쓴 마술 말입니다. 그 위력, 즉효성, 범위. 훌륭한 마술이었습니다. 소문으로 듣던 제급 마술 '앱솔루트 제로'인가요?"

아니다. 그건 단순한 프로스트 노바다. 2층을 이동하는 동안에 탈핸드에게서 록시가 썼던 효과적인 마술이라는 말을 듣고 흉내 내어 썼을 뿐이다.

하지만 록시는 '어떤가요? 정답이죠?'라고 하는 듯한 얼굴이었다.

아니라고 대답하는 게 올바른 선택일까. 록시는 물 마술의 전문가다. 그런데 마술을 잘못 보았다면 부끄럽지 않을까? 여기선 아니더라도 그렇다고 대답해야 하지 않을까? 물론 금방 들킬 거짓말이다. 여기서 긍정하고 나중에 몰래 거짓말이라고 전하는 게 현명하겠지. 아니, 하지만 제급이라는 말에 록시가 싫은 표정을 하면 어쩐다. 스톤 캐논의 위력은 제급까지 올라갔다는 모양인데, 하지만 실제로 그런 단계의 마술은 쓸 줄 모른다.

으음, 어쩐다.

"아니, 그건 단순한 프로스트 노바라네. 록시가 쓰는 것보다 위력은 강하지만."

"아, 그, 그랬습니까, 실례했습니다."

내가 고민하는데 탈핸드가 대답해 주었다. 괜한 짓을 했군. 여기선 내가 한마디….

"록시는 여전하네요. 하지만 루데우스라면 제급 마술을 써도 이상하지 않다는 의견에는 찬성이랍니다."

하지만 거기서 엘리나리제가 은근슬쩍 변호해 주었다.

"루데우스는 마법대학에서도 한 수 위로 쳐주는 마술사니까요."

괜한 소리를. 어느 틈에 다른 전원의 시선이 내게 집중되어 있었다. 좋아, 지금이다.

"지금의 내가 있는 것은 선생님의 교육의 산물입니다."

자신을 가지고 그렇게 말하자, 록시는 의심 어린 시선을 보내왔다.

"루디…. 그거 곳곳에서 들었는데, 정말로 그렇게 생각하나요?"

"당연하지요."

록시의 가르침은 내 기초에 있다. '밖에 나가서 사람과 이야기한다', '누구와도 편견 없이 친하게 지낸다', '언제라도 최선을 다한다'. 그런 가르침은 내 밑바닥에 뿌리를 내렸다.

그렇기에 루이젤드와도 좋은 관계를 쌓을 수 있었다. 가르침을 지킬 수 없을 때도 분명히 있었지만, 그래도 그건 그거. 인간은 항상 최고의 상태로 있을 수 없는 법이다.

중요한 것은 지켰느냐 아니냐가 아니다. 근본에 있는가 아닌가다.

그런 의미로 나는 록시를 존경한다. 사인을 받고 싶을 정도다.

"당신은 제가 가르치지 않았더라도 혼자서 성장했겠지요."

록시는 자조하듯이 웃었다.

"이렇게 훌륭해지다니. 실수나 저질러서 미궁에 갇히는 저와는 정반대입니다."

그리고 테이블 위에 푹 엎어졌다. 정수리가 보여서 조금 귀엽다.

"스승이 훌륭하고, 제자도 훌륭, 그거면 된 거 아닌가?"

그렇게 말한 것은 파울로였다. 좋은 말이다. 그래, 나는 딱히 대단하지 않지만, 록시는 훌륭한 인물이다. 세세한 부분에서 제자에게 진 게 뭐 어떻단 말인가. 그 정도로는 록시의 인물됨을 헤아릴 수 없다.

"록시가 없었으면 우리는 여기에 없어. 더 자신을 가져줘."

파울로의 말에 록시는 조금 회복된 듯했다. 다시 몸을 일으키고 고개를 끄덕였다.

그 뒤에 기스가 돌아오고 회의를 시작했다. 대기조를 포함한 전원이 참석하였다.

"록시의 몸 상태를 보고 소정하겠지만, 다음에 탐색하는 건 사흘 뒤로 할까 해."

의장인 기스가 그렇게 말했다.

"너무 이르지 않나?"

그렇게 대답한 건 파울로였다. 미궁 탐색이란 의외로 신경을 갉아먹는다. 특히나 전이의 미궁처럼 덫이 많은 곳에서는 전투 중에서도 밟으면 안 되는 장소에 주의를 기울이면서 싸워야만 한다.

　후위인 나는 몰라도 전위의 두 사람에게는 부담이 크겠지.

　"록시는 얼른 미궁에 다시 들어가는 편이 나아."

　"응? 아, 그런가. 그래, 분명히 그렇지."

　파울로는 끄덕였지만, 나는 다소 납득할 수 없었다.

　목숨을 잃을 만한 위험과 마주친 뒤에 바로 재돌입이라니, 록시도 힘들어하겠지.

　"선생님에게는 휴양이 더 필요하지 않나요?"

　"응? 아하…. 선배는 모를지도 모르겠는데, 미궁에서 죽을 뻔했을 때 곧바로 다시 안 들어가면 두 번 다시 미궁에 못 들어가는 저주에 걸려."

　"저주? 그런 게 있습니까?"

　"그래, 왠지는 모르겠는데 말이지. 미궁에 들어가려고 하면 공포가 너무 커져서 아무것도 못 하게 된다고 해."

　아, 생전에 만화에서 읽은 적이 있다. 공황 장애의 일종인가.

　이른바 PD. 대처요법으로는 실패한 직후에 다시 시작하는 편이 낫다는 것도 들은 적 있다. 그런 것은 어느 세계든지 똑같은가.

　"게다가 선배는 미궁 초심자야. 짧은 페이스로 여러 번 들어가는 편이 경험도 쌓이겠지.”

“아하, 일리 있네.”

그런 대화에 주위 사람들이 차례로 끼어들기 시작했다.

“공격 마술사와 치유 술사를 겸임하는 움직임이라면 조언할 수 있습니다.”

“루디가 쓴, 벽을 뚫고 전진하는 방법은 되도록 하지 않는 편이 좋아. 붕괴의 위험이 있지.”

“뭣하면 내가 앞으로 나서지.”

“생각해 봤는데, 파울로와 제 위치를 바꾸지 않겠어요?”

각자가 지난번의 감상이나 앞으로의 의견을 주고받고, 의장 기스가 그걸 정리하였다.

모두 진지하다. 조금 더 적당히 해도 좋을 것 같지만, 그러지 않는 모양이다. 썩어도 S급 모험가 파티라는 걸까.

이 회의에서 내가 발언할 일은 적다. 처음 들어가는 미궁의 감상을 묻길래 대답했을 정도다.

그들은 프로, 나는 아마추어. 아무리 마술에 능하더라도 그 전제를 잊어선 안 되겠지. 지난번에 잘 풀렸다고 해서 이번에도 잘 풀릴 거라고는 할 수 없으니까.

“아무튼 다음에는 3층 공략을 진행하자. 전개에 따라 다르겠지만, 최소한 4층으로 이어지는 마법진을 찾을 때까지는 가자, 알겠지?”

“반대 없음.”

기본적으로는 다음 층으로 가는 계단을 찾거든 계속 들어갈지, 일단 물러날지를 정한다. 돌아왔을 경우는 지난번 지점까지 일직선으로 가서 다시 탐색 재개다. 저번에는 3층까지 단숨에 내려갔는데, 그것과 같군.

　간격이 너무 벌어지면 덫이 늘어날 가능성도 있다는 모양이니까, 신속함이 요구된다는 말이었다.

　"그러고 보니 책에서 읽은 바로는 4층은 전혀 다른 느낌이라나 봐. 유적 같다나."

　"그렇다면 어쩌면 최심부가 두 개일 가능성도 있군."

　"으음…. 뭐, 4층 생각은 나중에 하자. 다음은 3층이야."

　"음."

　오랫동안 존재한 미궁이 다른 미궁과 연결되어서 마력결정이 두 개 있는 상태가 되는 경우도 있다. 그런 미궁은 중간부터 미궁의 느낌이 변한다는 모양이다.

　전이의 미궁의 특징이 바로 그렇다. 그렇다고 해도 그 특징에 맞는 미궁이 전부 마력결정을 두 개 가진 것도 아니라는 모양이다. 어디까지나 가능성의 문제다.

　책에 따르면 전이의 미궁의 마력결정은 하나라고 했다.

　하지만 원래는 전이의 미궁이 아니라 어디에나 있는 흔한 미궁이었는데, 다른 유적과 연결되면서 전이의 미궁이 되었을 가능성이 있다.

　다른 유적이란 예를 들어서 전이유적일 수도.

"책이란 말이 나왔는데, 그게 뭔가요?"

그때 록시가 의문을 표했다.

"루디가 가져온 책이야. 전이의 미궁을 최심부 부근까지 공략한 녀석의 수기지. 록시도 읽어봐."

문제의 책이 기스에게서 록시에게로 넘어갔다.

"헤에, 이런 것이…. 알겠습니다. 내일 정도에 숙독하지요."

록시의 내일 예정은 독서인 모양이다.

그렇다면 나도 숙소에 있도록 하자. 록시와 더 이야기를 하고 싶다. 무슨 이야기를 하면 좋을지 모르겠지만. 책을 읽을 거면 그 책의 내용에 대해 이야기하면 될까. 듣는 록시, 가르치는 나. 응, 좋군. 좋아. 실로 좋아.

"자, 포메이션 말인데, 살짝 손을 대자. 탈핸드, 부탁해."

그런 생각을 하는데 의제가 다음 단계로 넘어갔다. 탈핸드가 어흠 소리 내어 헛기침을 했다.

포메이션은 이 남자가 정한다. 제일 뒤에 있으면서 현장을 가장 잘 보았으니까.

"흠, 맡겨주게나."

그렇긴 해도 술 냄새. 이 남자는 항상 술 냄새를 풍긴다.

기스도 밤이 되면 들이붓듯이 마시지만, 탈핸드는 대낮부터 계속 마셔댄다.

물론 미궁 탐색이 시작되면 한 방울도 안 마신다. 할 때와 안 할 때를 딱딱 가를 줄 아는 남자다.

"기본은 여태까지와 같지."

테이블에는 두 개의 선을 그은 종이와 색깔이 다른 조약돌이 준비되었다.

탈핸드는 일단 파란색 돌을 올려놓았다.

"일단 이전과 마찬가지로 록시가 제일 뒤라네."

"예."

록시가 끄덕였다. 그리고 그 바로 옆에 회색의 돌을 놓았다.

"루데우스는 록시의 서포트. 록시는 예상 밖의 일이 일어나면 실수를 하는 타입인데, 루데우스는 '예견'의 마안을 가졌지. 나이에 비해 차분하기도 하니 사전에 미스를 막아줄지도 모르지."

"…예."

마치 록시의 차분함이 부족하다는 듯한 말이다. 항의하고 싶지만 록시도 실수로 전이마법진을 밟은 몸이니 뭐라고 했다간 긁어 부스럼이 될 테니까 그만두자.

하지만 생각해 보면, 예견안은 보지 않은 것이면 예견할 수 없다. 즉, 록시를 보고 있어야 한다. 미궁 탐색 중에 계속 록시를 시야에 넣을 대의명분이 생겼다고 생각하면 나로서는 나쁘지 않다. 록시를 보고 있기만 해도 행복한 기분이 들기 때문이다.

"파울로와 엘리나리제는 교체해 볼까. 파울로가 앞, 엘리나리제가 뒤."

탈핸드는 그렇게 말하면서 붉은색의 돌 파울로를 앞으로, 황

색의 돌 엘리나리제를 뒤로 움직여서 교체하였다. 그렇다고는
해도 거의 나란히 선다.

역할적인 교체라는 의미겠지. 전에는 탱커인 엘리나리제가
주도하고 파울로가 서포트였는데, 이번에는 반대. 파울로가 메
인 탱커고 엘리나리제가 서포트가 된다.

"기스는 여태까지와 같네."

갈색의 돌은 그보다 훨씬 앞. 그리고 마지막에 자기 돌을 중
앙에 두었다.

"필요 없다고 생각하지만, 3층은 적의 숫자가 많지. 내가 후
위의 벽이 되지."

척후 : 기스

전위 : 파울로, 엘리나리제

중위 : 탈핸드

후위 : 루데우스, 록시

이런 포메이션이 되었다. 기스를 제외하면 주사위의 5 같은
모습일까.

"무슨 의견 있나?"

그 말에 나는 손을 들었다.

"기본적으로는 내 역할이 변하지 않는다고 생각하면 되는군
요?"

"음. 세세한 연대 쪽으로는 록시와 서로 의견을 나눠보면 좋
겠지."

그 말을 듣고 록시를 보았다. 그녀는 나를 보고 다소 긴장한 얼굴로 침을 삼켰다.

"알겠습니다. 선생님, 잘 부탁드립니다."

"예, 이쪽이야말로 방해가 되지 않도록 노력하겠습니다."

오히려 내가 방해가 될 것 같은데.

록시는 더 당당하게 행동했으면 좋겠다. 분명히 마력 총량과 쓸 수 있는 마술의 가짓수로는 내가 앞설지도 모른다. 하지만 스테이터스상의 강함이 모든 것을 정하는 게 아니다. 거기에 경험이 더해져야 그 진가를 발휘할 수 있다. 그런 점을 고려하면 록시는 나보다 위에 있다고 생각된다.

한 달이나 전이의 미궁에 갇혀서 계속 싸우고, 그리고 또 며칠 뒤에 아무 일도 없었다는 듯이 또 들어가려는 록시의 멘탈은 대단하다.

나라면 크게 고생했으면 두 번 다시 안 가겠다고 맹세하겠지.

군자는 위험한 곳에는 가지 않는 법이다. 겁쟁이라고 말해도 좋다. 나는 겁이 많다.

"좋아, 이쪽은 이 정도면 됐겠지. 다음은 대기조."

그 뒤에 기스는 대기조에게 척척 지시를 내렸다. 탐색 중에 구입해야 할 것의 리스트를 베라에게 건네고, 쉐라에게 록시의 용태를 듣고 또 제니스의 상태를 예상하여 의료품을 준비하라고 말했다. 그리고 그 두 가지를 잘 이행해 달라고 리랴에게 부탁했다.

　탐색조의 조장이 기스라면, 대기조의 조장은 리랴다.

　그리고 이 파티의 리더는 파울로다.

　이 리더가 뭘 하느냐 하면 최종적인 결단과 점호다.

　"좋아, 그럼 다들 사흘 뒤를 대비하여 해산."

　파울로의 호령으로 해산하였다.

　다음날 나는 숙소 1층에서 책을 읽는 록시의 주위를 어슬렁거렸다. 뭔가 모르는 게 있거든 나한테 물어봤으면 했다. 다른 누구도 아닌 나에게.

　"저기, 루디⋯."

　"예, 뭡니까, 선생님!"

　"눈앞을 자꾸 왔다 갔다 해서 집중이 흐트러집니다."

　록시는 쓴웃음을 지으면서 그렇게 말했다.

　"죄송합니다."

　나는 머리를 숙이고 그 자리를 뜨려고 했다.

　그래. 집중이 흐트러지나. 그렇군요. 독서를 방해했군요.

　방해하면 안 되지. 그건 내가 바라는 바가 아니다. 나는 선생님을 돕고 싶을 뿐이다. 하지만 어쩔 수 없다. 방해된다면 어쩔 수 없다. 어디로 갈까. 그래, 어디 인적 없는 술집이라도 가자. 가끔은 혼자서 마시자. 그러자.

　"루디."

그런데 그때 뒤에서 목소리가 들렸다.

"계속 어슬렁댈 만큼 한가하거든 이 책에서 잘 모르는 곳이 있으니 가르쳐——"

"예!"

나는 바로 록시의 옆에 앉았다. 세계에서 가장 빠르다고 자부할 수 있다.

혹시 내게 개의 꼬리가 있었으면 꼬리가 일으킨 바람으로 공중 부유를 실현했겠지.

"어디입니까. 뭐든지 물어보세요."

아아…. 그렇긴 해도 록시는 정말로 작구나. 내 몸이 커진 것도 관계가 있겠지만. 무릎 위에 앉히면 완전히 감쌀 수 있을 것 같다. 무릎 위에 앉히면 화낼 것 같지만….

"……."

그렇게 보고 있으니 록시가 슬쩍 시선을 올려서 나를 보았다.

"왜 그러나요, 선생님?"

그렇게 묻자, 록시는 시선을 돌려 다시 책을 보았다.

"아뇨, 아무것도 아닙니다. 이 부분 말인데요…."

어느 틈에 내 키는 록시보다 훨씬 커졌으니까. 분한 걸지도 모르지. 키가 작은 걸 신경 쓰는 눈치고.

그런 생각을 하면서 나는 그날 록시와 함께 독서를 했다.

만족스럽다.

제6화 박자 척척

　록시를 더해서 미궁 공략이 재개되었다.

　일단은 예정대로 단숨에 3층까지 내려간다.

　3층의 적은 세 종류. 타란튤라 데스로드, 아이언 크로울러에 매드 스컬이 추가된다.

　매드 스컬은 A급 마물이다. 외견은 머리 없는 진흙거인이다. 크기는 2.5미터 정도 될까. 옆으로도 널찍하고 다부져 보인다. 가슴 근처에 해골이 묻혀 있어서 거기가 약점이다. 그래, 자ㅇ라나 사ㅇ엘과 비슷할지 모른다.

　움직임은 둔중하지만, 진흙 부분을 아무리 공격해도 의미가 없고 위험한 상태가 되면 가슴의 해골이 몸속으로 숨는다. 공격방법으로는 진흙 몸으로 때리는 것 외에 스톤 캐논 같은 마술을 사용한다.

　하지만 놈이 A급으로 간주된 것은 그런 이유가 아니다.

　이 녀석은 지능이 낮은 마물을 부릴 수 있다.

　매드 스컬은 타란튤라 데스로드, 아이언 크로울러를 부하로 삼는다. 골렘 같은 외견과는 딴판으로 지능이 높고, 아이언 크로울러를 전위, 타란튤라 데스로드를 중위, 자기가 후위에 있는 포메이션을 짜서 공격해 온다. 매드 스컬은 지휘관 타입의 마물이다.

아이언 크로울러가 돌진하고 타란튤라 데스로드가 끈적대는 실로 움직임을 막는 2단계의 전술. 거기에 매드 스컬의 지휘와 스톤 캐논이 더해진다.

2층에서 고전했던 파울로 일행에게 이 전술은 힘겨운 것이었겠지. 간신히 맞서는 게 고작이라서 록시를 탐색하러 갈 상황이 아니었을 것이다.

하지만 나와 록시가 더해지면 아무런 문제도 없다.

결국 중위에 있는 타란튤라 데스로드는 대단할 것 없기에 내가 후위에 있는 매드 스컬을, 록시가 전위에 있는 아이언 크로울러를 솔선해서 공격하면 된다. 타란튤라 데스로드는 나머지 셋에서 충분히 대응할 수 있다.

내가 뒤부터, 록시가 앞부터. 그렇게 줄어든 적을 나머지 세 명이, 그런 형태로군.

매드 스컬은 물에 약하다. 진흙이니까. 수분량이 많아지면 쓸려간다. 아니면 불이다. 진흙을 건조시키면 녀석은 움직일 수 없어진다.

하지만 내 경우는 스톤 캐논으로 충분하다. 마안을 써서 저격하면 약점인 해골을 한 방에 뚫어 버릴 수 있다. 원샷 원킬이다.

나는 민완 스나이퍼. 다만 스폰 지역에서 움직이지 않는 송충이다.

"후우."

적을 섬멸한 뒤에 록시가 한숨을 쉬었다. 나는 그녀의 모자 챙에서 엿보이는 얼굴을 보았다. 마력이 줄어들었는지 조금 지친 기미가 있는 얼굴이었다.

문득 록시가 내 쪽을 보았다. 올려다보듯이 살짝 시선만 든 모습.

눈이 마주치자 그녀는 재빨리 눈을 돌렸다.

"슬슬 마력이 바닥납니다. 휴식을 부탁하겠습니다."

그 말에 통로까지 돌아간 뒤에 휴식하기로 했다.

내 쪽은 아직 마력 총량에 여유가 있다. 아니, 절반도 줄지 않았다. 기본적으로 스톤 캐논밖에 쓰지 않았고, '프로스트 노바'로 적을 얼리는 록시 쪽이 소모가 빠른 건 어쩔 수 없다.

"죄송합니다. 마력 총량이 부족해서."

록시는 앉으면서 그렇게 말했다.

"아뇨, 충분하다고 생각하는데요."

록시의 마술 실력은 지극히 대단하다. 주문 단축으로 범위 마술을 펑펑 쓰고 있는데도 명중률이 높다. 가끔씩 '워터 스플래시'의 물보라가 파울로나 엘리나리제에게 튀지만, 그 뒤의 '아이시클 필드'는 놀랄 만한 정확도로 적만을 얼렸다.

그런 정밀도는 그만큼 마력을 소비할 것이다. 그런데도 그녀는 상당히 오랜 시간 동안 계속 싸울 수 있다. 결코 마력 총량이 적은 게 아니다.

아마도 실피와 동등하거나 그 이상이겠지.

"자, 슬슬 4층으로 가는 마법진이 보였으면 좋겠는데."

기스가 턱을 벅벅 긁으면서 책과 지도를 대조하였다.

3층까지 내려온 지 슬슬 이틀이 지나려고 한다. 책의 저자가 3층을 돌파하는 데에 걸린 시간은 닷새. 우리는 그들보다 페이스가 빠르고, 3층 자체는 몇 번이나 오가면서 지도도 완성하였다. 슬슬 다음 마법진을 찾을 수 있을까.

"루디, 잠깐 등 좀 빌려줄 수 있겠습니까?"

"얼마든지요."

그렇게 답하자 록시가 내 등에 몸을 기댔다.

휴식시간 동안 록시는 내 등에 기대어 쉬었다. 바위벽에 기대는 것보다 사람의 등에 기대는 편이 편하겠지. 덕분에 득을 보았다.

"그렇긴 해도 루디와 미궁에 들어올 거라고는 생각도 하지 못했습니다."

"그렇군요. 내 움직임에서 뭔가 주의할 점이 있습니까?"

"예? 루디는 파티로서 행동하는 법의 기초가 잘 잡혀 있으니 뭐라 할 데가 없네요."

"감사합니다."

"무영창 마술도 지극히 정확도가 높아서 대단합니다."

"아뇨, 아직 멀었습니다."

아직, 그래, 아직 멀었다. 록시를 보고 있으면 정말로 그런 생각이 든다. 그녀는 수중의 카드를 늘리는 게 아니라, 그 카드로 할 수 있는 일을 늘렸다. 카드의 조합으로 상대를 압도하는 것이다.

나도 예전에는 그랬을 텐데, 어느 틈에 스톤 캐논과 매드풀만 사용하게 되었다.

이래선 안 되는데, 어느 정도의 상대에게는 그거면 이긴다. 그렇다고 해도 내가 상정하는 상대에게 자잘한 기술은 통하지 않는다. 적당한 상대도 없다. 목표가 높은 곳에 있고, 눈앞의 목표가 없다. 이래선 실력이 늘 수가 없다.

"루디."

"말씀하세요."

"혹시 제니스 씨를 구해내고 여유가 생기면 둘이서 미궁에 들어가지 않겠습니까?"

"둘이서 말인가요?"

"예. 지금은 절박한 상황이지만, 미궁 탐색은 재미있지요. 더 간단한 미궁에 둘이서 파티를 짜고 들어가지 않겠습니까?"

미궁인가. 솔직히 나는 기스가 없으면 순식간에 덫에 걸릴 것 같은데.

하지만 록시는 혼자서도 미궁을 탐색할 수 있는 사람이다. 다소 덤벙대지만 실적도 있다. 그녀를 따라가면 어쩌면 답파할 수 있을까.

"좋습니다. 돌아가면 둘이서 해 보죠."

"약속이에요."

"예, 약속입니다."

시야 구석에서 록시가 불끈 주먹을 쥐었다.

"…아, 졸음이 오네요. 잠깐 눈을 붙이겠습니다."

"예, 좀 주무세요."

잠시 후 등 뒤의 록시에게서 힘이 쭈욱 빠졌다.

기세를 타고 대답했는데, 미궁 탐색은 상당한 시일이 필요하지. 육아도 해야 하는 내게 그럴 시간이 있을까.

…뭐, 지금 당장 어쩌자는 이야기는 아니다. 짬이 생긴 뒤면 되겠지. 아이가 태어나서 어느 정도 자라고, 나와 실피에게 여유가 생긴 뒤. 그때면 나도 스무 살을 넘었겠지만, 문제는 없다.

그렇긴 해도 기쁘네. 록시에게 파티 권유를 받다니. 실력을 인정받은 기분이다. 그녀의 앞에서 안 좋은 부분을 보이지 않도록 조심해야지.

그렇게 생각하니 나도 조금 졸렸다.

4층으로 가는 마법진을 발견한 뒤에 3층을 구석구석 탐색했다.

하지만 제니스의 모습은 찾아볼 수 없었다. 그렇기 때문에 우리는 4층으로 내려가기로 했다.

4층으로 가는 전이마법진에 올라가자 주변이 변했다.

눈에 익은 돌벽. 전이마법진이 있던 유적과 비슷했다. 역시 같은 계통의 유적이 미궁으로 변한 걸지도 모르겠다.

"기스, 어떻게 할까?"

"응? 아직 조금 여유가 있어."

"좋아, 그럼 4층의 분위기를 확인한 뒤에 일단 물러난다."

두리번거리며 주위를 확인하는 내게 파울로는 빠릿한 얼굴로 말했다. 풀죽었을 때의 파울로는 어디를 어떻게 봐도 글러먹은 인간이지만, 역시나 일을 할 때의 파울로는 멋지군.

제니스가 그 모습을 보고 반했다고 해도 이상할 건 없겠다. 내게도 저 피가 흐른다면 실피가 곧잘 내게 했던 말은 빈말이 아니라 본심일지도 모른다.

"선생님, 진지한 얼굴을 할 때의 나는 멋진가요?"

슬쩍 록시에게 그런 질문을 했다. 다소 나르시시스트 같았을지도 모른다.

록시는 모자챙 사이로 힐끗 나를 보고 말을 흐렸다.

"어? 어어, 아아, 으음, 뭐, 뭐어, 멋지지 않을까요?"

그리고 슬쩍 얼굴을 돌렸다.

오케이. 그 반응만으로 충분히 마음은 전해졌다. 대답하기 껄끄러운 질문을 했군요. 실례. 콧대가 다소 높아졌던 모양이다. 하지만 나는 록시가 귀여움 떨면서 "나 귀여워?"라고 물으면 형광봉을 두 손에 들고 환성을 지르며 긍정할 거다. 그것도 제일 앞줄에서.

남자는 얼굴이 아냐. 하트야. 새빨갛게 달아오른 강철의 하트가 필요해.

그런 하트로 때리면 누구든 한 방에 넉아웃이다.

"루디, 적이다."

앞을 보니 갑옷을 입고 네 개의 팔이 달린 마물 둘이 걸어오고 있었다.

아머드 워리어다. 일단 이런 갑옷은 언데드에 속하는 모양이다. 그리고 언데드에게 잘 듣는 것은 신격과 바위다. 질량 있는 커다란 스톤 캐논을 쏘면 대충 한 방으로 가루가 된다.

"스톤 캐논으로 선제공격하겠습니다."

"아, 루디. 안 됩니다."

지팡이를 들었을 때 록시가 제지했다.

"아머드 워리어는 수신류의 기술을 쓴다고 들었습니다. 함부로 마술을 쓰면 카운터가 날아옵니다."

수신류. 별로 만난 적 없지만, 흘리기와 카운터를 주류로 삼는 검술이다. 이 흘리기나 카운터는 왜인지 마물에게도 유효하다. 뭘 어떻게 하면 그렇게 되는지 모르겠지만, 공격 마법에 대한 카운터로 검광을 날리는 기술이 있다고 한다.

일반적으로는 괜찮겠지만, 상대는 검을 네 자루나 가졌다.

인간이 아니니까 네 명을 동시에 상대하면서 모든 공격에 카운터를 날리는 짓도 힐지 모른다.

"그렇군요. 그럼 어떻게 하죠?"

"발을 묶고 원호에 주력하죠. 처음 보는 마물이니까 일단은 신중하게."

"알겠습니다. 아버지, 매드풀을 쓰겠습니다. 발 밑을 주의하세요!"

"알았다!"

갑옷 마물은 파워가 있고 검술도 뛰어나지만, 다리가 둔하다. 또 갑옷은 무겁고 진흙에 빠지기 쉽다.

그렇다고 해도 너무 깊은 진흙탕을 만들면 지반이 무너질 가능성이 있다. 바로 붕괴로 이어지진 않겠지만, 그래도 지형 변화의 마술은 되도록 쓰지 않는 편이 좋다. 무릎 정도로 할까.

"'매드풀'!"

아머드 워리어가 발을 내딛으려는 곳에 진흙탕을 만들었다. 두 마물은 모두 종아리 부분까지 진흙탕에 푹 잠겼고, 그걸 노려서 전위 둘이 덤벼들었다.

"파울로. 제가 왼쪽을 맡겠어요."

"알았어…. 너는 항상 왼쪽이지."

"벽 쪽에 검이 있으면 불편하잖아요."

"너 편한 대로만 하냐…. 어차, 위험하군."

파울로는 여유로운 모양이다. 오른손에 든 검으로 아머드 워리어의 참격을 흘리고, 왼손에 든 단검으로 순식간에 팔 하나를 베어냈다. 단단해 보이는 갑옷이지만 관계없는 모양이다. 검신류의 검사는 괴물이군. 아니면 저 단검이 예리한 걸까.

엘리나리제는 다소 밀리는 기색이었다. 결코 대단한 공격을 받은 건 아니지만, 그녀의 공격력으로는 유효타를 먹일 수 없다.

"원호하죠. 루디, 동시에 마술을 쓰겠습니다. 엘리나리제 씨 쪽입니다."

"예."

지팡이를 들었다. 사용하는 마술은 스톤 캐논. 다리가 멈춘 지금이라면 피할 수도 없겠지.

다만 어느 정도 속도를 흘려낼 수 있는지는 해 보기 전에는 모른다.

"탈핸드 씨!"

"음!"

탈핸드가 방패를 들고 우리 앞에 섰다. 혹시 참격이 날아오거든 자기가 벽이 되겠다는 걸까. 즉사가 아니라면 내가 상급 치유 마술을 쓸 수 있으니 급소만 피해 주었으면 싶다.

"'스톤 캐논'!"

"씩씩한 얼음의 검으로 저자에게 단죄를! '아이시클 엣지'!"

록시와 시간차를 주면서 마술을 날렸다. 탄환형의 포탄과 울트라 스매ㅇ처럼 톱날 고리형의 얼음 칼날이 날아갔다.

갑옷은 곧바로 그걸 흘려내려고 했다. 두 개의 검이 움직여서 요격이 움직임을 보였지만, 타이밍 좋게 엘리나리제가 실드로 후려쳤기 때문에 자세가 무너졌다.

스톤 캐논은 갑옷의 팔을 찢었고, 얼음칼날이 갑옷의 가슴에 깊이 꽂혔다.

갑옷이 움직임을 멈추고 곧바로 조각나서 무너졌다.

그와 동시에 파울로의 전투도 끝났다.

"역시나 A급 정도 되면 쉽게는 안 쓰러지는군."

그런 소리를 하지만, 전투시간은 1분 정도. 일격에 쓰러뜨릴수 없었다 뿐이지 고전도 하지 않았다. 역시 삼대검술의 상급을 세 개나 땄을 정도의 실력이다.

재능으로는 성급까지 갈 수 있는 레벨이겠지. 아니, 실제로 파울로는 성급 정도로 강할지도 모른다. 인간의 강함은 랭크로는 좀처럼 잴 수 없고.

"아버지, 혹시 전보다 조금 더 강해졌나요?"

아, 이런. 콧대 높아질 만한 소리를 해 버렸다. 성대한 자랑이 시작될지도 모르겠다.

"음? 아니, 그렇진 않아. 전보다 약할 정도야."

하지만 파울로는 웃지도 않고 이쪽에 슬쩍 시선만 준 뒤에 다시 앞을 보았다.

"그럼 방심하지 말고 가자."

파울로의 말에 나도 마음을 다잡았다. 그래. 지금은 미궁안, 마음을 늦추어선 안 된다. 그렇긴 해도 오늘 파울로는 멋지군.

이 멋진 모습을 노른에게도 알려주면 기뻐할까.

"어머?"

그때 엘리나리제가 파울로의 얼굴을 슬쩍 들여다보았다.

그리고 입가에 손을 대고 히죽 웃었다.

"파울로는 왜 그렇게 히죽대고 있나요. 기분 나쁘게."

"그딴 소리는 안 해도 돼."

"루데우스의 칭찬이 꽤나 기뻤나 보군요. 이해해요. 킥킥."

"시꺼. 입 닥쳐."

아까 한 말 취소. 역시 파울로는 파울로인 모양이다.

그 뒤에 아머드 워리어와 매드 스컬을 몇 마리 해치우고 귀환했다.

귀로는 걸어서 약 15시간. 아무래도 시간이 걸린다. 이렇게 느릿느릿해서 제니스는 괜찮을까. 아니, 서두르다가 록시처럼 2차 조난을 만나는 건 피해야 한다.

신중하게. 지금까진 잘 되고 있다.

긴장하면서도 너무 긴장하지 않게, 마음에도 조금 여유를 갖는다. 컨디션은 최고다.

이대로 가는 게 베스트겠지.

도시로 돌아와서 곧바로 회의를 했다.

회의를 통해 필요한 물건이 몇 가지 언급되어서 사러 나갔다.

빛의 정령의 스크롤도 다소 부족해졌기에 추가로 제작했다. 역시나 미궁도시 라판이라고 해야 할까, 마법진용 염료나 양피지도 있는 모양이라 문제없이 만들 수 있었다. 하나 만들어서 보여주니 그 뒤로는 쉐라 씨가 도맡아주었다. 미리스 교단의 아르바이트 중에 스크롤 제작이 있었기에 그런 방면으로는 실력이 있는 모양이다.

오늘 중에 50장은 만들겠다고 장담했다. 든든하다.

기스는 갑옷 계열 마물에게 통한다는 약품을 구입하였다. 명중하면 관절 부위에 달라붙어서 움직임을 둔하게 만든다나. 무거우니까 지면에 기름이라도 뿌리면 어떻겠냐고 제안했더니, 그러면 파울로가 넘어질 거라는 농담이 돌아왔다. 그도 그렇겠다고 대답했더니 킬킬 웃어댔다.

파울로와 엘리나리제는 검을 보고 있었다. 엘리나리제용으로 쓸 만한 검이 없을까 찾는다나 보다. 그녀의 에스토크는 마력부여품이다. 휘두르면 칼끝에서 진공의 칼날이 날아가는 능력을 가졌다. 하지만 아머드 워리어를 상대하기엔 다소 불편하다. 그게 아니라도 아이언 크로울러 등의 단단한 상대에게는 다소 고전했으니 모를 것도 아니다.

파울로가 왼손에 든 단검은 라판에서 구입한 마력부여품이라는 모양이다. 상대가 단단하면 단단할수록 예리함을 더한다는 '갑옷 뚫기'의 능력을 가졌다고 한다. 상당히 레어한 능력이다. 너무 레어해서 시장에서는 능력이 판별되지 않은 바람에 말린 고기도 못 자를 만큼 무딘 칼로 헐값에 주웠다는 모양이다.

파울로는 "내 혜안이 이 검의 능력을 꿰뚫어봤지."라고 말했다. 하지만 나는 알고 있다. 이 능력은 부에나 마을에서 읽은 『페르기우스의 전설』에 나오는 전사가 가진 무기에도 있었다. 말린 고기도 못 자르지만, 갑옷덩어리를 두 동강 내는 마검이 있다고. 파울로는 '말린 고기도 못 자른다'는 점에서 딱 감을 잡은 게 틀림없다.

하지만 그 덕에 아머드 워리어를 상대로 높은 공격력을 발휘한다. 오른손잡이면서 왼손으로도 유효타를 먹일 수 있으니 강할 만하지.

엘리나리제는 글라디우스 한 자루를 구입했다. 찌르면 충격파가 발생하는 능력이 있다는 모양이다. 대미지는 높지 않지만, 재빨리 적을 뒤로 날려버려서 거리를 벌릴 수 있다.

실용적인 능력이기에 상당히 비싼 가격이었지만, 엘리나리제는 품에서 둥근 마력결정을 몇 개 꺼내 그걸로 구입했다.

저 마력결정, 대체 얼마나 가져온 걸까.

밤에는 탈핸드, 록시와 함께 술을 마셨다. 성인이니까 술 정도는 마실 수 있을 거라며 함께 하였다.

그렇긴 해도 록시 앞에서 주정뱅이 모습을 보일 수도 없다. 그냥 술동무를 해 주는 정도다.

마술사 세 사람이서 회의를 하는게 목적이었는데, 어느 틈에 탈핸드 선생님의 '남자란 무엇인가'라는 강의로 변했다. 남자란 즉, 근육이며 황금의 근육을 가진 자에게 황금의 정신이 깃든다는 이야기다. 마술사가 할 이야기가 아니다. 하지만 의미

있는 이야기이긴 했다. 그래, 역시 남자는 다부져야 하지. 뭐, 록시는 그런 건 아무래도 좋다는 듯이 졸린 눈치지만, 어쩔 수 없다.

그런 하루를 보낸 뒤에 리랴의 배웅을 받으면서 미궁에 재돌입했다.

4층은 순식간에 돌파하였다.

장비의 변경과 공들인 준비도 있었지만, 운도 좋았다. 거의 일직선으로 골인 지점에 도착할 수 있었다. 시간상으로는 세 시간 정도겠지. 마물과도 거의 만나지 않았다.

우리는 5층으로 내려가지 않고 지도를 완성하도록 돌아다녔지만 제니스의 모습은 역시 없었다.

거의 소모도 없었기 때문에 그대로 5층을 공략하기 시작했다.

5층부터는 아머드 워리어에 추가로 이트 데빌이 출현했다. 이트 데빌은 커다란 입과 예리한 이빨을 가진 악마다. 긴 팔다리와 천장에 달라붙을 정도로 날카로운 발톱을 가졌다. 한마디로 하자면 모 에일리언 같은 느낌이군.

이트 데빌은 강적이다. 천장이나 벽을 타고 이동해 온다. 그렇다는 소리는, 즉 포메이션이 별 소용이 없다는 뜻이다. 아머드 워리어와 싸우는 파울로나 엘리나리제의 머리 위를 통과해서 우리에게까지 온다. 등골이 서늘해지는 광경이었다.

그렇긴 해도 이트 데빌 자체는 그리 강력하지 않다. 스피드가 있고 공격력도 높을 것 같지만, 방어력은 낮고 체력도 없다. 처음에 나타났을 때에는 조금 놀랐지만, 공격을 좀 하면 천장에서 떨어지니까 엘리나리제가 솔선해서 신무기를 사용하는 것으로 별일 없이 처리했다.

이트 데빌은 쓰러뜨릴 수 있다. A급이라고 해도 기발한 움직임에만 익숙해지면 차라리 위력 자체가 강한 아머드 워리어 편이 어렵다고 할 수 있다.

하지만 시선이 위로 가는 게 문제다. 위로 주의가 쏠리는 것은, 즉 지면의 덫을 알아차리기 어려워진다는 뜻이다. 실수로 전이의 덫을 밟아서 이상한 곳으로 전이할 가능성도 있다.

"그럼 그걸 쓸까."

하지만 우리에게는 공략본이 있다. 『전이의 미궁 탐색기』에는 이트 데빌에 대한 획기적인 대처법이 적혀 있었다.

놈들은 어떤 냄새를 이상하게 싫어한다. 식용으로 팔리는 타르프로 나무의 뿌리를 향처럼 피우면 천장에서 지면으로 내려온다. 게다가 지면 근처에 숨어서 최대한 연기에게서 몸을 피하는 자세를 취한다. 그렇기 때문에 아주 싸우기 쉬워진다. 이러면 B급은 고사하고 C급이라고 해도 좋을 정도다.

이 책의 저자는 정말로 잘 연구했군.

그런고로 5층도 순식간에 클리어했다. 다음 층으로 가는 마법진을 찾을 수 없어서 조금 헤매긴 했지만, 우리의 목적은 미궁의 답파가 아니라 제니스의 수색이다.

아무런 문제도 없다. 오히려 잘 풀린다고 해도 좋겠지.

그리고 6층에 도달했다.

"기스, 어때?"

"갈 수 있어."

주어가 빠진 파울로의 질문에 기스도 짧게 대답했다. 소모는 거의 없다. 준비는 완벽하다. 지금은 기세도 붙었다.

"좋아, 그럼 돌아가지 말고 이대로 간다."

"오케이."

준비는 되어 있고 소모도 없다.

그럼 돌아갈 필요도 없다. 공략은 계속된다.

제7화   6층의 마법진

6층은 이트 데빌만 왕창 나왔다. 아머드 워리어는 모습을 감추고 이트 데빌만 남은 것이다. 앞서 말한 향이 있으니까 더 쉬워졌다고 할 수 있다. 하지만 그렇다고 해도 숫자가 많았다. 왜 이렇게 많냐고 투덜댈 만큼 많은 이트 데빌이 있었다.

그 이유는 6층 깊숙한 곳까지 이동하면서 판명되었다.

6층의 안쪽, 마법진으로 이어지는 방은 이트 데빌의 둥지였다.

대량의 이트 데빌이 득실대고, 방의 구석에는 무수한 알이 있었다. 검고 점액이 묻은 길쭉한 알은 검고 재빠른 그 녀석의 알과 비슷해서 보고 있기만 해도 오한이 들었다.

어쩌면 어딘가에 퀸이 있고, 제니스는 그 못자리가 된 게 아닐까.

그런 상상이 떠올랐지만, 이트 데빌에게는 그런 습성이 없다. 무리 짓긴 했지만, 딱히 대장이 있는 것도 아닌 모양이다. 이것도 검고 재빠른 그 녀석과 똑같군.

하지만 이러한 마물은 어디서 발생해서 어디로 가는 걸까.

이 정도 숫자의 마물이 먹고 살 만한 식량도 없을 텐데.

"록시 선생님, 마물은 뭘 먹고 사는 걸까요?"

"…글쎄요. 여러 설이 있습니다만, 마력을 먹고 산다는 이야기는 자주 듣습니다."

"마력입니까."

숲이나 동굴은 마력 농도가 높고 마물도 많다.

그러고 보면 나나호시도 이 세계의 곳곳에는 마력이 깃들었다고 말했다. 하지만 마력은 눈에 보이지 않는다. 존재하는지는 알 수 없겠지. 아니, 일단 마력안이란 것도 있으니 존재는 하나.

그렇긴 해도 혹시 마력을 먹을 수 있다면 마술 같은 것을 덥석 먹어 버리더라도 이상하지 않다.

마술을 먹을 수 없다면 먹을 수 있는 마력, 먹을 수 없는 마력이 존재하는 걸까.

그러고 보니 이전에 마물은 미궁 안쪽에 있는 마력결정을 노린다고 파울로에게 들은 적이 있다. 마력결정은 마물에게 더없는 진미인 걸까.

하지만 그런 것치고 여기에 있는 마물들은 더 깊숙하게 내려가려고 하지 않는다. 어디까지나 둥지를 만들고 살고 있을 뿐이란 느낌이다.

…뭐, 그런 생각을 해 봤자인가. 아머드 워리어처럼 명백히 아무것도 안 먹는 마물도 있고. 마물의 생태는 마물학자에게 맡기면 된다.

"뭐, 뭘 먹든지 인간을 보면 공격해 온다는 사실은 변함없습니다. 다음에 침입할 때는 귀찮아질 만한 알은 보는 대로 없애 버리죠."

록시는 그렇게 말하면서 담담히 이트 데빌의 알을 처리하였다. 마물은 쓰지 않고 단검을 사용하여 하나씩 깨뜨리는 것이다. 실로 차가운 표정인데, 그게 또 좋다.

하지만 마물도 알을 낳나. 아머드 워리어에게도 유생 같은 게 있을까. 장난감 검을 든 펠트 인형 같은 갑옷이 비칠비칠 걷는 식일까.

귀여운 꼬마 갑옷을 아빠 갑옷과 엄마 갑옷이 흐뭇하게 지켜본다. 거기에 침입자의 발소리. 아빠 갑옷과 엄마 갑옷은 아이에게 숨으라고 말하면서 자기는 전장으로. 거기에 등장하는 것은 악마 같은 얼굴을 한 파울로. 녀석은 갑옷을 죽이는 살충제라고 할 수 있는 단검을 한손에 들고 아빠 갑옷과 엄마 갑옷을 참살. 꼬마 갑옷은 그걸 보고 인간은 적이라고 학습하고, 성장했을 때에는 인간을 보면 곧바로 공격하는 마물로 변모한다.

…그건 아니네.

"루디. 무슨 생각을 하는 건가요. 도와주세요."

"아, 예."

시키는 대로 나도 알을 처리했다.

큰 방으로 이어지는 세 개의 방에도 알이 가득했다. 부화하는 기척은 전혀 없지만, 이 알이 부화하면 인간의 몸에 철썩 달라붙는 유생이 나오는 걸까….

그 뒤에 갓 태어난 유생이 록시의 가랑이에 달라붙는 해프닝이 생기는 일도 없이 청소를 끝냈다.

그리고 우리는 제일 안쪽에 도달했다. 책에 적힌 마지막 장소로.

거기는 넓은 방이었다.

돌로 된 정사각형의 방으로, 입구가 아닌 세 방향의 벽 부근에는 마법진이 각각 하나씩 있었다.

그것뿐이라면 특별할 것도 없다.

하지만 이 방에는 마법진 이외에 아무것도 존재하지 않았다.

이 방 직전에는 대량의 이트 데빌이 존재했다. 백 마리는 넘지 않을까 싶을 정도의 이트 데빌과 그 알이 있었다.

그런데도 여기에는 마법진뿐이다. 마치 여기가 성역이라도 되는 것처럼, 알도 이트 데빌도 존재하지 않았다.

그야말로 이상하다고밖에 할 수 없었다.

"수호자가 코앞이로군요."

"이 분위기를 보면 그렇군."

"바짝 긴장해야겠습니다."

엘리나리제와 파울로, 그리고 록시가 저마다 그렇게 말하며 자기 무기를 움켜쥐었다. 보스 방 앞은 어디든 이런 느낌의 으스스한 분위기가 나는 걸까.

"자, 어느 게 맞는 걸까…"

기스는 책을 한손에 들고 마법진을 하나씩 확인하기 시작했다. 다른 멤버들은 입구에서 대기다.

"돕겠습니다."

"음, 고마워."

나는 일단 소환 계열 마법진을 접한 사람으로서 거기에 참가했다.

그러자 어째서인지 록시가 뒤에서 쫄랑쫄랑 따라왔다. 그녀가 있다면 든든하다.

"어떤가요?"

"적힌 그대로다 싶어."

기스의 말에 책과 마법진을 비교해 보았다. 세 개의 마법진을 각각 순서대로.

참고로 책에는 이렇게 적혀 있었다.

[마법진은 세 개. 그중 두 개는 랜덤 전이를 일으키는 것이라고 금방 알았다. 그렇기 때문에 우리는 정답으로 보이는 마법진의 앞에 표식으로 돌을 두고 마법진을 탔다. 하지만 그건 덫이었다. 나는 처음 보는 공간으로 날아갔다. 검고 끈적끈적한 몸을 가진 악마가 가득한 공간. 그래, 이트 데빌의 둥지다. 놈들은 나를 본 순간——]

여기서부터는 배틀 신이니까 생략.

표식이 되는 돌이라는 것은 금방 찾았다. 깨끗하게 다듬은 주먹 크기의 돌이다. 그 표면에는 6이라는 숫자가 새겨져 있었다. 여태까지의 층에는 없었던 것이다.

"왠지 감개 깊네요."

"그래? 재수 없는 거야. 잘 들어, 선배. 이렇게 전멸한 파티의 유품 같은 건 좋지 않아."

"징크스입니까?"

"그래, 징크스지."

"뭐, 그들은 전멸한 게 아니지만요."

그렇게 말하면서 눈앞의 마법진을 잘 살폈다. 지금까지 몇 번이나 밟았던 쌍방향의 마법진과 흡사하다. 하지만 이건 아니다. 이걸 밟으면 랜덤 전이를 한다. 혹은 이 방이 통째로 어딘가로 날아갈지도 모른다.

그렇다면 나머지 두 개 중 어느 것이 진짜란 소리다.

하지만 이 두 개에서는 확실히 랜덤 전이마법진의 특징이 보였다.

"루디, 알겠습니까?"

록시의 질문에 나는 고개를 내저었다.

"아뇨, 전혀. 나나호시라면 알았을지도 모르지만요."

"나나호시? 누군가요?"

"마법대학에 전이라고 할까, 소환을 연구하는 녀석이 있지요. 마법진 쪽으로도 밝으니까 어쩌면 의견을 내놓았을지도 모릅니다."

"호, 혹시 루디의 연인입니까?"

"나나호시가? 설마요."

그렇게 웃으면서 나나호시라면, 아니 실피라면, 아니 크리프라면. 그런 생각을 하였다. 나나호시와 실피는 무리지만, 크리프는 데려오는 게 좋았을지도 모른다. 이제라도 돌아가서 데려올까. 왕복에 석 달. 크리프는 여행에 익숙하지 않으니까 넉 달.

아니, 혹시 데려와도 모른다는 대답이 돌아올 뿐일 수도 있다.

"나도 일단 마법대학에서 전이를 연구했지만, 부끄럽게도 전혀 모르겠습니다."

"전이를?"

"예."

"그렇군요, 역시 루디네요. 덮어놓고 찾는 게 아니라 그 원인을 규명하려고 하다니, 쉽게 할 수 있는 일이 아닙니다."

뭔가 착각한 모양이지만, 어디까지나 인신의 조언을 따랐을 뿐이다.

그 동기도 불순하기에 록시에게는 되도록 말하고 싶지 않다. 일단 덮어두자.

"……록시 선생님의 제자라면 당연하지요."

"띄워줘도 아무것도 안 나옵니다."

마법진의 검사가 끝났다.

"어때, 선배, 뭐 좀 알았어?"

"아뇨, 전혀."

애초에 전이마법진에 대한 내 지식은 이 책에서 얻었다. 그 책에 정답이 없는 이상, 내 지식 밖의 이야기다. 물론 전이에 대해선 그 이상으로 조사해 보았지만, 모르는 것은 모르는 것이다.

내가 아는 건 눈앞의 전이마법진 세 개가 '다른 것'이라는 것뿐이다.

나나호시의 마법진을 대량으로 보았으니까 아는 건데, 마법진이란 것은 사소한 부분이 다르면 효과도 달라진다. 그러니까 눈앞의 세 전이마법진은 모두 다른 것이라고 단언할 수 있다.

"책에 적힌 내용이 사실이라면 어느 쪽인가가 정답이란 소리가 되는데요."

"…말하자면 선배도 모르겠다는 소린가."

"그런 이야깁니다."

방 입구로 돌아갔다. 휴식을 하던 일행과 함께 둥글게 둘러앉았다.

조사한 바를 최대한 정확하게 보고했다.

"칫, 양자택일인가."

"…선택을 해야 되네요."

"선택이라, 흐음…."

파울로, 엘리나리제, 탈핸드의 표정은 밝지 않았다.

"양자택일은 안 좋아. 차라리 셋 중에 고르는 게 낫지."

기스는 이상한 모자를 쓴 갱 같은 소리를 하며 천장을 보았다.

둘 중에 고른다는 것에 뭔가 안 좋은 추억이라도 있을까. 있는 것 같군.

"그것도 징크스입니까?"

"그래, 징크스야. 이런 건 길레느에게 고르게 하지 않으면 실패하거든."

그 말에 일행은 저마다 맞는 말이라고 끄덕였다.

길레느인가. 그리운 이름을 들었다. 수족인 그녀라면 분명히 그런 후각이 있을 것 같다.

"길레느인가, 이럴 때에 그 녀석이 있으면."

"이럴 때만큼 도움이 되었는데…."

"전투 중에는 지시를 안 듣고 바로 돌격하고, 사람의 말을 알아듣질 못하지. 읽고 쓰기도 계산도 못 하고, 못 알아들을 소리는 하지 말라고 금방 화내지. 하지만 양자택일만큼은 이상하게 잘 했으니까."

말이 좀 많이 심하다. 길레느가 불쌍하게 들린다.

일단 그녀도 내가 존경하는 스승 중 한 명이기에 그 정도로 했으면 싶은데.

"그 정도로 해 주시죠. 그녀는 이제 읽고 쓰기도 계산도 할 수 있으니까요."

길레느도 노력하였다. 자릿수가 바뀔 때 고생하였지만, 열심히 노력해서 나눗셈까지 익혔다.

"흥, 전에 파울로에게도 들었는데 나는 안 속겠어. 그 강아지가 남들만큼 할 수 있을 리가 없지."

"저도 전에 들었지만, 솔직히 믿기지가 않네요."

탈핸드와 엘리나리제는 의심도 많군. 길레느는 꽤 심각했으니까 모를 것도 아니지만.

하지만 조금 기묘한 느낌이 드네. 파울로의 예전 파티 멤버가 모인 가운데, 길레느만 없다. 길레느는 그래도 유일하게 파울로와 연락이 되는 상대이기도 했는데.

파울로 파티 중에서 유일하게 부에나 마을을 알던 인물이 이

자리에 없다. 응, 기묘하다.

"그런 것보다 어쩔 거야?"

기스의 말에 이야기가 본론으로 돌아왔다. 마법진은 두 개. 그중 어디로 진입하는가.

"루디, 네가 봐도 모르겠다는 거로군."

파울로의 말에 끄덕였다.

"예. 학교에서 사전에 조사했는데도 이래서 죄송할 따름입니다."

"그런가….."

파울로는 팔짱을 끼고 눈을 감더니 생각에 잠겼다. 그리고 1분도 지나기 전에 고개를 들었다.

"일단 다수결로 정해 볼까. 여기서 볼 때 오른쪽 마법진이 좋다고 생각하는 녀석은 오른손을, 왼쪽이 좋다고 생각하는 녀석은 왼손을 들어."

파울로의 말에 각자 손을 들었다. 파울로, 엘리나리제, 록시가 오른쪽, 나, 기스, 탈핸드가 왼쪽이다. 3대3으로 갈렸다.

"칫, 이래선 끝이 안 나."

"저기, 아버지. 아무래도 다수결로 정하는 건 그렇다 싶은데요."

"그래도 말이지. 그럼 무슨 방법 있는 녀석 있냐?"

파울로의 말에 엘리나리제가 손을 들었다.

"양쪽에 동시에 한 명씩 들어가는 건 어떨까요?"

"이 중 한 명을 희생하란 소리야?"

"파울로나 저라면 향을 피워서 이트 데빌 떼도 어떻게든 돌파할 수 있겠죠."

양쪽 마법진에 한 명씩 들어가서 정답인 쪽이 돌아온다. 그리고 바로 틀린 쪽을 수색하러 가면 별일 없을 수도 있다.

"안 됩니다."

"어머, 루데우스. 이유를 물어봐도?"

"일단 저 마법진 중 하나가 정답이라는 보증이 없습니다."

겉보기로는 랜덤 전이마법진이다. 의외로 양쪽 다 덫일 가능성이 있다.

즉, 세 개가 모두 덫. 정답은 다른 방일 가능성이다.

물론 그럴 가능성은 낮다. 책에서는 기본적으로 모든 방을 발견한 뒤에 다음 층으로 갔다. 이 저자를 믿는다면 여기가 종점이다.

하지만 이 마법진의 배치도 그렇고, 형태도 그렇고, 아무리 봐도 작위적인 뭔가가 느껴졌다.

그래, 뭔가가 마음에 걸렸다.

단순히 운만을 믿는 양자택일은 덫으로서 말이 되는 걸까? 가짜 쌍방향 마법진을 준비했다면, 다른 쪽은 진짜면 되지 않나? 세 개나 준비하는 건 수수께끼로서 사족 아닌가? 뭔가 놓친 힌트가 있지 않을까? 아니, 탈출 게임도 아니니 미궁이 힌트를 준비하는 것도 그렇지만.

"그럼 루데우스. 무슨 생각 있나요?"

"아뇨, 하지만 결론을 내리는 건 조금만 기다려 주실 수 있을까요?"

하지만 뭔가가 걸린다. 뭔가 잊어버린 듯하다.

그걸 떠올릴 때까지 단순한 양자택일로 마법진에 발을 디디는 건 위험할 것 같다. 두 사람이 발을 디딘 순간 방의 전원이 랜덤으로 전이할 가능성도 있다. 전이의 미궁은 전이를 쓰지 않으면 오갈 수 없다. 랜덤 전이로밖에 도달할 수 없는 방도 있을지 모른다.

"조금만 더 조사해 보고 싶습니다."

내가 그렇게 부탁하자,

"좋아, 루디. 맡기마."

다른 누구보다도 제일 먼저 파울로가 승낙했다.

나는 마법진 앞에 앉아서 생각했다.

이 세 개의 마법진은 모두 더미. 아무튼 그런 방향으로 생각해 보자.

그렇게 생각하니 세 가지 정도가 떠올랐다.

1. 이 방이 종점이 아닐 가능성

책에 따르면 전이의 미궁에는 어떤 룰이 있다. 메인 루트는 쌍방향의 마법진만으로 구성된다는 룰이다. 거기에 따르면 종점은 여기가 틀림없다.

하지만 록시가 길을 잃었던 장소는 쌍방향 마법진으로는 출입할 수 없는 구역이었다. 그 구역 안에 30개 이상 있는 단방향 마법진으로 돌아와야만 한다. 즉, 단방향 마법진을 통과한 곳에 진짜 종점이 있을지도 모른다.

하지만 가능성으로서는 낮다고 보였다.

2. 책의 저자가 몰랐을 뿐이지 다른 멤버가 그 직전에 덫을 밟았다.

책의 저자는 쌍방향 마법진을 밟았다고 생각했지만, 사실은 그게 아니었다. 다른 멤버가 밟은 랜덤 전이 때문에 방이 통째로 다른 장소로 날아갔다. 그러니까 사실은 이 쌍방향 마법진이 정답…은 아니군. 그런 덫이 있으면 기스가 발견했겠지.

3. 사실 이 쌍방향 마법진은 이중이다.

마법진에는 저마다의 형태가 있다. 도넛 형의 전이마법진, 그런 것이 있을지도 모른다. 정답인 전이마법진 주위를 덫인 전이마법진이 둘러싸고 있다. 그럴 가능성도 있지 않을까.

즉, 외곽이 아니라 안쪽까지 점프해서 중심을 밟으면 다음 층으로 노날할 수 있나.

…바보냐. 무슨 잇큐 씨냐.

가능성으로서는 역시나 1일까.

책의 저자는 기본적으로 쌍방향밖에 타지 않았다. 1층에서 덫이 총 세 종류라고 발견한 뒤로 3층에서도 4층에서도 단방향에도 랜덤에도 타지 않았다. 그러기만 해도 여기에는 도착했다. 하지만 여기서부터는 쌍방향만이 아니라 단방향도 타야만 하는 걸지도 모른다.

…하지만 그러면 여기로 끝이 아닐지도 모른다.

지금 우리가 있는 곳은 단순히 막힌 길일 가능성도 있다. 갈림길은 얼마 전에 존재해서, 예를 들자면 4층 정도에서 단방향 마법진을 타고 간 곳에 진짜 종점이 있을지도 모른다.

제길, 혼란스러워졌다.

애초에 몇 층이라고 나누는 것도 마물의 출현이나 주위가 변했기 때문이다. 책의 저자가 멋대로 정한 것이다. 독자적인 루트도, 전혀 관계없는 우연일지도 모른다.

역시 싹 뒤지는 게 좋을까. 6층부터 순서대로 단방향 전이를 타면서 앞에 나타나는 마물을 해치우고 다른 루트를 찾아낸다. 이게 정답일 것 같다.

하지만 이 방의 분위기를 봐라. 파티의 베테랑 전원이 '슬슬 보스가 나올 때다'라고 느낀다. 역시 여기는 특별한 장소인 것 같다.

이 방이 종점이 틀림없을 것 같다. 아니, 그것도 미궁의 덫일지도 모르지. 으음.

"말로 하면 끝이 없군."

나는 그렇게 말하고 일어섰다. 잠깐 화장실.

"아버지."

"뭐냐."

"잠깐 꽃을 따러."

"소변인가, 나도 가지."

"그런 말은 여자들 앞에서는 좀…."

"이런 데서 체면 차려서 어쩔 건데."

아니, 록시의 앞이면 말이죠. 실수할 수 없다고 할까.

아니, 화장실 정도로 뭐라고 하진 않겠지만.

파울로와 함께 방을 나갔다. 이트 데빌의 사체와 알의 잔해가 있는 방. 여기서 파울로와 교대로 망을 보면서 순서대로 일을 보기로 했다.

"고민하는가 보군."

쭈르르 일을 보는데 파울로가 말을 붙여왔다.

"예, 어쩌면 저 방은 이 층의 종점이 아닐지도 모른다는 생각이 떠올랐습니다. 사실은 다른 루트가 있고, 그쪽이 아니면 보스에게 못 간다는 식으로."

"그건 아냐. 종점은 저 방이 틀림없어."

"근거는?"

"없지."

근거는 없다, 즉 감인가. 하지만 베테랑의 감이란 것도 무시할 순 없다.

전혀 근거가 없는 것 같으면서 사실은 경험에 따른 무의식의 추측이기도 하니까.

"뭐, 서두를 건 없어. 우리는 기다려 줄 거고. 의문이나 의논에는 답해 주지. 혼자서만 답을 찾으려고 하지 마라."

"예."

나도 용변을 마치고 파울로와 교대했다. 주위를 살피며 파수를 섰다.

"아, 그리고 말이다, 루디. 한마디 하고 싶은 말이 있는데."

"뭔가요?"

"…어, 아니, 지금은 됐나. 숙소로 돌아가면 하지."

"아니, 그러지 마세요. 이런 데서 무슨 말을 하려다 말면 불안해지잖습니까. 그런 걸 사망 플래그라고 하는데요."

"그게 뭔데…. 지금 말하면 파티의 사기에 문제가 있어."

뒤에서 들려오는 목소리에 나는 고개를 갸웃거렸다. 사기에 문제가 있을 말. 대체 뭘까. 제니스에 대한 불안일까. 아니면 자리의 분위기가 안 좋아질 만한 무엇일까.

"설교인가요?"

"뭐, 비슷하지."

"분명히 풀 죽어서 움직임이 둔해지면 안 되니까요. 나중에 잔뜩 화내주세요."

"흥, 뭐, 화낼 만한 건 아냐. 마음가짐이란 것을 하나 가르쳐 줄 뿐이지.”

숙소로 돌아가면, 말이지.

그때 제니스를 구해냈다면 좋겠는데.

“어머니가 무사하시면 좋겠네요.”

“…그래.”

중얼거린 한마디에 분위기가 무거워졌다. 이런.

이렇게나 찾았어도 없다, 이제 틀렸다, 그런 마음은 파울로에게도 있겠지.

입 밖에 내지 않는 게 좋았을까.

“……”

파울로의 기나긴 소변 소리를 들으면서 나는 주위를 보았다. 커다란 방, 알이 넘쳐나는 세 개의 방. 그리고 안쪽의 마법진 방. 모두가 인접하였다.

“……?”

뭔가가 걸렸다.

“이 방, 꽤나 길쭉하네요.”

“응? 그렇군, 그게 왜?”

이 방은 세로로 길쭉하다. 폭이 넓고 사체가 많기 때문에 정사각형으로 보이지만, 잘 보니 세로로 길쭉하다. 즉, 직사각형 모양이었다.

그 긴 양옆에 각각 방이 두 개씩 있다. 전부 사이즈가 다르지만….

하지만 어디에선가 봤다. 최근에 말이다. 그리고 뭔가가 부족하다.

"…아."

깨달았다.

그래. 여기는 '전이마법진의 유적'과 비슷하다.

"좋아, 돌아갈까…. 어이, 루디, 왜 그래?"

의아해하는 파울로를 무시하고 재빨리 파티 멤버에게로 돌아갔다. 대불처럼 드러누워 있던 기스에게 말을 붙였다.

"기스 씨, 좀 도와주세요."

"음? 뭐 좀 찾았어?"

"됐으니까 이쪽으로."

나는 기스를 잡아끌고 방 중앙 부근까지 갔다.

"이 근처에 비밀 계단이 없나 찾아봐 주세요."

"뭐…? 아니, 있을 법하지. 여태까지는 전이의 덫 밖에 못 봤지만, 어쩌면 비밀 방 같은 게 있을 수 있군."

기스는 혼자서 납득하더니 엎드려서 바닥을 뒤지기 시작했다. 그리고 곧 놀란 얼굴을 하더니 지면에 귀를 댔다. 단검을 뽑아서 자루로 지면을 톡톡 두들겼다.

"어이…. 있어… 있다고! 선배, 이 밑에 공간이 있어."

"열 수 있을까요?"

"잠깐만 있어봐."

기스는 바닥 여기저기를 더듬었다. 벽 쪽으로 이동해서 만지

작거렸다. 그리고 돌아왔다.

"틀렸어, 안 열려. 아마 힘으로 여는 타입이야."

"부숴도 문제없을까요?"

"으음… 덫은 없어. 좋아, 선배. 해 봐. 여기야."

기스는 그렇게 말하면서 바닥에 X 표식을 하였다. 나는 거기를 노려서 스톤 캐논을 쏘았다. 캉 소리가 나며 포탄이 깨지고 바닥이 패었다. 너무 약하게 했나.

"조금 더 세게. 할 수 있지?"

"예."

그 말에 이번에는 위력을 올려서 한 방 더. 쿠왕 하고 큰 소리가 나며 지면에 구멍이 뚫렸다.

"좋아, 뒷일은 맡겨."

기스는 즉각 엎드려서 파편을 내버렸다. 구멍만 뚫리면 그 뒤는 간단한 모양이다. 순식간에 구멍이 넓어지고 정사각형의 입구로 변했다.

그렇게 나타난 것은 아래로 이어지는 계단이었다.

"우와, 역시나 선배. 용케 알았네."

"뭐, 전에 한 번 본 적이 있어서."

전이마법진의 유적. 거기에는 아무것도 없는 세 개의 방과 계단이 있는 방이 있었다.

하지만 원래는 아무것도 없는 것처럼 보이는 네 개의 방이 아니었을까.

전이마법진으로 통하는 계단은 지금처럼 숨겨져 있던 게 아니었을까.

그 유적이 쓰이던 시기에는 각각의 방에 가구가 있고, 언뜻 봐선 숨겨진 계단이 있으리라곤 알 수 없도록 되어 있지 않았을까.

그게 세월이 지나면서 열화, 혹은 누군가가 파괴하든가 해서 그러한 모습이 된 것이다.

"좋아, 다들, 선배가 비밀 계단을 발견했어!"

기스의 목소리에 다른 멤버들이 일어서서 이쪽으로 다가와 계단을 보았다.

그리고 오옷 하는 감탄사를 내뱉었다.

"…카하하하, 제법이로군!"

"아얏."

탈핸드가 웃으면서 내 등을 짜악 소리 나게 때렸다.

"역시나 내 아들이야, 에잇!"

"아얏."

파울로에게도 맞았다.

"과연, 그러고 보니 여기는 전이마법진의 유적과 비슷하네요, 에잇!"

"아얏."

엘리나리제에게도 맞았다.

"진정들 해. 덫이 있을지도 몰라. 선배, 스크롤을 세 장 정도

줘 봐, 에잇!"

그런 소리를 하면서 기스도 때렸다.

"……."

돌아보니 록시가 작은 손을 들고 있는 참이었다. 그녀는 나와 눈이 마주치자 조심스레 나를 올려다본 뒤에 그냥 건드리는 정도의 속도로 등을 툭 터치했다.

"수고 많았습니다, 에잇."

록시는 그렇게 말했다. 그 표정은 살짝 분한 느낌이었다.

제자가 활약하는 게 마음에 안 드는 걸까.

내 공적은 모두 록시의 공적과 같으니까, 신경 쓸 것도 없는데.

좋아, 혹시 이번 일을 선전하게 되거든, 사실은 록시에게 힌트를 얻었다고 허풍을 떨자.

"좋아, 먼저 갈게. 다들 마음 단단히 먹어."

"음!"

기스의 목소리에 전원이 끄덕였다.

계단을 내려간 곳에 전이마법진이 있었다. 쌍방향 전이마법진.

다만 그 색깔은 피처럼 붉었다.

제8화 전이미궁의 수호자

지금까지 계속 푸르스름한 빛이었던 전이마법진이 붉은색이었다.

붉은색은 위험을 나타내는 색이다. 레드 존이라는 말도 있다.

"이 너머에 있군."

그렇게 중얼거린 것은 파울로였다. 그것은 분명 감에서 나온 발언이겠지.

제니스가 있는 걸까, 아니면 수호자가 있는 걸까….

하지만 신기하게도 확신이 들었다. 이 마법진 너머가 미궁의 최심부라고.

"어떻게 할래, 파울로? 아직 여유는 있는데 일단 돌아가는 것도 방법이야."

6층은 간단했다. 타르프로의 뿌리 덕분에 이트 데빌은 피라미나 마찬가지였다. 특별히 더 쓸 것도 없었기에 소모는 전혀 없다고 해도 좋았다. 방금 전의 방에서 휴식도 충분히 취했다.

"…아니, 가 보자. 장비를 점검해."

"오케이."

파울로의 판단을 듣고 전원이 그 자리에 앉아서 일단 장비를 풀고 점검을 시작했다.

"자, 루디도."

록시의 말에 나도 앉았다. 소지품을 가방에서 꺼내 지면에 늘어놓고 개수를 확인했다. 그렇긴 해도 내 소지품은 적다. 기껏해야 정령의 스크롤을 몇 개 가지고 있을 뿐이다.

"루디, 제 스크롤을 몇 개 가져가겠습니까?"

록시는 여차 할 때를 위하여 스크롤을 몇 개 가지고 있다.

상급 마술의 스크롤이다. 그녀는 주문 단축을 통해 상당한 회전률로 여러 마술을 사용한다. 그렇기는 해도 상급 마술은 주문이 다소 길다. 그렇다면 아무래도 타이밍이 어긋날 때가 온다. 그때를 위한 카드다.

"그렇군요. 그럼 치유 마술의 스크롤을 조금."

"예."

나는 무영창을 쓸 수 있으니 상급 마술 스크롤은 필요 없다.

하지만 치유 마술은 다르다. 이쪽은 만에 하나를 위해서라도 받아두자. 만에 하나, 예를 들어서 목이나 폐를 다쳤을 때를 위해서. 중급 치유의 스크롤을 록시에게 건네받고는 잘 접어서 로브 주머니에 넣어둔다. 안 쓰거든 돌려주자.

아니, 하나 가지고 돌아가서 나나호시나 크리프에게 복제해 달라고 하고 싶네.

이니, 무단으로 복제하는 건 금지였던가. 개인적으로 쓰는 건 안 들키겠지만.

"어떤 수호자가 있는지 모르지만, 이쪽의 전력은 충분합니다. 루디가 그 스크롤을 쓰는 일이 없도록 전력으로 원호하겠습니다."

"부탁드립니다. 아무래도 나는 겁이 많으니까 여차 싶으면 도
와주세요."

"예, 등 뒤는 맡겨주세요."

록시는 그렇게 말하고 자신의 작은 가슴을 툭 두드렸다. 든
든하다.

"루데우스, 록시."

그때 엘리나리제가 뭔가를 던져주었다. 날아오는 것을 받아
보니, 유리구슬 정도 크기의 둥근 돌이었다. 엘리나리제가 몇
개 가지고 있던 마력결정이다.

"마력이 떨어지거든 쓰세요."

"괜찮나요?"

"빌려주는 것뿐이에요. 안 쓰거든 나중에 돌려주세요."

"예, 알겠습니다."

미궁 탐색 중에 마력이 바닥나는 경우는 있다. 보통 그 경우
는 철수다. 그러기 위해 뒤쪽 공간의 적들을 완전히 섬멸해 둔
다. 도망쳐서 마력이 회복된 뒤에 재도전이다.

하지만 수호자와의 싸움은 도망칠 수 없을 때도 있다는 모양
이다. 투기장 같은 곳에 갇혀서 쓰러뜨릴 때까지 나갈 수 없는
경우도 있다나.

눈앞에 있는 붉은 마법진은 쌍방향으로 보인다. 하지만 사실
은 단방향일지도 모른다.

그렇게 되면 마력의 회복 수단도 필요하겠지.

"좋아, 다들 준비됐나?"

파울로의 목소리에 일어섰다. 둘러보니 전원의 얼굴에 긴장감이 보였다. 나도 기합을 넣어두자.

"루디."

"예, 뭔가요?"

"이럴 때에 이런 말을 하는 것도 미안한데 말이지."

아, 이거 사망 플래그다.

"그럼 말하지 마세요."

"어, 어어…."

파울로는 풀 죽은 얼굴을 했다. 조금 사기가 내려간 걸지도 모른다.

아니, 결전 전에 중요한 말을 하게 하면 안 된다. 그런 건 돌아간 뒤에 하면 된다.

"좋아, 가자."

우리는 서로를 둘러보고 동시에 마법진에 올라갔다.

마법진을 빠져나온 곳은 엄청나게 넓은 공간이었다.

직사각형 모양에 야구장 정도로 넓은 궁전 같은 공간. 방구석에는 굵은 기둥이 몇 개나 세워져 있고, 천장은 고개를 젓혀 올려다봐야 할 정도로 높다. 지면은 타일 같은 것이 깔렸고, 하나하나에 복잡한 무늬가 새겨져 있었다. 한마디로 말해서 장엄하다고 할까.

"오오…!"

그 잿빛 궁전의 안쪽, 거기에 한 마리 마물이 있었다.

거대한 마물이었다. 크기는 적룡의 약 두 배. 멀리서 봐도 에메랄드그린색 비늘이 반짝반짝 빛나는 게 보였다. 땅딸막한 몸, 거기서 머리가 여러 개 나 있었다.

"히드라인가, 처음 본다…."

기스의 중얼거림에 그 마물의 이름을 떠올렸다. 히드라. 아홉 개의 머리를 가진 거대한 드래곤.

"있다…!"

하지만 내가, 그리고 파울로가 시선을 준 곳은 거기가 아니었다.

히드라보다 안쪽. 히드라가 지키려고 하는 방의 제일 안쪽.

거기에 마력결정이 하나 있었다. 엄청난 크기를 가진 녹색의 마력결정. 2미터 정도의 크리스탈 같은 형태를 가진 마력결정. 이런 크기의 마력결정은 지금까지 본 적이 없다. 엘리나리제가 가진 유리구슬 같은 마력결정과는 전혀 다른 크기였다.

하지만 그것도 됐다. 크기는 아무래도 좋다.

그런 것보다 마력결정의 안이 문제다.

거기에 그녀가 있었다. 마력결정 안에 갇혀 있었다.

"제니스!"

파울로가 외쳤다.

동시에 내 안에서 '왜?'라는 물음표가 떠올랐다. 왜 저렇게 되었을까. 왜 돌 안에 있을까. 의문을 말하기 전에 파울로가 검을 양손에 들고 뛰쳐나갔다.

히드라가 천천히 고개를 쳐들었다.

"이 멍청아! 성급하게 굴지 마!"

기스의 외침이 들렸다.

"…칫!"

엘리나리제가 혀를 차면서 파울로를 쫓아 달려갔다.

이어서 탈핸드도 달렸다. 파울로의 속도를 엘리나리제가 쫓아가지 못했다.

"원호하겠습니다!"

록시가 외쳤다. 나는 그 말에 정신을 차리고 히드라 쪽으로 지팡이를 향했다. 일단 적을 쓰러뜨리는 게 먼저다.

일격으로 해치운다. 마왕조차도 일격으로 날려버린 스톤 캐논을 모았다.

"고요한 얼음인간의 주먹, '아이스 스매시'!"

록시가 중급 마술을 외워서 먼저 공격했다. 냉기덩어리가 엄청난 속도로 파울로를 추월하여 착탄.

치이이이이잉!

착탄 직전에 유리를 긁는 것처럼 귀에 거슬리는 소리가 울렸다.

"어?!"

록시가 눈을 치켜뜨며 흘린 소리. 히드라에게는 상처 하나 나지 않았다. 얼음에 강한 걸까. 그런 생각이 순간 머리를 스쳤지만, 이미 파울로는 히드라에게 도달하려고 하였다.

"'스톤 캐논'!"

나는 힘을 모은 스톤 캐논을 날렸다. 갈고 닦은 탄환은 키잉 하는 새된 소리를 내면서 날아갔다. 히드라까지 몇 걸음 안 남은 파울로의 머리 위를 통과. 히드라에게 착탄했다.

히이이이잉! 하고 또 기분 나쁜 소리가 들렸다.

"튕겨냈어?!"

회피한 건 아니었다. 맞았을 터였다. 직격이었을 터이다.

하지만 히드라는 아무 일도 없었던 것처럼 태연하게 서 있었다. 상처 하나 없었다.

"우오오오오오오!"

파울로의 기합소리가 여기까지 닿았다. 히드라는 그 몸을 뱀처럼 움직여서 파울로와 맞섰다. 파울로는 최소한의 움직임으로 그걸 회피했다.

다음 순간 히드라의 머리가 하늘을 날아갔다.

파울로의 오른손에 들린 검이 베어 버린 것이다. 엄청난 속도다.

또 파울로의 모습이 순간 흔들렸다. 예견안으로도 채 보완할 수 없는 속도로 움직인 것이다. 히드라의 다른 머리에서 피보라가 튀었다.

파울로의 왼손에 들린 검이 움직였다. 길이가 부족하기 때문에 절단에는 이르지 못했다. 파울로는 몸을 회전시켜서 원심력을 살려 오른손에 들린 검을 다시 휘둘렀다.

추욱 처졌던 히드라의 머리가 땅에 떨어졌다.

"하아아압!"

순식간에 히드라는 머리를 두 개 잃었다.

하지만 히드라의 머리는 두 개로 끝이 아니다. 녀석은 차례로 머리를 움직여서 사방팔방에서 파울로를 에워쌌다. 파울로는 백스텝으로 거리를 벌리려고 했지만, 보폭의 차이인지 히드라의 사정거리 안에서 빠져나갈 수 없었다.

"파울로!"

그때 엘리나리제가 도착했다. 그녀는 방패를 든 채로 검을 내찔렀다. 그 순간 검 끝에서는 눈에 보이지 않는 충격파가 발생했다.

휘이이잉!

또 그 소리다. 히드라는 충격파 따윈 아랑곳 않는 듯이 파울로를 덮쳤다.

"시냇물의 탁류여! '프로드 플래시'!"

록시의 주문과 함께 파울로의 눈앞에 물덩어리가 발생했다. 파울로는 그 물에 떠밀리듯이 히드라의 사정거리에서 빠져나왔다. 뱅그르르 구르는 파울로의 앞에 엘리나리제가 곧바로 커버에 들어갔다. 그 중간 즈음에서 탈핸드가 발을 멈추고 마술을 행사하기 시작했다.

변칙적이지만, 전위, 중위, 후위의 형태가 되었다.

하지만 이제부터 어쩐다.

파울로의 공격은 통한다. 하지만 내 스톤 캐논은 튕겨나갔다. 록시의 마술도. 다음은 불인가, 바람인가? 양쪽 다 전사들이 휘말릴지 모른다. 어쩐다?

"'어스 필러'!"

탈핸드의 주문이 완성되었다. 흙 마술이다.

히드라의 머리 위에 바윗덩어리가 나타나서 히드라에게 떨어졌다.

휘이이이잉!

그 소리가 울렸다. 바위는 히드라에게 명중하기 직전에 모래처럼 산산조각 나서 사라졌다.

저 소리다. 이 새된 소리가 울리면 마술이 무효화된다.

"녀석에게 마술은 통하지 않나?!"

어쩐다? 속행해야 하나? 아니면 일단 후퇴해야 할까? 나는 뭘 해야 하지?

그때 옆에 있는 록시가 절박하게 외쳤다.

"루디, 저걸 봐요! 낫고 있어요!"

바라보니 파울로가 베어낸 두 개의 머리, 그중 한쪽의 절단면이 천천히 늘어나고 살이 생겨나서 머리를 만들었다. 다른 쪽의 머리도 그 뒤를 따르듯이 나아갔다.

재생하는 것이다.

녀석의 머리는 베어내는 것만으로는 대미지를 줄 수 없다.

"철수하죠!"

하지만 록시의 목소리는 파울로에게 닿지 않았다.

파울로는 날카로운 기합을 담은 외침을 지르면서 똑바로 히드라에게 검을 휘둘렀다. 그 무모한 싸움을 거드는 엘리나리제가 위험하다.

"기스!"

탈핸드의 목소리. 기스가 달려갔다. 녀석은 탈핸드를 제치고 파울로의 바로 뒤까지 이동하더니, 손에 든 뭔가를 히드라에게 던졌다.

파팡 하고 뭔가가 터지는 소리가 들렸다.

그리고 히드라를 중심으로 안개 같은 것이 뭉게뭉게 일었다. 연막탄인가.

"──!"

기스가 뭐라고 외치면서 파울로를 뒤에서 붙잡았다.

하지만 기스로는 파울로를 제지할 수 없다. 순식간에 파울로가 그를 뿌리치려고 하고──

다음 순간 엘리나리제가 파울로의 얼굴을 방패로 때렸다.

"──!"

기스가 파울로를 놓고 뭐라고 말하자, 파울로가 이쪽을 향해 달려왔다.

"루데우스!"

엘리나리제의 목소리에 나는 움직였다. 마력을 손에 잔뜩 집중하고, 히드라와 파울로의 사이에 짙은 안개를 만들었다. 새하얀 수증기 같은 안개. 시야를 가리는 것이다.

히드라가 쿵쿵 소리를 내며 다가오는 게 느껴졌다. 그렇긴 해도 역시 다리는 그렇게 빠르지 않다. 일행이 이쪽까지 돌아왔다.

"루디, 철수입니다. 먼저 마법진에."

"예! 선생님!"

나는 먼저 마법진에 뛰어들었다.

전원 무사히 마법진에서 나왔다. 록시, 탈핸드, 기스, 가쁜 숨을 쉬는 파울로, 그리고 마지막에 부상을 입은 엘리나리제가 나왔다.

엘리나리제는 어깻죽지에서 철철 피를 흘리고 있었다.

"괜찮나요?"

"스쳤을 뿐이랍니다."

엘리나리제의 어깨는 뭉텅 파여 있었다.

공격을 받은 것 같진 않았는데.

"비늘 때문에 파였어요."

아무래도 저 히드라의 외피는 거친 비늘로 되어 있는 모양이다.

그렇긴 해도 초급 치유 마술로 흔적도 없이 치료할 수 있는 범위다.

생전의 세계면 수십 바늘은 꿰맸겠지. 편리한 세계다.

"고마워요."

자. 문제는 이 부상의 원흉인 녀석의 처우다.

파울로는 마법진 앞에 앉아 있었다.

더불어 시선도 움직이지 않고, 온몸에서 살기를 피우고 있었다.

"아버지."

"…그건 제니스다. 틀림없어."

파울로는 그렇게 말했다. 그 눈에 엘리나리제가 다친 것은 들어오지도 않았다.

아니, 엘리나리제는 탱커니까 다치는 게 일이라고도 할 수 있다. 하지만….

"조금 진정하세요."

"음, 미안했다. 지금은 진정했어."

파울로의 목소리는 낮았다. 진정하긴 했지만, 냉정하진 않은 모양이다. 폭풍 전의 고요, 라는 말이 떠올랐다.

어쩔 수 없다. 분명히 그건 제니스였다.

나조차도 먼발치에서 봐도 '아, 제니스다'라고 알았을 정도다. 파울로라면 잘못 볼 리가 없겠지.

그 마력결정 안에 있던 것은 제니스다. 돌 안에 갇혀 있었다니… 왜 그렇게 되었을까.

아니, 이유는 됐다. 전이로 돌 속에 워프했다든가, 그런 거겠지. 돌 속에 전이하는 일은 어지간해서 없다는 모양인데, 반대로 말하자면 희귀하게 있기는 하단 소리고.

하지만 기스의 말로는 모험가와 함께 있었다고 하지 않았나?

아니, 붙잡혀 있었다는 말을 썼다. 음? 혹시 기스는 이 상황을 알고 있었나…? 아니, 설마.

말꼬리를 잡아 봤자다. 추궁하는 건 모든 일이 끝난 뒤라도 늦지 않다.

게다가 문제는 그 점이 아니다.

"…어머니는, 그런 상황인데, 살아 있는 걸까?"

"아앙?!"

그렇게 말하자 파울로가 벌떡 일어나서 내 멱살을 붙잡았다.

"살아 있고 말고가 문제가 아니잖아!"

"그렇네요."

그렇다. 실언이었다.

애초부터 제니스의 생존확률은 낮았다. 사체도 못 찾을 가능성이 있다고 생각했다. 하다못해 유품 하나라도 좋다. 죽었으면 죽었다고 하고, 유품을 찾으면 장례라도 치를 수 있다…라고 생각하고 있었다. 저렇게 확실히 제니스라고 알 수 있는 형태로 남아 있다면 예상보다 훨씬 다행이라고 할 수 있을지도 모른다.

"싸움은 그만 둬!"

기스의 목소리에도 파울로는 겁주듯이 내게 얼굴을 들이댔다.

"루디, 저기에 제니스가 있었다. 네 어머니가 말이야. 어떻게 그렇게 차분할 수 있지?"

"더 허둥대는 편이 좋겠습니까? 흐트러진다고 뭐가 해결됩니까?"

"그런 소리가 아냐!"

파울로가 무슨 소리를 하려는 건지는 안다. 분명히 지금의 나는 너무나도 냉정할지 모른다. 6년이나 행방불명이었던 어머니를 발견했을 때의 아들의 태도가 아니겠지.

…뭐, 나는 어렸을 적부터 제니스와 별로 접점이 없었다.

어머니라는 인식도 별로다. 오히려 함께 살았던 남남이라는 인식이 강할지도 모른다. 일곱 살 때 헤어진 뒤로 10년 가까이 못 만났으니까.

박정한 태도를 취하는 것도 어쩔 수 없을지 모른다.

"아무튼 현황을 확인하죠."

"아앙?!"

파울로의 고함을 무시하고 나는 방금 전의 일을 담담히 소리 내어 말하였다.

"그 수호자에게는 마법이 통하지 않았죠. 엄청난 재생 능력을 가졌고, 닿기만 해도 엘리나리제 씨의 방어를 돌파할 정도로 공격력도 높습니다. 그리고 어머니는 돌 안에 갇혀 있고요. 분명히 말하자면 살아 있는지도 알 수 없습니다."

"그딴 건 나도 알아! 어머니를 찾았을 때의 태도가 그거냐고 말하는 거다!"

파울로가 소리치고, 기스가 끼어들었다.

"그만두라고! 가족 싸움은 숙소로 돌아간 뒤에 해!"

기스가 억지로 우리를 떼어놓았다.

파울로는 "제길, 헛소리나 하고 있어."라고 내뱉더니 지면에 털썩 주저앉았다.

일부러 내가 말할 것도 없이 파울로도 상황을 이해하고 있을 것이다. 다만 그는 내 태도가 마음에 안 드는 것이다. 나도 너무 차갑지 않았나 생각한다. 하지만 어쩔 수 없다. 어쩌란 말인가.

"예, 예, 싸움은 거기까지. 대화로 하지요!"

엘리나리제가 짝짝 손뼉을 쳤다.

나와 파울로는 느릿느릿 움직여서 모여 앉았다. 록시가 다소 겁먹은 얼굴로 나와 파울로를 교대로 보았다. 걱정하는 모양이다.

"괜찮습니다."

"그런가요…?"

파울로와 이렇게 싸우는 게 처음도 아니다. 일이 끝나고 숙소로 돌아가면 파울로도 냉정해지겠지. 나도 제니스를 구해내고 목소리라도 들으면 분명 뭔가 느끼는 바가 있을 것이다.

그래, 틀림없이 그렇다. 지금은 톱니바퀴가 조금 어긋났을 뿐이다.

"어흠. 저기, 제니스 씨의 결정화 말입니다만, 어떻게 할 수 있으리라 생각합니다."

록시는 평소보다 약간 밝은 목소리로 그렇게 말했다.

"정말이야?!"

파울로가 기쁜 얼굴로 화제에 덤볐다.

"예. 이따금 강력한 마력부여품이 저렇게 마력결정에 갇히는 경우가 있다는데, 수호자를 쓰러뜨리면 결정화가 풀려서 안에 있던 것이 나온다고 들은 적이 있습니다."

나는 들은 적 없는 이야기다.

하지만 록시가 하는 말이다. 록시가 거짓말을 할 리가 없다.

"그건 저도 들었어요."

거기에 동의한 것은 엘리나리제였다.

"저도 지금 제니스와 비슷한 상태에 빠졌던 사람을 한 명 알고 있는데, 분명히 지금도 살아 있답니다."

"······."

이건 거짓말이겠지. 엘리나리제는 이럴 때에 태연하게 거짓말을 한다. 자리의 분위기를 좋게 만들기 위한 거니까 뭐라곤 않겠는데….

애초에 전례가 있다고 해도, 그 인물이 '무사'하다고만 볼 순 없다.

물론 그걸 말할 필요는 없다. 다들 알고 있다.

"문제는 저 수호자…. 솔직히 말해서 저도 처음 보는 종류네요."

솔선해서 말을 꺼낸 건 엘리나리제였다. 그리고 기스가 뒤를 이었다.

"그래. 언뜻 보면 히드라인데, 저런 녹색 비늘을 가진 종류는 이야기도 못 들어봤어."

"…게다가 재생까지 하다니."

탈핸드도 난감한 얼굴인 채로 팔짱을 끼었다.

히드라란 드래곤의 일종이다. 여러 개의 머리를 가진 드래곤으로, 무리를 짓진 않지만 하나만으로도 최강급의 힘을 가졌다. 분명히 마대륙의 어딘가에서 살고 있다고 했다. 현재 확인된 것만으로도 세 종류 정도 된다. 비늘 색깔로 구별해서 흰색, 회색, 금색이 있다.

녹색 비늘을 가진 히드라는 존재하지 않는다.

"저건 아마도 마나타이트 히드라입니다."

그렇게 말한 것은 록시다.

"책에서 읽은 적이 있습니다. 온몸이 마력을 흡수하는 마석의 비늘로 뒤덮인 악마의 용. 제2차 인마대전 때 목격되었고,

대륙의 소멸과 함께 절멸했다고 적혀 있었습니다. 그냥 옛날이
야기라고만 생각했습니다만… 실존했다니."

마력을 흡수. 그렇다면 마술은 거의 통용되지 않는단 소린가.

"그럼 우리는 녀석에게 대미지를 줄 수 없다는 소린가요?"

"책에 적힌 내용이 사실이라면 바짝 붙은 상태에서 쏘면 통
용될 겁니다."

"밀착해서…."

저 덩치. 게다가 몸에 닿기만 해도 강판에 찍히는 듯한 상처
가 난다. 그걸 직접 만지면서 마술을 쓰라는 건가. 손가락이
죄다 없어질지도 모른다.

"하지만 대미지를 주어도 재생까지 하지. 이걸 어떻게 한
다…."

"재생은 귀찮네요."

"…하지만 어떻게든 쓰러뜨려야 해."

히드라가 재생한다. 그런 말을 들어도 어째서인지 나는 별로
놀라지 않았다. 히드라는 재생하는 법이라는 상식이 있었다.

"잘라내도 순식간에 재생했지. 저런 녀석을 어떻게 쓰러뜨린
다…."

록시도 함께 끙끙거렸다. 하지만 나는 그렇게 까다롭다고 생
각하지 않았다. 여태까지 재생하는 마물과 만난 적도 없는데.

왜일까. 생전의 지식이 있었기 때문이다.

"한 가지 생각이 있습니다."

손을 들고 발언하자 시선이 내게 집중됐다.

"히드라의 목은 불로 지지면 재생하지 않는다고 들은 적이 있습니다."

나는 그리스 신화의 영웅 헤라클레스의 이야기를 했다. 헤라클레스는 히드라와 싸웠다.

거기에 따르면 자른 뒤에 상처를 횃불로 지지면 재생을 저지할 수 있다고 했다.

솔직히 말해서 결국은 신화다. 신뢰성은 희박하다. 하지만 반응은 좋았다.

"그래, 상처를 태운단 말이지."

"횃불은 가져오지 않았지만, 상처라면 비늘 때문에 마술이 튕겨날 우려도 없겠네요."

"시험해 볼 가치는 있나."

이쪽 세계의 히드라가 생전의 히드라와 얼마나 비슷한지는 모른다.

생전의 히드라는 불사신인 머리가 있었다고 하지만, 이쪽 세계에서는 의외로 목을 전부 태우면 쉽게 죽을지도 모른다.

낙관적으로 생각하고 싶지 않지만, 생물인 이상 죽음은 있을 것이다.

"좋아, 그럼 그렇게 기 볼까."

기스의 말로 방침이 굳어졌다.

내 제안은 확실하지 않다. 하지만 확실한 것 따윈 어디에도 없다.

솔직히 한 차례 도시로 돌아가는 편이 좋을 것도 같다. 소모는 거의 없다고 해도 적은 강대하다. 보스전을 앞두고 준비를 갖추는 편이 좋을지도 모른다. 히드라와의 싸움만을 위해 사람을 고용하는 것도 그럴 듯하다. 저 히드라의 목을 베어낼 레벨의 검사가 얼마나 있을지는 모르지만, 그만큼 모험가가 많으니까 찾으면 한 명 정도는 찾을 수 있겠지.

"……."

하지만 파울로는 분명 납득하지 않을 것이다.

지금 돌아간다고 말하면 자기 혼자서라도 히드라에게 도전하겠다는 말을 꺼낼지도 모르는 기세다.

게다가 돌아간다고 해도 저 히드라에게 통하는 아이템이나 용병을 쉽게 찾을 수 있을 거라곤 생각되지 않는다.

대책은 있다. 그게 가능한 인원도 갖추어졌다. 그럼 여기는 전진해야 할 장면이다.

"어이, 파울로, 그거면 되겠지?"

"…그래."

"마음에 없는 대답이로군. 알고 있어? 저 녀석의 목을 벨 수 있는 건 너밖에 없다고."

엘리나리제나 탈핸드도 비늘에 상처를 내는 건 가능하겠지.

하지만 양단할 정도는 못 된다. 파울로가 목을 베고 무영창을 쓰는 내가 즉시 태운다. 그런 역할 분담이 필요하다.

경우에 따라서는 나도 꽤나 근거리까지 접근할 필요가 있을지도 모른다. 상처만을 정확하게 태운다고 해도 주위 비늘에 마술이 무효화될 가능성도 크니까.

그렇게 되었을 경우 다른 세 사람이 미끼가 되어 나를 향한 공격을 돌린다. 미끼가 대미지를 받으면 록시가 치료한다. 그런 역할 분담이 된다. 그것밖에 없다.

당연하지만 내게도 공격이 날아오겠지. 상당히 위험한 위치가 된다.

"후우…."

파울로는 거기서 한숨을 내뱉고 주위를 둘러보았다.

"엘리나리제, 탈핸드, 기스, 그리고 록시."

호명된 전원의 얼굴이 파울로 쪽을 향했다.

"너희에게는 지금까지 신세를 졌다. 전이사건이 일어난 뒤로 이미 긴 세월이 지났지. 너희는 마대륙을 종단하고 북방대륙을 여행하며 루디도 찾아주었지. 정말로 생각할 수 있는 한도까지 힘을 다해 주었어."

네 명은 묵묵히 파울로의 얼굴을 바라보았다.

파울로더러 얼른 이야기를 계속하라고 하듯이.

"하지만 그것도 이제 끝이야. 제니스를 구하든… 설령 못 구한다고 해도 이걸로 내 가족은 다 찾았어. 마지막이야. 힘을 빌려줘."

그 말에 네 사람은 풋 소리 내어 웃더니 제각기 끄덕였다.

"그렇게 열심히 고개를 숙이다니 당신답지 않네요. 하지만 알았어요. 전력을 다하지요."

"흥, 여기까지 와서 힘을 빌려주지 않는 바보는 될 수 없지."

"파울로도 꽤나 성격이 부드러워졌잖아. 뭐, 나는 별로 재주가 없지만, 할 수 있는 건 다 할게."

"이기죠. 이 싸움에서 이기면 우리의 여행도 보상을 받습니다."

파울로는 네 사람의 반응에 살짝 눈물을 글썽이고 콧소리를 냈다.

하지만 우는 얼굴을 보이지 않고 내 쪽을 보았다.

"루디…."

파울로는 살짝 주저했지만 결의를 숨긴 눈을 하고 있었다.

"너는… 정말로 든든한 아들이다."

"그런 빈말은 히드라를 해치운 뒤에 하죠."

"빈말이 아냐. 정말로 그렇게 생각해."

파울로는 그렇게 말하고 자조하듯이 웃었다.

"나는 너처럼 냉정해질 수도 없다. 아이디어도 못 내지. 무턱대고 들이받는 것밖에 생각 못 하는 바보다."

파울로는 말을 이었다. 어금니를 악물 듯이 뒤틀린 표정으로.

"…한심한 애비지. 도저히 아들의 본보기가 못 돼."

파울로는 각오가 담긴 어조로 말했다.

시선은 엄청나게 강하다. 나를 꿰뚫을 듯한 강한 힘을 담은 눈.

각오다. 파울로는 각오를 했다.

"그걸 알면서도 말하마. 부모가 할 말이 아니라고 생각하지만, 잘 들어라."

"예."

나는 그 시선을 정면에서 받아냈다.

무슨 말을 하려는 것인지 정도는 나도 안다.

"죽어도 어머니를 구해라."

파울로는 그렇게 말했다. 아들을 향해서. 죽어도, 라고.

분명히 부모가 할 말은 아니다. 하다못해 '구하자'라는 식의 말이 좋았겠지.

하지만 못된 아버지라고는 생각하지 않는다.

이것은 파울로의 각오고, 나에게 보내는 신뢰다.

파울로는 그 말처럼 자기가 죽더라도 제니스를 구할 생각이다.

그리고 파울로는 나를 자기와 대등하다고 생각한다. 신뢰한다.

충분히 자기 몫을 한다고 생각한다.

그러니까 그런 말이 나온다.

그럼 나도 거기에 응할 뿐이다.

제니스를 구한다. 그 목적을 위해 파울로와 마음을 함께 한다.

"…예!"

힘주어 끄덕이자 파울로도 고개를 끄덕였다.

기분 탓인지, 그 얼굴은 조금 기쁜 것처럼 보였다.

"좋아, 간다!"

파울로의 말에 전원이 일어섰다.

다시 히드라와의 싸움이 시작됐다.

제9화　사투

커다란 방에 묵직하게 자리 잡은 히드라. 그 뒤에 있는 마력 결정. 그 안에 갇혀 있는 것은 역시나 틀림없는 제니스였다.

히드라는 우리의 모습을 보자 천천히 몸을 일으켰다.

"좋아, 간다!"

파울로가 달렸다. 개처럼 낮은 자세로, 바람처럼 빠르게, 모든 것을 제쳐 버릴 만한 속도로.

하지만 이번에는 엘리나리제도 함께 있었다.

그 뒤에서 탈핸드. 그의 걸음은 느리다. 우리는 탈핸드에게 맞추듯이 전진하였다.

기스는 우리보다 더 뒤에서 대기했다. 싸울 재주가 없는 그는 이 자리에서 도움이 되지 않는다.

하지만 그는 필요하다. 가령 우리가 전멸했을 때 탈출하여 그 결말을 전하는 것도 그의 역할이니까.

"하아아아압!"

파울로가 히드라에게 도달하는 동시에 히드라의 머리 중 세 개가 움직였다.

크기와 비교하면 히드라는 날렵하다. 머리 하나하나가 야생의 뱀처럼 민첩하게 움직인다.

하지만 파울로가 순간적으로 몸을 움직이자, 머리 중 하나가 절단되었다.

좋아, 지금이다.

"파이어볼!"

지팡이 끝에 혼신의 마력을 담아서 열량을 띤 불구슬을 히드라에게 날렸다.

──하지만 틀렸다. 파이어볼은 히드라에게 접근하면서 점차 작아지더니 착탄과 동시에 사라졌다.

귀에 남는 것은 휘이이잉 하고 유리를 긁는 듯한 불쾌한 소리.

"역시 접근해서 쏠 수밖에 없나."

접근하지 않으면 쓰러뜨릴 수 없다. 접근해서 불 마술을 먹여서 상처를 지져야 한다.

"예정했던 대로군요. 루디, 괜찮겠나요?"

"괜찮습니다. 마술사로만 훈련한 건 아니니까요."

입으로는 그렇게 말하면서도 내 심장은 쿵덕쿵덕 빠르게 뛰고 있었다.

접근전에는 약하다. 접근전에 관한 내 기억은 패배로 물들어 있다. 파울로를 시작으로 길레느, 에리스, 루이젤드. 누구에게도 이기지 못하였고, 지금의 내가 이루어졌다.

뭐, 나름 이긴 적도 있다. 리니아, 프루세나, 루크. 그 외에도 예견안을 썼다고 해도 승리한 상대는 있다.

하지만 그들은 히드라에게 이길 수 있을까.

아니다. 파울로나 엘리나리제 같은 이들이 고전하는 상대에게 그들이 이길 거라곤 생각되지 않는다. 즉, 그 녀석들을 이겼다고 해서 내가 히드라를 이길 수 있다는 이유는 되지 않는다.

하지만 이번에는 혼자서 싸우는 게 아니다. 팀 배틀이다.

파울로도 엘리나리제도 록시도 있다. 탈핸드의 힘은 미지수지만, 그들과 비슷한 정도라면 도움이 안 될 리가 없다.

나는 전속력으로 전진하여 파울로의 바로 뒤에 붙었다.

"루디, 내 뒤에서 떨어지지 마라!"

눈앞에서 들리는 파울로의 목소리. 내 왼편에 엘리나리제가, 오른편에 탈핸드가 붙었다. 그리고 배후에 록시. 이건 마치 임ㅇ리얼 크로스로군.

"샤아아아압!"

세 개의 머리가 동시에 공격해 왔다. 히드라는 머리를 네 개이상 움직이지 않는다. 능력이 그 정도인 걸까, 아니면 단순히다른 머리가 방해되기 때문일까.

그건 모르지만 아무튼 기회다.

"합!"

"흠!"

"으랴압!"

엘리나리제가 하나를 받아넘기고, 탈핸드가 하나를 흘리고… 그리고 파울로가 머리 하나를 베어냈다.

잘린 머리는 지면에서 꿈틀거리며 몸부림쳤다.

"시작해!"

"예!"

파울로의 호령을 듣고 나는 몸부림치는 머리에게 다가가서 마술을 썼다.

불 마술은 주위를 밝게 비추면서 히드라의 머리에 착탄. 그 상처는 지글지글 소리를 내면서 숯으로 변했다.

"잘 됐으려나…?"

나는 뒤로 물러나면서 상처를 보았다.

아직 모른다. 확인할 틈도 없이 곧바로 다른 머리가 공격해왔다. 파울로가 받아냈다. 엘리나리제가 방패로 흘렸다. 시야 구석에 있는 탈핸드에게서 피가 뿜어져 나왔다.

"큭!"

"신성한 힘은 방순한 양식 —— '힐링'!"

탈핸드가 부상을 입자, 곧바로 록시가 주문을 외우면서 달려가서 그 부상을 치료했다.

전원이 내게 공격이 오지 않도록 움직였다. 그럼 내가 확인할 수밖에 없다.

"……."

머리는, 부상 부위는 어떤가. 탄화한 절단면은 재생했을까.

"…좋아."

재생하지 않았다. 녀석의 상처는 그대로 남아 있다. 이전처럼 살이 부풀어 올라서 부활하지 않는다.

"유효합니다!"

"좋았어!"

파울로가 외치고, 다음 목을 베어냈다.

나는 거기를 태웠다.

엄청난 열기. 숨쉬기 힘들 정도의 열량이 내게까지 닿았다. 파울로도 이마에 땀을 흘렸다. 하지만 이 정도의 화력이 아니면 절단면을 태울 수 없다. 어중간하게 태우면 재생할 가능성이 있다. 이런 식으로 가면….

"…큭! 커버를!"

예견안이 히드라의 움직임을 포착했다.

〈움직이지 않았던 히드라의 목 두 개가 나를 노린다.〉

한쪽은 회피할 수 있다. 하지만 다른 쪽은 그렇게 회피한 방향을 노리고 덤비겠지.

"맡겨줘요!"

내가 한쪽 머리를 피했을 때, 엘리나리제가 뛰어들었다. 한쪽 머리를 튕겨내면서 억지스러운 자세로 나와 히드라 사이에 끼어들었다. 자신과 히드라 사이에 방패를 쳐들고 빠직빠직 소리를 내면서 나를 지켰다.

픽 하고 엘리나리제의 피가 내 뺨에 튀었다.

"록시! 치유를!"

"신성한 힘은 방순한 양식 —— '힐링'!"

록시가 곧바로 엘리나리제의 상처를 치료했다. 그리고 두 사람은 아무 일도 없었던 것처럼 원래 포지션으로 돌아갔다.

"루디! 세 개째 간다!"

"예!"

파울로의 외침. 동시에 눈앞에서 피보라를 일으키면서 떨어지는 히드라의 머리.

태운다. 내 일은 태우는 것뿐이다. 살을 태운다. 오로지 태운다. 다른 일은 다른 이들에게 맡긴다. 그저 눈앞의 일에만 집중한다. 파울로가 베고 내가 태운다. 엘리나리제와 탈핸드가 나를 완벽하게 지킨다. 그리고 그들을 록시가 지킨다.

네 번째 머리를 태웠다.

할 수 있다.

그렇게 생각한 순간 히드라는 움직임을 바꾸었다.

갑작스럽게.

그래, 갑작스럽게 히드라는 나머지 다섯 개의 머리를 동시에 움직여서 탈핸드를 노렸다.

"끄윽!"

"탈핸드!"

탈핸드가 첫 번째 공격을 피했다. 두 번째를 완전히 피할 수 없기에 지면을 구르듯이 도망쳤다. 그때 히드라의 몸이 스쳐서 묵직한 갑옷의 일부가 날아가고 지면을 떨렁떨렁 굴렀다.

세 번째. 탈핸드는 주저앉은 자세로 도끼를 방패 삼아서 그것을 막아냈다.

네 번째는 이미 방어도 할 수 없었다. 히드라의 머리가 탈핸드의 다리를 물었다.

탈핸드는 순식간에 거꾸로 매달렸다.

"끄오오오!"

그리고 다섯 번째가 제대로 움직일 수 없는 탈핸드의 몸을 찢으려고──

"으랴압!"

쿵 소리를 내며 머리가 떨어졌다.

떨어진 것은 탈핸드의 무참하게 변한 머리…가 아니었다.

히드라의 머리였다. 네 번째, 다섯 번째 머리가 파울로의 검에 잘려나간 것이다.

"미안하군, 덕분에 살았네!"

"태우겠습니다!"

"신성한 힘은 방순한 양식── '힐링'!"

탈핸드의 목소리, 내 목소리, 록시의 목소리. 그것이 동시에 들리고 제각기 움직였다.

히드라의 머리 두 개가 동시에 불탔다.

남은 건 셋.

"음?"

그때 히드라의 움직임이 또 조금 변했다.

우리를 두려워하듯이 슬금슬금 뒤로 물러나기 시작했다.

"이길 수 있어, 밀어붙인다, 루디!"

파울로가 나섰지만, 내 다리는 멈췄다.

잠깐, 덫 아닌가? 상대가 뭔가 꾸미는지도 모르는데 공격할 수는… 그런 예감이 뇌리를 스치고 순간적으로 움직임이 멈췄다. 그리고 다음 순간.

"뭐!"

히드라의 머리 하나.

한층 큰 머리가 불타 버린 목 부분을 물어뜯었다.

"아닛?!"

물어뜯긴 목은 순식간에 재생했다.

"이런!"

불탄 단면에서는 재생할 수 없다. 하지만 단면을 뜯어내면 재생할 수 있게 된다.

"재생할 틈을 주지 마!"

"하아아압!"

엘리나리제가 기합소리를 내면서 달렸다. 머리 부근까지 달렸다. 그리고 재생하려는 머리 중 하나에 글라디우스를 꽂았다.

"그대가 바라는 곳에 위대한 얼음의 가호가 있으라, 빙하의 탁류를 받아라, '아이스 스매시'."

재생하려는 머리에 직접 마술을 날렸다. 엘리나리제가 말이다.

아직 비늘이 없는 맨살에 얼음덩어리가 부딪치고 깨졌다. 석류 같은 피를 내뿜으면서 머리가 몸부림쳤다.

"록시!"

"작은 연기가 거대한 은혜를 태우도다. '프레임 스로워'!"

어느 틈에 엘리나리제를 쫓아온 록시가 프레임 스로워를 쏘았다. 비늘 때문에 위력이 죽었다고 해도 히드라의 머리는 연기를 내며 불탔다.

"좋아!"

파울로가 계속 공격하려고 했다. 하지만 히드라는 머리를 숙이지 않았다. 거대한 몸을 일으키고 천장 아슬아슬한 곳까지 머리를 쳐들고서 이쪽을 노려보았다. 남아 있는 세 개의 머리를 전부.

겁을 먹었나?

아니다. 그런 느낌이 아니다. 이건 뭔가 기억에 있다. 위험하다.

"뭔가가 온다, 경계해!"

"예!"

파울로의 목소리. 그리고 나의 움직임은 직감… 아니, 경험에 따른 것이었다.

나는 이 자세를 딱 한 번 본 적이 있다.

드래곤이 몸을 꼿꼿이 세우고 **크게 숨을 들이마시는** 그 자세를.

"브레스가 옵니다! 내 근처에 모여주세요!"

"음!"

파울로가 크게 백스텝을 밟아서 내 눈앞까지 왔다. 엘리나리제와 탈핸드가 구르듯이 내 발밑까지 달려왔다. 록시가 안기듯이 뛰어들었다.

나는 물을 만들어냈다. 두꺼운 물의 벽을.

—— 거의 동시에 히드라가 내뿜었다.

세 개의 머리에서 엄청난 양의 화염 브레스가 쏟아져서 물의 벽에 부딪혔다. 엄청난 양의 수증기가 발생하고 실내의 온도가 쭉쭉 올라갔다.

"……!"

드래곤의 화염 브레스는 엄청난 온도를 자랑한다. 강철을 간단히 용해시키고 작은 연못을 순식간에 증발시킬 정도다.

그게 머리 셋에서 동시에 발사되었다. 어지간한 마술사 한명이 이걸 막아낼 순 없다. 다섯 명, 아니, 열 명 가까운 마술사가 결집해서 물의 벽을 하나 만들어내면 혹시나… 아니, 그 래도 무리일지 모른다.

하지만 내 마력은 보통이 아니다.

"아버지!"

"음!"

히드라가 고개를 내렸을 때 파울로가 덤벼들었다.

브레스에는 사용제한이 있다. 체내기관을 사용하는 건지, 마력을 모을 필요가 있는지, 이유는 모르지만 아무튼 연사는 불가능하다.

고로 드래곤의 비장의 카드다. 그것을 세 개의 머리에서 동시에 쏘았다. 연발은 없다.

하나에서만 썼으면 어쩌면 다른 머리가 브레스를 쏠 수 있었을지도 모른다.

하지만 녀석은 그러지 않았다. 아마도 다른 머리가 휘말려들기 때문이다.

아무튼 지금이 기회다.

"오오오오오옵!"

파울로가 머리를 베어냈다. 곧바로 내가 태웠다.

남은 건 두 개. 굵은 머리와 가는 머리. 한층 굵은 쪽이 본체일까? 그럼 저건 나중으로 미룬다.

"아버지, 가는 쪽을 먼저!"

"알았어!"

파울로가 달렸다. 엘리나리제와 탈핸드가 굵은 머리를 상대하였다.

두 개밖에 안 남았으니 훨씬 편해졌다.

"으랴아아아!"

파울로가 머리를 베어냈다. 나는 곧바로 불 마술을 날렸다.

할 수 있다. 하나 남았다. 이겼다. 이 정도까지 오면 재생할 틈은 주지 않는다. 혹시 마지막 목이 불사신이라도 하나뿐이면 어떻게든 상대할 수 있다.

내가 마술로 그 머리를 태운 순간, 히드라가 몸을 떨 듯이 움직였다.

나는 그 움직임이 뭔지 알 수 없었다.

예견안에도 비쳤지만 알 수 없었다.

너무 커서.

"멍청아!"

"!"

어느 틈에 파울로가 날 밀치고 있었다. 바로 눈앞을 거대한 뭔가가 지나갔다.

이미 머리는 없을 텐데….

아니. **목은** 있다. 그저 **머리가** 없을 뿐이다.

머리가 없어진 목을 히드라는 채찍처럼 휘두른 것이나.

여덟 개의 목을. 강판처럼 날카로운 비늘로 뒤덮인, 한아름은 될 만한 목을. 몸을 흔들어서 일제히 주위에 휘둘렀다.

"루디이이이!"

파울로가 외치는 동시에 나를 다시 걷어찼다.

거의 동시에 쿵 하는 커다란 소리를 내며 내 바로 옆에 뭔가가 떨어졌다.

뭔가가.

무릎을 꿇은 내 바로 옆에.

내가 있던 장소에. 나와 파울로 사이에.

"우, 우웃!"

거기에 눈이 있었다.

절박한 눈을 하고 있었다.

궁지에 몰린 눈을 하고 있었다.

한계에 도달해서, 살아남으려는 눈을 하고 있었다.

히드라의 눈이.

턱 근처에서 뿔 같은 것이 튀어나온 머리가.

"오오오오오오오!"

나는 반사적으로 그 눈에 왼손을 뻗었다.

푸직 하는 소리와 함께 화상을 입을 정도의 열기가 팔에 전해졌다.

고통 때문인지 히드라가 눈을 감았다. 비늘로 뒤덮인 눈꺼풀이 떨어져 내렸다. 단두대처럼.

다음 순간 나는 스톤 캐논을 쏘았다.

히드라의 머리가 터지는 동시에 눈꺼풀이 닫혔다.

동시에 위로 쭈욱 끌려갔다.

철컥 하는 소리 뒤에 푸직 하는 소리가 뇌리에 울렸다.

"로, 록시이이이!!"

고통을 참으며 나는 외쳤다. 신뢰할 수 있는 스승의 이름을.

"작은 연기가 거대한 은혜를 태우도다. '프레임 스로워'!"

그 목소리는 작지만 내 귀에는 울리며 들렸다.

마지막 머리는 검게 타서 떨어졌다.

그리고 히드라의 커다란 몸이 천천히 쓰러졌다.

굉음을 울리면서 무너지듯이 쓰러졌다.

흙먼지를 피우며, 머리 없는 사체가, 꿈틀꿈틀 경련하면서, 지면에 쓰러졌다.

그 몸에서 생명이 사라지는 게 느껴졌다.

재생은 없다. 마지막 머리는 불사신이 아니었다.

"허억… 허억…."

해치웠다. 쓰러뜨렸다. 이겼다.

"해냈다…!"

그렇게 인식한 순간 나는 왼손에 격통을 느꼈다.

그쪽을 보고 경악했다.

"윽…."

왼손이 없었다. 눈꺼풀에 덮인 비늘 때문에 피부와 살이 잘려나가고, 강인한 눈꺼풀의 근육이 뼈를 부쉈고, 그리고 마지막에 고개를 쳐든 히드라가 내 손을 가져갔다.

동맥에서 피가 좌좌 뿜어져 나왔다.

"손이, 내 왼손….""

눈이다. 히드라의 머릿속에 내 왼손이 있다.

그렇게 생각하고 방금 전의 머리를 보았다. 록시의 혼신의 불 마술로 숯으로 변한 머리 부분을.

그걸 본 순간 나는 깨달았다.

이미 왼손은 없다. 아마 찾아도 나오지 않는다. 있다고 해도 찾는 동안에 내 피가.

아아, 얼른 치유 마술을 써야지.

"기적의 천사여. 생명의 고통에 하늘의 숨결을 내려주시옵소서. 하늘에 계신 태양. 신의 사자는 붉은색을 싫어한다. 빛의 바다에 내리쬐어 순백의 날개를 펼쳐라. 그리하면 붉은색은 쫓겨나리라. '샤인 힐링'."

상급 치유 마술을 외웠다. 상급으로도 잃어버린 부위가 원래대로 돌아오지 않는 것을 알고 있다.

하지만 상급을 썼다. 절단된 부분에서 핑크색 새 살이 순식간에 생겨나고 피가 멎었다. 이어서 얼굴에 났던 상처나 파울로에게 차였던 타박상도 낫는 것을 느꼈다.

"후우… 허어….""

숨이 가빴다. 진정해. 진정해. 왼손을 잃었다.

하지만 히드라는 상당한 난적이었다.

왼손만으로 끝났다. 그렇게 생각하면 싼 걸지도 모른다.

아슬아슬한 타이밍에 파울로가 구해 주지 않았으면 죽었을
가능성도 컸겠지.

"…고맙습니다, 아버지."

나는 돌아보면서 파울로의 모습을 찾았다.

대답이 없었다. 모두가 말이 없었다.

엘리나리제가 묵묵히 서 있었다.

탈핸드가 말이 없었다.

록시가 입가를 누르고 있었다.

그 뒤에서 기스가 창백한 얼굴로 달려왔다.

파울로의 대답이 없다.

"…아버지?"

모두의 시선 끝. 파울로가 바닥에 쓰러져 있었다.

그래, 쓰러져 있었다. 위를 보면서.

하지만. 그냥 쓰러져 있기만 한 게 아니라.

의식이 없이, 공허한 눈으로. 그리고.

하반신이 없었다.

"…어?"

이해할 수 없었다.

"어?"

아, 아니. 무슨 일이 일어났는지는 안다.

그래. 보지 않았나.

파울로는 나를 걷어찼다. 내가 있던 장소를 히드라의 마지막

머리가 공격했으니까.

사람 하나를 걷어차서 날려버리려면. 그래, 정말 힘껏 걷어차야만 한다. 나는 이미 애가 아니다. 힘껏 걷어차려면 몸으로 밀어붙이듯이 해야만 한다.

보통은 나를 걷어찬 반동으로 뒤로 물러나겠지만, 파울로는 이 세계의 검사다. 유능하고 투기를 띠고 있고 근력이 있는 검사다.

즉, 나를 날려버렸어도 자기 위치는 그대로.

그렇다는 소리는 즉. 내가 있던 위치에 있었단 소리는, 즉, 이해, 하고 싶지 않다.

즉.

"어, 왜?"

그렇게 말한 순간 파울로의 눈이 스르륵 움직였다. 나와 눈이 마주쳤다.

"……."

파울로는 아무 말도 하지 않았다. 다만 안심한 것처럼 입가를 살짝 움직이더니, 후욱 숨을 뱉었다. 쿨럭 하고 힘없이 피를 토하고….

그리고 그 눈동자는 빛을 잃었다.

파울로가 죽었다.

제10화 부모

히드라가 완전히 죽는 것과 동시에 마력결정이 녹고 제니스가 지면에 굴렀다.

제니스는 살아 있었다.

의식은 돌아오지 않았지만 분명히 숨을 쉬고 있었다.

주위에는 수십 개의 거대한 마력결정과 히드라의 비늘을 형성하던 대량의 마석이 흩어져 있고, 방의 안쪽에는 대량의 마력부여품도 떨어져 있었다. 팔면 거금이 되겠지.

하지만 기뻐하며 줍는 이는 한 명도 없었다.

나는 꿈속에 있는 것처럼 멍한 기분이었다. 말을 붙이면 대답은 했지만, 아무런 생각도 하지 않았다. 내가 아닌 다른 누군가가 멋대로 대답하는 듯했다.

그런 상태임에도 불구하고 나는 스스로도 놀랄 만큼 담담하게 그 뒷처리를 하였다.

파울로의 유체는 그 자리에서 화장하였다.

사체를 가지고 돌아가고 싶다든가, 하다못해 마지막 모습이라도 제니스에게 보여준다든가, 여러모로 생각하는 바도 있었지만, 미궁에서 죽은 사람에 대한 장례를 주위의 말대로 처리하였다.

내 불 마술에 파울로는 순식간에 뼈만 남았다.

엘리나리제에게 이대로 묻으면 스켈톤이 될 가능성도 있는 거 아니냐고 물었더니 그렇다는 대답이었다. 그러니까 나는 뼈를 부숴서 가지고 돌아가기로 했다. 흙으로 작은 항아리를 만들어서 파울로의 뼛가루를 담았다.

유품으로 가지고 돌아가는 것은 딱 세 개.

파울로의 상반신을 지켰던 금속 갑옷.

단단한 상대일수록 큰 대미지를 준다는 마력부여품인 검.

그리고 내가 태어났을 때에 이미 가지고 있던 파울로의 애검.

"······."

신기한 기분이었다.

이 기분이 무엇인지는 모르지만, 뭔가가 가슴을 세게 조르는 듯하였다.

"돌아가자."

돌아가는 길에 나는 도움이 되지 않았다.

적은 쓰러뜨렸고 마술도 쓸 수 있다. 하지만 발걸음이 왠지 불안정하고, 걷는다는 감각이 없었다. 록시가 바로 옆에 붙어 있지 않으면 전이의 덫을 밟았을지도 모른다.

내가 아무리 실수를 해도 아무도 뭐라고 하지 않았다.

엘리나리제도, 록시도, 탈핸드도, 기스도 아무 말도 없었다.

불평도 위로도 없었다. 다들 말을 잃었다.

제니스는 계속 누가 업고 있었다. 격심한 전투를 벌이는 때도 있었지만, 미궁 안에서 눈 뜨는 일은 없었다. 불안하긴 했지만 그래도 숨을 쉬고 있으니까 살아 있는 거라고 스스로를 타일렀다.

사흘 걸려서 미궁에서 탈출했다.

도시에서 기다리던 세 사람에게 뭐라고 말했는지, 잘 기억하지 못한다.

자세한 설명은 엘리나리제와 기스가 맡았다.

쉐라가 울면서 쓰러지고, 베라가 쇼크를 받은 얼굴로 주저앉았다.

그런 광경을 봐도 아무 말도 할 수 없었다. 아무 말도, 아무 말도.

리랴는 달랐다. 그녀는 가면 같은 얼굴을 하고 있었다. 표정을 숨기고 나를 보며 꼭 껴안아 주었다. 그리고 "고생했었네요. 수고하셨습니다. 뒷일은 제게 맡기고 푹 쉬세요."라고 말해 주었다.

나는 빈 쭉정이가 된 기분으로 고개만 끄덕였다.

숙소로 돌아간 나는 로브를 벗었다. 살펴보니 어깻죽지 부근이 쭈욱 찢어져 있었다. 기워서 고쳐야겠다고 생각하면서도 나는 로브를 방구석에 내던졌다.

지팡이도, 짐꾸러미도, 전부 로브 위에 던지고….

침대에 쓰러졌다.

★　★　★

그 날 밤, 꿈을 꾸었다.

꿈속에서 나는 생전의 모습이었다. 둔중하고 꼴사나운 니트족 모습이었다.

하지만 인신은 나오지 않았다. 하얀 방도 아니었다.

전생의 기억. 그래, 전생의 꿈이다.

언제의 일인지는 모른다. 하지만 기억에 있는 광경이었다.

전생의, 우리 집, 거실의 모습이다.

거기에 전생의 부친이, 나에 대해 이야기하는 꿈이었다.

꿈속의 광경인 탓인지, 목소리는 들리지 않았다. 하지만 신기하게도 나에 대해 이야기하는 거라고 이해되었다.

그때의 양친은 나를 걱정했을까.

결국 나는 양친이 죽은 원인조차 모른 채 그 세계를 떠났다. 두 분이 동시에 돌아가셨으니까 병은 아니겠지. 사고, 아니면 자살이 아니었을까.

그들은 죽을 때 나를 어떻게 생각했을까. 뻔뻔하기만 한 니트족을 어떻게 생각했을까. 답답한 마음이었겠지. 한심한 기분이었겠지.

진실은 모른다.

때때로 얼굴을 마주치는 어머니. 어느 시기를 경계로 아무 말도 하지 않게 된 아버지.

그들은 죽을 때 나를 조금이나마 생각했을까.

그리고 나는, 대체 나는 장례식에도 가지 않고, 뭘 했던 걸까.

양친의 뼈도 줍지 않고 대체 뭘 했던 걸까.

왜 나는 장례식에도 나가지 않았을까.

무섭기도 했다. 양친이 죽었는데도 슬퍼하려고도 하지 않는 나를 향한 시선이.

쓰레기 같은 니트족을 향하는 눈. 적의. 경멸.

물론 그것만은 아니다. 나는 그런 기특한 인간이 아니었다. 실제로 그때의 나는 양친의 죽음을 슬퍼한다고는 요만치도 생각하지 않았다.

양친이 죽은 것보다도 '이제부터 어쩐다. 큰일 아냐?'라는 마음이 강했다. 나는 자신의 앞날조차도 똑바로 볼 수 없었다.

자기변호를 할 생각은 없지만, 어쩔 수 없는 일이라고 생각했다. 앞이고 뒤고 모르는 상황에서 마지막 도피처를 잃으면, 각오도 안 된 상황에서 바다에 내던져지면, 누구든 현실 도피 정도는 하고 싶어진다. 후회는 하지만, 그래도 나는 스스로를 탓할 수 없다.

하지만, 하다못해. 하다못해 장례식 정도는 가는 게 좋지 않았을까.

그런다고 당시의 내가 뭔가 깨닫기나 했을지는 모르지만, 양친의 마지막 모습 정도는 봐두는 게 좋지 않았을까. 뼈 정도는 줍는 게 좋지 않았을까.

파울로는, 그 녀석의 마지막 모습은 어땠던가.

만족스러운 얼굴은 하지 않았다. 하지만 그 입가는 마음을 놓은 웃음을 짓고 있었다.

그 녀석은 마지막에 뭐라고 말하려고 했을까.

내 전생의 양친은 어떤 얼굴로 죽었을까.

왜 나는 그걸 보지 않았던 걸까.

지금이라도 돌아가서 양친의 얼굴을 보고 싶었다.

다음날 아침의 기분은 최악이었다. 아무것도 하고 싶지 않다는 마음이 온몸을 지배하였다.

하지만 어떻게든 달래며 침대를 나왔다. 그리고 옆방에 있는 리랴와 제니스에게로 이동했다. 나를 본 리랴는 놀라며 물었다.

"루데우스 님, 이제 괜찮으십니까?"

"…예, 일단은. 나만 쉬고 있을 수도 없겠죠?"

"루데우스 님은 더 쉬시더라도 아무도 뭐라고 하지 않을 텐데요."

리랴의 말대로 침대에 누워 있고 싶은 마음온 있있나.

하지만 그 이상으로 뭔가 해야만 한다, 움직여야만 한다는 마음도 있었다.

"여기에 있게 해 주세요."

"…그렇군요. 알겠습니다. 여기 의자에 앉으시죠."

결국 둘이서 제니스를 돌보기로 했다.

제니스는 며칠이나 계속 잠들어 있었다.

미궁에서 사흘, 미궁에서 여기까지 하루, 이미 나흘이나 지났는데 눈을 뜨지 않았다.

이렇게 보기론 그냥 잠든 것으로만 보였다.

며칠이나 계속 잤는데도 특별히 여위거나 한 느낌도 없었다. 실로 건강해 보였다.

조금 나이가 들었나 싶지만, 그런 것도 아니었다. 뺨이나 손을 만져 봐도 따뜻하고, 입가에 귀를 가져가면 숨소리도 났다.

하지만 눈을 뜨지 않았다.

어쩌면 계속 이대로 잠들어 있는 걸까. 이대로 쇠약해져서 죽는 건 아닐까. 그런 생각이 슬쩍 뇌리를 스쳤다. 하지만 말로는 하지 않았다. 말하지 않아도 되는 말은 하지 않는 게 좋다.

나와 리랴는 조용히 제니스를 지켜보았다. 때때로 베라나 쉐라가 와서 이것저것 말하였다. 하지만 무슨 이야기를 했는지 기억에 남지 않았다.

리랴와 함께 식사를 했다. 배가 고픈 느낌은 없고, 밥은 거의 목을 넘어가지 않았다. 물로 억지로 넘겼지만, 목에 걸려서 토하고 싶어졌다.

제니스에게 변화가 있었던 것은 오후의 일이었다. 나와 리랴가 지켜보는 앞에서 작은 신음소리와 함께 천천히 눈을 떴다.

"으음…."

그 자리에 있던 것은 나와 리랴, 그리고 베라였다.

베라는 곧바로 다른 이들을 부르러 달려갔다.

우리가 지켜보는 앞에서 제니스가 몸을 일으키려고 했다.

보통 며칠이나 잠들었으면 몸을 일으키기도 힘들겠지. 하지만 제니스는 리랴의 도움을 받으면서도 거의 혼자 힘으로 일어났다.

"일어나셨습니까, 마님."

리랴가 미소를 지으면서 제니스에게 말을 붙였다.

제니스는 잠에서 막 깬 사람 특유의 멍한 얼굴로 리랴를 보았다.

"…으음."

제니스의 목소리. 기억에 있는 목소리다. 생각해 보면 이 세계에 태어나서 처음으로 들은 것도 그녀의 목소리였던 것 같다. 안심할 수 있는 목소리다.

나는 마음을 놓았다.

파울로는 죽었다. 하지만 파울로가 구하려고 했던 사람은 이렇게 살았다. 무사히 살아 있다. 파울로의 뜻은 달성되었다.

파울로가 죽었다는 말을 듣고 제니스는 슬퍼하겠지. 울지도 모른다.

하지만 하다못해 제니스와 리랴, 그렇게 셋이서 파울로의 죽음을 함께 슬퍼하자.

"어머니…."

물론 지금은 말하지 않아도 되겠지.

조금 더 진정이 되고, 그녀가 상황을 제대로 이해한 뒤라도 좋다.

천천히, 순서를 따르면 된다. 갑자기 힘든 현실을 들이밀면 안 된다.

일단은 제니스가 살아 있고 재회한 것을 기뻐해야 한다. 슬픔보다 먼저.

"……?"

제니스가 살짝 고개를 갸웃거렸다. 그 모습에 나는 가슴을 눌렀다. 나를 잊어버린 것이다.

어쩔 수 없다. 록시 때와 같다. 세월이 흘렀으니까 내 얼굴이 변한 것이다.

조금 쇼크였지만, 나중에는 웃을 수 있는 추억이 될 이야기다.

"마님, 그는 루데우스 님입니다. 그로부터 10년 가까이 지났습니다."

"……."

제니스는 멍하니 내 쪽을 보다가 리랴에게로 시선을 옮겼다. 그녀의 눈에 리랴의 모습이 비쳤다.

"……?"

그리고 또 고개를 갸웃거렸다. 리랴의 눈이 크게 떠졌다.

뭔가가 이상하다. 이상하다.

방금 전부터 제니스의 얼굴에 표정이 없다. 잠이 덜 깨서 그런 거라고만 생각했는데, 하지만 혹시 그게 아닌 걸까.

말도 하지 않는다. '음'이라는 신음소리뿐이다.

그리고 지금 이 동작. 리랴를 잊어버린 듯한 동작.

나뿐이라면 몰라도 리랴를 잊어버릴 수 있을까?

리랴도 조금 나이를 먹었다. 하지만 그리 변하지 않았다. 머리 모양도, 옷도 예전 그대로다.

"…아우… 아…."

서투른 목소리. 공허한 눈. 잃어버린 말. 우리를 보았을 때의 반응.

"혹시… 마님…?"

리랴도 눈치챈 모양이다.

혹시. 그 다음의 말을 이해하면서도 마음속으로는 거짓말이라고 외치면서.

나와 리랴는 몇 번이나 제니스에게 말을 붙였다.

"……."

결론은 금방 나왔다. 제니스는 우리의 목소리에는 반응하지만, 자기가 말을 하지는 않았다. 무슨 말을 하는 건지 이해하지도 못하였다.

"루데우스 님… 마님은… 잃어버리셨습니다."

제니스는 모든 것을 잃었다.

기억을, 지식을, 지혜를.

인간이 인간으로서 형성되기에 필요한 것을 모두.

폐인이다.

파울로에 대해서 기억하지 못한다. 리랴에 대해서도, 나에 대해서도 기억하지 못한다.

누가, 뭘 해서, 어떤 식으로, 어떻게 된 건지. 기억하지 못한다.

즉, 파울로의 죽음을 슬퍼할 수도 없다. 슬픔을 나눌 수 없다. 그런 사실을 직면하고서.

"아아…."

내 마음은 꺾였다.

그로부터 며칠이 지났을까. 시간감각이 모호해졌다.

일어나고, 자고. 자고, 일어나고. 몇 번이나 반복했다.

자고 있을 때는 꿈에서 파울로가 죽는 순간을 보았다.

파울로가 히드라를 벤다. 히드라가 목을 휘두른다. 파울로가 나를 걷어차서 피하게 해 준다. 파울로는 또 움직이고 히드라도 움직이고. 나는 움직일 수 없고. 파울로가 나를 걷어차고, 눈앞에 히드라의 머리가 떨어진다.

그리고 깨어난다. 꿈이 아니라고 재확인하고 또 잠든다.

일어날 기력은 없었다.

생각하는 거라곤 그저 파울로에 대한 것뿐.

파울로는. 그 녀석은 결코 칭찬을 들을 만한 녀석이 아니었다. 여자 버릇은 나쁘고, 잘난 척하려고 들고. 역경에 약하고, 술로 도망친다. 싸움 직전에도 아버지다운 소리는 하지 않았다.

아버지로서 분명 실격이겠지.

하지만 나는 좋아했다.

하지만 그 좋아한다는 감정은 다소 달랐다. 파울로의 그것과 달랐다.

내가 본 파울로는 '못된 친구'의 그것에 가까웠다. 체감 연령으로는 내가 위지만, 신체 나이는 파울로가 위. 인생 경험을 봐도 10년 가까이 방에 틀어박혔던 나보다도 파울로가 더 위겠지.

하지만 그런 건 관계없다. 나이 같은 건 아무래도 좋다.

파울로와 이야기하고 있으면 이 녀석이 나와 비슷한 또래라는 느낌이 있었다.

'아버지'로 볼 수 없었다.

나는 그 녀석의 자식이라고는 그다지 생각하지 않았을지도 모른다.

하지만. 파울로는 나를 분명히 자기 자식으로 보았다.

속에는 서른 살도 넘은 쓰레기 같은 놈이 들어 있는 녀석을.

아무리 봐도 이상한 행동을 하는 나를.

눈을 돌리지 않고 자기 가족으로 보았다.

아버지로서 부족한 부분도 있었다. 하지만 녀석은 나를 분명히 자기 가족으로 보았다. 모르는 사람처럼 행동하지 않았다. 어디까지나 아들로서. 이상한 힘을 가진 '아들'로서 나를 보았다. 진지하게 마주보았다.

녀석은 아버지였다. 계속 아버지였다.

아버지로서 몇몇 문제를 끌어안으면서도 가족을 위해 열심히 뛰어다녔다.

그리고 마지막에는 나를 감쌌다. 나를 자기 아이로 보고, 스스로를 아버지로 보고, 감쌌다.

목숨을 걸고서. 당연하다는 듯이.

그리고 죽었다.

웃기는 소리다.

나는 아들이 아닌데, 파울로는 아버지였다.

파울로에게는 진짜 자식이 둘 있다. 나 같은 가짜가 아니라 진짜 자식이.

나처럼 다른 세계의 남자의 영혼이 들어가지 않은, 얌전하고 귀여운 두 딸이.

노른과 아이샤가.

감쌀 거면 그쪽을 감싸야지.

아내도 둘이나 있잖아.

열심히, 몇 년이나 찾아다녀서 겨우 발견한 제니스.

제니스를 찾을 때까지 곁에서 계속 도와준 리랴.

아내 둘, 딸 둘. 합쳐서 넷이다.

넷이나 남겨두고 어쩌자는 거야, 파울로. 너의 제일 중요한 상대잖아.

…하지만 파울로에게는 나도, 그랬을지도 모른다.

아내 둘과 딸 둘, 그리고 아들이 하나.

다섯 명 중에서 누구든 똑같이 소중했을지도 모른다.

나는 녀석을 아버지로 보지 않았는데. 녀석은 나를 제일 소중하게 생각하고.

으으, 젠장, 대체 뭐야, 파울로. 적당히 좀 하라고….

몇 번이나 말했잖아. 루디, 너를 어엿하게 생각한다. 한 명의 남자로 본다고.

나도 결혼하고 집도 사고 여동생도 데리고 살면서, 사람 됐다는 기분이 들긴 했어.

너를 도우러 왔고. 미궁에서도 활약했고. 사람 몫을 하게 됐다고 생각했어. 너도 그렇게 봐주었잖아? 그러니까 마지막에 '죽어도 구해라' 같은 소리를 했잖아?

그런데, 왜. 왜 그랬이…. 왜 그린 나를 구했냐고.

나는 돌아가서 노른과 아이샤에게 뭐라고 하면 좋지?

이런 상황을 뭐라고 설명하면 좋지?

저렇게 된 제니스를 어떻게 하면 좋지?

앞으로 어떻게 하면 좋지?

가르쳐 줘, 파울로. 원래 네가 생각할 일이잖아?

제길. 왜 죽었냐고. 으으, 젠장.

내가 죽으면 파울로가 고민하는 것으로 끝나는데.

둘 다 살아 있으면 아무도 고민하지 않고 끝나는데.

'아, 틀렸다.'

슬픔이 넘쳐났다. 눈물이 멎지 않고 흘러나왔다.

생전에…, 아니, 전생에 아버지와 어머니가 죽었을 때에는 전혀 울지 않았는데.

슬프다는 생각도 하지 않았는데. 파울로가 죽으니 눈물이 나온다.

슬프다. 믿기지 않는다. 없어져선 안 되는 녀석이 없어졌다.

파울로는 아버지다. 내 아버지였다. 나는 전혀 아버지라고 생각하지 않았지만.

전생의 양친과 마찬가지로, 부모였다.

생각하고, 생각하고.

울고, 울고.

지쳤다.

'…아무것도 하기 싫다.'

나는 무기력한 채로 숙소의 방에서 꿈쩍도 하지 않았다.

해야만 할 일이 있다는 건 알지만, 기력이 들지 않았다.

방에서 나갈 힘도 없었다.

자고, 일어나고, 앉아서. 자세를 바꾸면서도 그저 시간만 흘러갔다.

도중에 리랴나 엘리나리제가 보러 왔다. 그녀들이 뭐라고 말하였다. 하지만 무슨 말을 하는 건지 난 이해할 수 없었다. 마치 갑작스럽게 언어가 바뀐 것처럼 말을 이해할 수 없었다.

설령 의미를 이해했다고 해도, 대답할 수 없었겠지.

내게는 말이 없었다. 그들에게 돌려줄 말이 없었다.

혹시. 혹시 내가 더 나았으면, 예를 들어서 검을 더 잘 썼다면. 히드라의 목을 벨 수 있었다면. 파울로는 죽지 않아도 되지 않았을까. 나와 파울로가 베고, 나와 록시가 태우고.

그런 식이었으면 더 간단히 쓰러뜨릴 수 있지 않았을까. 하다못해 내가 투기를 쓸 수 있었으면. 조금만 더 빨리 움직일 수 있었으면. 파울로가 감싸주지 않더라도 히드라의 공격을 피할 수 있지 않았을까.

뭐, 그게 안 되었으니까 이렇게 되었다.

딱히 노력을 하지 않은 건 아니다.

그럼 예를 들어 그 상황에서 파울로를 한 방 패서라도 일단 돌아가는 편이 좋지 않았을까.

일단 돌아가서 냉정해진 뒤에 작전회의를 하면. 뭔가 좋은 생각이 떠오르지 않았을까.

그런 불확실하고 아슬아슬한 작전이 아닌 명안이.

조금만 달랐어도 또 다른 결과가 나왔을 것이다.

하지만 늦었다. 파울로는 죽었다.

전생의 양친의 마지막 모습을 다시는 볼 수 없는 것처럼.

무슨 말을 해도 이미 늦었다.

제11화　앞을 보고

어느 주점. 거기에서는 네 명의 남녀가 테이블을 둘러싸고 있었다.

주점의 소음 속에서 거기만 조용하고 어두웠다.

"…파울로, 죽어 버렸네요."

화려한 금발을 가진 엘프족 여자. 엘리나리제가 조용히 말했다.

"그래, 죽었어."

원숭이 같은 얼굴의 마족 남자. 기스는 손에 든 잔을 들여다보면서 그 말에 동의했다.

"아들을 감싸고 죽다니. 원하는 바였겠지."

덥수룩한 수염의 드워프 남자. 탈핸드는 아무 일도 없었던 것처럼 대답했다.

하지만 그 목소리에는 힘이 없었다. 그렇게 좋아하는 술을 쏟아 붓듯이 마셨을 텐데도 전혀 취기가 없었다.

"제니스도 저래선, 파울로가 편하게 가지 못하겠지."

기스의 말에 탈핸드는 말없이 잔을 기울였다.

제니스가 폐인이 되어서 그들도 적지 않은 쇼크를 받았다.

명랑쾌활한 제니스를 아는 그들이기에 그 쇼크는 컸다. 하지만 그들은 모험가다. 죽음은 가까이에 있다. 제니스가 죽었더라도 그걸 받아들일 도량이 있었다.

"살아 있으니 어쩌면 고칠 수도 있겠지."

탈핸드는 본심으로는 전혀 그렇게 생각하지 않으면서도 말했다.

마물의 독으로 폐인이 되었다는 이야기는 간간이 들었어도 나았다는 이야기는 거의 못 들었다. 목이 잘리면, 머리가 부서지면, 아무리 신급 치유 마술이라도 못 고친다고 하니까.

머리가 이상해지면 고칠 방법이라곤 없다.

"설령 걸을 수 있게 되어도, 말할 수 있게 되어도, 기억은 돌아오지 않아요."

내뱉듯이 말한 것은 엘리나리제였다.

"뭐지, 엘리나리제. 제법 잘 아는 것 같군."

"…그런 거예요."

엘리나리제는 자세히 설명하지 않았다. 그녀는 탈핸드나 기스보다 오래 살았다. 비슷한 케이스를 목격한 바 있다고 말했다. 그러니까 뭔가 아는 거겠지.

하지만 그 뭔가가 '희망'이 아니라면 탈핸드도 억지로 들으려고 하지 않았다.

"…그리고 문제는 그 아들놈인데."

"으음…."

한숨 같은 소리가 나왔다.

루데우스—— 파울로의 아들은 이미 1주일 가까이 숙소의 방에서 나오지 않았다.

"저건 기운이 없다는 정도가 아냐."

"완전히 폐인이지요."

기스와 엘리나리제가 저마다 말했다. 루데우스는 빈 껍질처럼 되었다. 말을 걸어도 대답도 하지 않았다. 멍한 눈으로 '어어'라면서 끄덕일 뿐이다.

"루디는 파울로 씨를 잘 따랐으니까요."

물색 머리칼의 마족 소녀. 지금까지 가만히 있던 록시 미굴디아는 조용히 말했다.

그녀의 뇌리에 떠오르는 것은 파울로에게 검술을 배우는 어린 루데우스의 모습이었다.

파울로에게 신나게 당하면서도 조용한 표정으로 계속 검을 휘두르던 루데우스. 재능 덩어리였던 소년의 모습. 록시의 눈에는 아버지에게 즐겁게 검술을 배우던 것처럼 비쳤다.

가족과 그런 시간을 보내지 못했던 그녀에게는 눈부시게 부러운 광경이었다.

"뭐, 선배의 마음은 알아. 하지만 저대로 있으면 위험하지 않아?"

"그렇겠네요."

루데우스는 그 날 이후로 식사를 하지 않았다.

식사를 하라고 권해도 '아아'라면서 고개를 끄덕일 뿐, 먹으려는 기색이 없었다.

최소한 물만큼은 마시는 모양이지만, 날마다 여위는 것이 훤히 보였다. 눈은 푹 꺼지고, 뺨은 여위고, 얼굴 전체에 희미하게 죽을상이 보이는 것 같았다.

이대로 놔두면 죽는 것 아닐까. 여기에 있는 모두가 그렇게 생각했다.

"…어떻게든 기운을 내게 해 줘야 합니다."

록시의 말에 기스의 시선이 엘리나리제에게 향했다.

"넌 이럴 때면 그거라고 항상 말했잖아."

"그건 못 해요."

엘리나리제는 즉답했다. 록시로선 의미를 알 수 없었다.

"뭘 못 한다는 겁니까?"

"……."

기스와 탈핸드는 서로의 얼굴을 보며 입을 다물었다. 록시는 의아한 눈치로 눈썹을 찌푸렸다.

"엘리나리제 씨, 무슨 생각이 있습니까?"

"…없어요."

엘리나리제는 새침한 얼굴로 그렇게 대답했다.

"으음, 그러니까 말이지."

기스가 얼굴을 벅벅 긁었다. 탈핸드는 재미없다는 듯이 술을 마셨다.

"그러니까, 그게 말이지. 이럴 때는 화악 놀고 잊어버리는 게 제일이야."

"논다?"

"남자는 간단해서 말이야. 술을 마시고 여자를 안고 기분 좋아져서 사는 기쁨 같은 것을 바로 느끼면, 조금은 기운이 나는 법이거든. 뭐, 그런다고 죄다 원래대로 돌아오는 건 아니지만."

"아…! 아하, 과연."

록시도 무슨 말을 하려는 것이었는지 이해했다.

남자를 밝히는 엘리나리제에게 뭘 시키려는 것인지 이해했다.

"그, 그렇군요. 남자는 그, 그런 것이고요! 과연! 과연…."

록시는 얼굴을 붉히면서 고개 숙였다.

남자는 힘을 잃었을 때 여자를 안는다. 그런 이야기는 예전에 어디선가에서 들은 적이 있는 것 같다. 특히나 용병들은 싸우기 전과 후에 공포심을 지우려고 여자를 산다고.

모험가 중에도 죽을 위험이 큰 의뢰 직후에 창관에 가는 자도 적지 않다.

하지만 루데우스와 엘리나리제가, 그렇게 생각하니 록시의 마음속에 답답한 것이 남았다.

"엘리나리제. 자네, 예전부터 말하지 않았나. 자기는 상심한 남자를 위로하는 게 특기라고."

"말했지요."

록시는 생각했다. 분명히 엘리나리제는 그런 걸 잘한다. 일상적으로 불특정 다수의 남자와 관계를 갖고, 기술도 대단하다고 들었다. 경험이 풍부한 그녀라면 지금의 루디를 회복시키는 것도 가능하겠지. 답답하긴 하지만 어쩔 수 없는 일이다.

"어쩐 일이지. 평소의 너라면 지금의 선배를 가만히 내버려 두지 않을 텐데."

지금의 루데우스는 가만히 놔둘 수 없다.

도와주고 싶다, 위로해 주고 싶다, 그런 마음은 엘리나리제에게도 있었다.

하지만 그녀도 알고 있다. 여기서 상심을 이유로 루데우스를 안으면 돌아간 뒤에 어떻게 될지를.

크리프를 배신하고, 실피를 배신하고, 태연하게 있을 수 있을 루데우스가 아니다.

"저도 못 하는 상대는 있어요."

"왜 루디랑은 안 됩니까?"

록시는 입을 꾹 다물고 엘리나리제를 노려보았다.

"루디는 저렇게 괴로워하는데."

"그건…."

엘리나리제는 말하려다가 떠올렸다. 록시는 모르는 것이다.

"루데우스의 결혼 상대가 제 손녀딸이니까요."

"…예?!"

록시는 잔을 떨어뜨렸다. 잔은 테이블에 떨어져서 안에 든 것을 쏟으면서 테이블을 구르다가 지면에 떨어져서 땡 하는 메마른 소리를 내었다.

"어, 루디가, 결혼을 했나요?"

"예, 했지요. 이제 곧 자식도 태어나요."

"그, 그런가요…. 어, 어어, 당연하겠네요. 루디도 나이가 나이고….."

록시는 속마음의 동요를 숨기지 못하며 지면에 떨어진 잔을 주웠다. 그리고 그걸 입으로 가져가다가 방금 전에 쏟은 것을 깨닫고 새로 주문했다.

"아, 이 가게에서 제일 센 걸로 부탁합니다."

록시는 눈을 이리저리 굴리면서 팔짱을 꼈다.

결혼. 루데우스도 결혼 정도는 하겠지. 응, 당연하다. 응, 스스로에게 그렇게 말하였다.

그리고 미궁 안에서 자기 행동을 떠올리고 이를 악다물었다.

루디가 솔로라고 생각하고 어프로치했다. 지금까지의 경험에 없을 정도로 괜찮은 반응이었는데, 그건 어디까지 그녀가 지인이니까 함부로 대하지 않았을 뿐인가. 옆에서 보면 얼마나 우스꽝스럽고 광대처럼 한심하게 보였을까.

왜 아무도 가르쳐 주지 않았냐고 소리치고 싶었다. 하지만 그런 불평은 안으로 삼켰다.

　지금 록시의 문제는 아무래도 좋다.

　"하, 하지만, 설령 결혼했다고 해도, 지금은 비상사태니까 한 번 정도는, 괜찮지 않을까요?"

　그런 록시는 자기가 무슨 소리를 하는지 이해하지 못했다.

　그저 루데우스를 어떻게든 회복시켜야 한다는 마음이었다.

　"…그럴지도, 모르지만요, 저로서는 못 하겠어요."

　엘리나리제는 조금 분한 듯이 말했다.

　그 분한 표정을 봐도 록시로서는 마음을 알 수 없었다.

　"…술 나왔습니다."

　"아, 여깁니다."

　그때 주문했던 술이 나왔다. 록시는 잔을 기울여서 그걸 단숨에 비웠다. 바짝 마른 목에 타는 듯한 술이 스몄다. 꽤나 맛있게 느껴진 것은 분명 몸이 술을 원했던 탓이겠지.

　"게다가 루데우스도 저랑은…."

　엘리나리제는 거기서 입을 다물었다.

　"뭐, 제가 무리라면 기스가 창관에라도 데려가면 되지 않을까요?"

　"글쎄. 아무것도 모르는 상대를 안고 루데우스가 회복될까?"

　"뭐, 지금 저 아이에게 필요한 것은 기댈 수 있는 상대에게 기대는 것이겠고요."

　"그럼 리랴라든가?"

"그러니까…."

"그래, 그래, 알아, 화내지 마."

엘리나리제의 마음속은 복잡했다. 실피의 결혼을 방해하고 싶지 않다.

하지만 루데우스는 구하고 싶다. 자기가 루데우스를 안으면 그를 회복시킬 수는 있겠지. 자신도 있다. 그런 장면에서 남자를 회복시킨 게 한두 번이 아니다.

하지만 그건 돌이킬 수 없는 선택 미스일 것 같았다.

마음의 문제도 있다.

평소라면 자기가 더러운 역할을 맡으면 된다고 생각했다. 여태까지는 그런 역할일 때가 많았다.

하지만 크리프를 배신하고 싶지 않다는 마음이 끼어들면 이미 틀렸다.

"……."

자리에 침묵이 흘렀다. 조용히 술을 마시는 소리만이 이어졌다. 키가 제각각인 4인조에게 말을 걸려는 사람은 없었다. 거기만 장례식장처럼 조용했다.

"어찌 되었든 제니스도 그렇게 되었잖아. 선배를 얼른 회복시키고 이런 도시랑은 작별하고 싶어."

기스의 말에 나머지 세 사람도 한숨을 내쉬었다.

"그렇군…."

그들 또한 지쳤다.

다름 아니라 6년. 6년이다.

전이사건 이후로 6년이나 경과했다.

결코 짧은 시간은 아니었다. 중앙대륙에서 마대륙에 가고, 마대륙에서 베가리트 대륙으로 넘어가고. 그리고 전이의 미궁을 탐색하였다.

힘들 때도 있었다, 괴로울 때도 있었다.

하지만 그건 모든 것이 끝난 뒤에 웃기 위해서였다.

전이사건은 불행한 일이었지만, 그들에게는 불행하기만 한 일은 아니었다.

뿔뿔이 흩어졌던 파티가 조금씩 모였다. 엘리나리제와 탈핸드가 또 파티를 짜고. 기스가 파울로를 위해 움직이고. 파울로와 탈핸드가 화해를 하고. 그리고 최종적으로 파울로와 엘리나리제가 다시 나란히 싸우기에 이르렀다.

더 이상 이런 일은 없을 거라고 생각했는데, 또 파울로를 중심으로 뭉쳤다.

제니스를 구하면 어딘가에 있을 길레느를 찾아내서 또 다함께 술이라도 마시자, 다들 그렇게 생각했다.

하지만 파울로는 죽었다.

그것만으로도 그들은 뭐라 할 수 없게 힘이 빠지는 것을 느꼈다. 모든 것이 허사가 된 듯한. 긴 시간을 들여 만든 것이 마지막 순간에 짓뭉개진 듯한 기분을.

무기력해진 것은 꼭 루데우스만이 아니었다.

"루데우스는 파울로와 제니스의 자식 아닌가. 지금은 힘을 잃었지만, 언젠가 자기 힘으로 일어서겠지."

"…그러면 좋겠네요."

"……."

탈핸드의 말에 그 자리에 있던 이들은 모호하게 끄덕였다.

그들은 루데우스가 약하다는 것을 알고 있다.

그렇긴 해도 그도 이미 열여섯 살이다. 아이가 아니다. 힘든 일이 있어도, 속은 이미 훌륭한 성인이다. 죽음은 누구에게든 찾아오고, 모험가에게는 친숙한 것이다.

부모는 언젠가 죽는다. 누구든 뛰어넘는다.

그러니까, 루데우스도, 언젠가는….

"……."

그런 가운데 유일하게 록시만은 고개를 끄덕이지 않았다.

그녀는 떠올리고 있었다. 옛날의 일을.

★ 루데우스 시점 ★

창밖을 보니 저녁이었다.

나는 침대에 앉아서 멍하니 있었다.

그로부터 며칠이 지났을까. 며칠이 지났든 상관도 없지만.

그런 생각을 하는데 문을 노크하는 소리가 들렸다.

"루디, 잠깐 괜찮을까요?"

그쪽을 보니 록시가 입구에 서 있었다. 문을 열어놓은 상태였나.

"…선생님."

오래간만에 목소리를 낸 것 같았다. 록시에게는 메마른 소리로 들렸을지도 모르겠다.

록시는 허둥거리는 느낌으로 내 앞까지 걸어왔다.

뭔가 묘한 느낌이다. 뭘까.

아, 그런가. 오늘은 로브 차림이 아니다. 위아래로 나뉜 얇은 옷을 입고 있다. 보기 드문 모습이다.

"실례하겠습니다."

록시는 딱딱한 어조로 말하더니 내 옆에 앉았다.

잠시 동안 그대로 말없이 몇 초. 록시는 말을 고르듯이 조용히 말했다.

"잠시 기분전환으로 저랑 나가 보지 않겠습니까?"

"…예?"

"예, 이 도시는 다른 대륙에서라면 찾아볼 수 없을 만큼 많은 마력부여품이 있어서요. 근처를 돌아다니기만 해도 꽤 재미있을지 모르잖나요?"

"아뇨…. 그럴 기분이."

"그, 그런가요?"

"죄송합니다."

록시의 제안.

내가 기운을 차리게 하려는 건 안다. 평소라면 나는 개처럼 따라갔겠지.

하지만 지금은 그럴 기분이 들지 않는다.

"……"

또 잠시 침묵이 흘렀다.

록시는 말을 고르듯이 또 조용히 말했다.

"…파울로 씨와 제니스 씨의 일은 안타깝습니다."

안타깝다. 안타깝다는 말로 끝나는 걸까. 뭐, 록시에게는 결국 남의 일이니까.

"저도 부에나 마을에서 다섯이서 살았을 때의 일은 잘 기억합니다. 제게 가장 행복한 시간이었을지도 모릅니다."

"……"

록시는 조용히 그렇게 말한 뒤에 내 손을 잡았다. 그녀의 손은 뜨거웠다.

"모험가 생활을 하고 있으면 가까운 이가 죽는 것은 드문 일이 아니에요. 괴로운 건 압니다. 저도 경험이 있고요."

"…거짓말 하지 마세요."

나는 록시의 양친을 만난 적이 있다.

그 두 사람은 건강했다. 한동안 못 만났지만 분명 지금도 건강하겠지.

"선생님은 양친이 다 건강하잖습니까."

"그렇지요. 마지막에 만난 게 몇 년 전이지만, 양친은 건강하실 겁니다. 앞으로 백년은 더 살겠죠."

"그럼 모르겠지요!"

나는 마음속에 끓어오르는 것을 느끼고 록시의 손을 뿌리쳤
다.

"쉽게 안다는 소리 하지 마세요!"

크게 외쳤다.

소리치니, 몸속에 남았던 마지막 힘이 빠져나가는 것처럼 느
껴졌다.

록시는 당황한 얼굴을 하면서도 진지한 표정으로 띄엄띄엄
말하기 시작했다.

"죽은 건 모험가 생활을 시작한 직후, 파티를 짜주고 모험가
의 기초를 가르쳐 준 사람입니다. 부모라고 할 정도까지는 아
니지만, 오빠 같은 사람이었다고 생각합니다."

"……."

"그는 저를 감싸고 죽었습니다."

"……."

"저도 힘들어했습니다."

"……."

"물론 친아버지를 잃고, 어머니가 저렇게… 병들게 된 루디
정도는 아니라고 생각하지만, 침울해지기도 했습니다."

"……."

"그러니까 지금 루디의 마음도 조금 정도는 압니다."

그럼 역시 모른다.

전생을 하여 과거의 자신과 지금 상황 사이에 놓인 내 마음은 모른다.

나는 단순히 파울로의 죽음을 슬퍼하기만 하는 게 아니다.

제니스가 폐인이 된 것을 안타까워하기만 하는 게 아니다.

깨달았다.

전생해서 다시 시작했다는 마음이, 뭐든지 잘 풀리는 기분이 들었고.

하지만 결국 중요한 것에서 눈을 돌리고 있었다.

지난 생에서는 가족과의 확집에게서 눈을 돌리고 있었다.

거기서 눈을 돌리고, 그 결과로 나는 이 세계에서도, 두 번째 인생에서도 같은 짓을 거듭했다.

부모에게 아무것도 돌려주지 못한 채로, 파울로는 죽고, 제니스는 폐인이 되었다.

나는 이 세계에서도 똑같은 짓을 거듭하였다.

돌이킬 수 없는 실패를.

생전에서 34년, 이번 생에서 16년. 합쳐서 50년이나 살았으면서 또….

나는 생전에 정말 한심하기 짝이 없는 녀석이었지만, 이 세계에 전생해서 바뀌었다고 생각했다.

하지만 거의 변하지 않았다는 것을 깨닫게 되었다.

순조롭게 나아가는 것처럼 보이면서도, 시작 지점에서 거의 움직이지 않았다.

솔직히 다시 일어설 수 있을 것 같지 않다.

록시가 무슨 마음으로 다시 일어섰을지 안다고 해도 변할 것 같지 않다.

"부에나 마을에서의 생활은 정말로 행복했습니다. 아슬라 왕국에서 일하려고 생각했는데, 일을 찾을 수 없어서 중간지점으로 시작한 시골에서의 가정교사였지만, 루디는 아주 재능 넘쳤고 파울로 씨도 제니스 씨도 따뜻하게 대해 주셨습니다. 제게 가족의 온기를 실제로 가르쳐 준 것은 그들이었을지도 모릅니다."

록시는 그렇게 말하며 내 눈을 보았다. 맑은 눈이었다.

"제게 제2의 가족입니다."

록시는 그렇게 말하며 침대 위에서 일어섰다.

내 뒤로 돌아와서 무릎으로 앉더니, 내 머리를 감싸듯이 안아주었다.

"루디. 저는 당신과 슬픔을 나눌 수 있다고 생각합니다."

뒷머리에 부드러운 감촉이 전해졌다.

두근두근 하고 록시의 심장소리가 들렸다.

마음이 놓이는 소리다.

왜 이 소리를 들으면 마음이 놓이는 걸까.

왜 괜찮다고 생각하게 되는 걸까.

냄새도 그렇다. 록시의 냄새는 마음이 놓인다.

지금까지 괴로울 때, 록시의 냄새나 가르침을 떠올리면 신기하게도 힘이 되었다. ED가 되어서 괴로웠을 때도 록시를 생각하면 신기하게도 버틸 수 있었다.

왜일까. 답이 목에서 나올 것 같으면서도 나오지 않았다.

"저는 루디의 스승입니다. 작고 부족한 스승이지만, 루디보다 오래 산 만큼 튼튼합니다. 제게 기대도 괜찮아요."

나는 내 몸에 두른 록시의 손을 붙잡았다.

작은 손이다. 하지만 크게 느껴졌다.

이 손도 보고 있으면 마음이 놓인다. 더 가까우면 더 마음이 놓일까.

"힘든 일도 둘이서 나누면 분명 덜 힘들어지겠죠."

록시는 그렇게 말하며 떨어졌다. 나는 본능적으로 록시의 손을 잡아당겼다.

"어엇."

작은 몸은 간단히 내 무릎 위로 떨어졌다. 가까이서 눈이 마주쳤다.

다소 졸린 듯한 눈은 눈물로 젖어 있었다. 얼굴은 새빨갛게, 입은 꾹 다물고 있었다.

등에 손을 대고 끌어당겼다. 록시의 심장 소리가 빠르게 울렸다. 따뜻하다.

"괘, 괜찮아요."

뭐가 괜찮은 걸까.

"나, 남성은 힘들 때에, 여성을 안으면, 마음이 풀린다는 이야기를 들은 적이 있고요."

누가 그런 소리를. 아, 엘리나리제인가. 그 녀석은 이럴 때에 록시에게 무슨 소리를 하는 걸까.

"여성도 그렇지요. 힘들 때는 잊고 싶다고 생각하고, 저도 파울로 씨가 죽어서 괴롭고요. 루디가 괜찮으면, 안아도 됩니다."

록시는 빠르게 떠들었다.

"그래요. 이건 제가 잊게 해 주고 싶은 겁니다. 하지만 귀엽지 않은 몸이고… 루디가 싫다면 창관에 가도 괜찮은데요?"

변명하듯이 떠드는 록시. 그 모습은 내가 존경해 마지않는 그녀의 모습이다.

시키는 대로 그녀를 안으면 어떻게 될까.

"으, 으음, 저는 이렇게 보여도 경험 풍부하니까, 어디의 꼬맹이보다 훨씬 잘할 수 있을 거라 생각합니다. 가벼운 마음으로, 불쾌한 기분을 씻어내기 위해, 시험삼아 한 번만…."

지리멸렬한 록시의 말은 내게 닿지 않았지만, 나는 그럴 마음이 들었다.

심장 소리를 듣기만 해도 이렇게 마음이 놓였으니까, 더 밀착하면 더 마음이 놓이지 않을까.

그런 변명 같은 생각을 하면서.

"아, 아뇨, 잘하는 쪽이 좋다면, 엘리나리제 씨에게 머리를 숙여서라도… 아."

록시를 침대에 눕혔다. 아주 난폭하게.

그건 어쩌면 화풀이였을지도 모른다.

다음날 아침.

눈을 뜨자 제일 먼저 눈에 들어온 것은 록시의 잠든 얼굴이었다.

머리를 내린 록시의 앳된 얼굴.

동시에 저질렀구나, 하는 감상도 머리를 스쳤다.

"하아…."

한숨이 나왔다. 실피에게 뭐라고 한다….

고민이 또 하나 늘었다.

"……."

하지만 어째서인지 시야가 맑아진 듯했다.

그만큼 괴로웠던 것이 거짓말 같은 기분이다.

아직 몸에는 묵직하게 얹힌 감촉이 남아 있다.

하지만 여기는 가장 깊은 곳이 아니다. 어제와는 비교도 되지 않을 정도다.

대체 뭘까.

생명을 만드는 행위니까 생명을 잃은 슬픔을 치유하는 걸까.

…아니다. 문제를 일단 옆으로 치웠을 뿐이다.

"으음."

그때 록시가 번쩍 눈을 떴다. 그녀는 눈앞에 있는 내 얼굴을 뚫어져라 본 뒤에 모포로 몸을 감추듯이 부스럭부스럭 움직였다.

"잘 잤나요, 루디…."

그리고 시선을 피하며 말했다.

"저기, 어떤가요?"

어떠냐는 질문에 거짓말은 할 수 없었다.

나는 록시를 아주 난폭하게 다루었다. 록시가 경험이 풍부하다는 말이 새빨간 거짓말임은 금방 알았지만, 나는 개의치 않았다.

그렇다고 해도 그녀는 아파하면서도 거부하지 않고 전부 받아주었다.

고마우면서도 미안한 짓을 했다.

실피를 사랑하는 자로서 록시를 칭찬하는 건 잘못일 것 같다.

솔직히 록시의 몸은 작고, 나와 사이즈도 조금 안 맞았다. 하지만 실제로 기분 좋지 않았냐면 거짓말이다. 지금 이렇게 마음이 놓인 것도 틀림없다. 거짓말을 하면서까지 록시에게 상처를 줄 것은 없다.

"아주 좋았습니다."

록시의 얼굴이 순식간에 붉어졌다.

"고맙습니…, 아니, 그게 아니라, 힘든 마음은 조금 풀렸냐고 묻는 겁니다."

아, 그쪽인가. 실례.

"예."

"그럼 답례로 껴안아 준다면 기쁘겠습니다."

"…예."

나는 시키는 대로 록시를 껴안았다. 록시의 피부는 부드럽고 촉촉하니 와 닿았다. 땀을 흘렸으니까.

부드러운 피부에서 두근두근 하는 록시의 심장 소리가 전해져왔다.

마음이 놓이는 소리다.

"루디의 팔은 다부지네요. 마술사가 아닌 것 같아요."

"…단련했으니까요."

록시는 그렇게 말하면서 내 가슴이나 팔뚝을 이리저리 어루만졌다.

아주 귀여운 동작이라서, 실피를 향한 내 사랑이 흔들릴 것 같다. 나는 천천히 록시에게서 몸을 떼었다.

그리고 일어났다.

"록시 선생님. 이상한 질문을 하나 해도 되겠습니까?"

"…뭔가요?"

내 분위기를 알아차렸을까. 록시도 진지한 표정으로 몸을 일으키고 침대 위에 정좌했다.

알몸으로 침대 위에 정좌하는 록시. 너무 야해서 위험하기에 시선을 돌리고 모포로 하반신을 가리면서 말을 이었다.

"이건 지어낸 이야기인데요."

그런 전제를 깔고. 나는 이야기했다. 어느 남자의 이야기를. 어디까지나 픽션으로서.

어렸을 적에 안 좋은 일이 있어서 은둔한 남자. 그는 20년 가까이 양친에게 신세를 지는 기생충으로 살았다. 하지만 어느 날 양친이 갑자기 돌아가셨다. 남자는 양친의 장례식에도 가지 않았고 인간으로서 최악의 짓을 했다. 다른 가족들에게 들켜서 두들겨 맞고 집에서 쫓겨났다. 모든 것을 잃은 남자는 운 좋게도 신천지에 도달하였고, 마음을 새롭게 먹고 새 생활을 시작했다. 생활은 순조로워서 이대로 행복해지나 싶었다. 하지만 어느 날 커다란 실패를 겪고 중요한 사람을 잃었다. 그때 남자는 양친의 죽음을 떠올렸다. 남자는 양친의 죽음을 이제야 후회하였다.

그런 이야기를 하였다.

말하면 말할수록 마음속의 고름을 토해내는 기분이었다.

나는 누군가에게 말하고 싶었던 걸까. 그런 간단한 것이었을까.

록시는 그 이야기를 조용히 들었다. 맞장구를 치지도 않고, 그저 조용히.

"그 남자는 어떻게 하면 좋을까요?"

"……"

록시는 잠시 침묵을 지켰다.

갑자기 이런 소리를 들어도 뭐라고 대답해야 좋을지 알 수 없을지도 모른다.

설마 이게 그대로 내 인생이라고 믿을 리는 없다. 그녀는 똑똑한 사람이니까, 뭔가 숨겨진 의미가 있으리라고 생각할지도 모른다.

"…저라면 양친의 무덤에 가겠습니다. 지금이라도 늦지 않았으니까요. 다른 가족들에게도 이야기하겠습니다."

"하지만 무덤도 가족도 그리 쉽게 찾아갈 수 없을 만큼 먼 곳에 있습니다. 돌아올 수 없을지도 모르고요. 남자에게도 생활이 있습니다. 신천지에서 가족도 생겼으니 그쪽도 소중하게 하고 싶습니다."

"돌아올 수 없습니까?"

"예, 애초에 못 갈 가능성도 큽니다."

록시는 그 말에 잠시 침묵했다. 하지만 이번 침묵은 짧았다.

"그럼 어떻게 할 수도 없지요. 지금 눈앞에 있는 가족을 소중히 여길 수밖에 없겠죠."

록시의 말은 지극히 평범했다. 누구든 말할 수 있는, 누구든 생각할 수 있는 말이었다.

특별하고 지시고 없는, 당연한 소리다.

"파울로 씨도 루디에게는 그걸 바랬을 겁니다."

록시는 당연한 소리를 지극히 당연하다는 듯이 말했다.

그럴싸한 말. 흔해빠진 말. 어디서 들어본 듯한 말.

"앞을 보며 나아가세요. 다들 기다리고 있으니까요."

하지만 내 마음은 후련해졌다.

그래. 진부하다. 전생에서의 양친의 죽음도, 파울로의 죽음도, 당연한 일이다.

그것을 받아들이고 마주볼 수밖에 없다.

나는 이 세계에서 살고 있다. 이 세계에서 살아가니까.

파울로의 죽음, 폐인이 된 제니스.

그것들을 북방대륙에서 기다리는 가족들에게 전해야만 하는 불안.

앞으로 어떻게 하면 좋을지 모르는 불안. 앞날이 보이지 않는 불안뿐이다.

하지만 도망칠 수는 없다.

결국 눈앞의 일을 해결할 수밖에 없다. 구체적으로 뭘 하면 좋을지는 모르겠지만, 하나하나 잘 생각해서 해결할 수밖에 없다.

이 세계에 왔을 때 제일 먼저 결심하지 않았나. 나는 이 세계에서 진지하게 살아가겠다고.

그럼 눈을 돌리면 안 된다.

설령 앞으로 어떤 고난이 기다리더라도 뛰어넘을 수밖에 없다. 그래야만 한다.

그렇게 다시 인식하였다.

그런다고 괴로움이 완전히 사라지진 않는다. 마음이 후련해졌을 뿐이다.

하지만 뭔가가 빠져나간 듯한 기분이었다.

"선생님."

"예."

"감사합니다."

또 록시에게 도움을 받았다. 아무리 감사를 해도 부족하다.

제12화 돌아가자

제니스 문제에 대해서는 어떤 사람과 의논하기로 했다.

차분하게 생각해 보니, 이건 내가 혼자서 끌어안을 문제가 아니었다. 의논을 해 봐야 했다. 여기에도 가족이 한 명 있으니까.

"선생님. 나는 리랴 씨와 앞으로의 일을 의논해 볼까 합니다."

"그렇군요. 그게 좋겠지요."

나와 록시가 옷을 입고 방을 나서자, 마침 자기 방에서 나오던 엘리나리제와 눈이 마주쳤다. 그녀는 나와 록시를 보고 눈을 치켜떴다.

"록시, 당신…."

"루디. 미안하지만, 저는 엘리나리제 씨와 할 이야기가 있으니까 리랴 씨에게는 혼자 가 주세요."

무슨 이야기일지는 어렴풋이 짐작이 갔다.

하지만 이렇게 말하고 있으니 나는 없는 편이 좋겠지.

"알겠습니다."

나는 록시를 두고 더 안쪽, 제니스가 잠든 방 앞으로 이동했다.

방에 들어가기 전에 슬쩍 뒤를 돌아보자, 엘리나리제와 록시가 자기들 방으로 들어가는 참이었다.

"……."

일단 나는 제니스의 방으로 들어갔다.

침대에 앉은 제니스와 그 옆의 의자에 앉은 리랴.

그 병실 같은 풍경에 나는 각오를 단단히 하였다.

"리랴 씨."

"말씀하시지요, 루데우스 님."

리랴는 지친 얼굴로 제니스를 돌보고 있었다.

나는 일단 그녀와 의논하고 의견을 교환해야 했다.

"죄송합니다, 어머니 일을 다 떠맡겨서."

"아뇨, 이게 제 일입니다."

"그렇습니까."

일이라고 했나. 누가 돈을 주는 것도 아닌데.

"어머니는 좀 어떤가요?"

제니스를 힐끗 보니, 그녀는 나를 가만히 바라보고 있었다.

하지만 말을 하는 기색도, 뭔가를 찾는 기색도 없었다. 그저 똑바로 바라볼 뿐이다.

"예. 기억은 없으신 모양입니다만, 신기하게도 몸은 건강합니다. 체력도 있고요. 이상한 후유증도 없습니다. 식사나 옷 같은 것도 한 번 가르치니 혼자서 하실 수 있게 되었습니다."

"그렇습니까."

그러면 완전히 폐인인 것도 아닌가. 그저 기억을 잃었을 뿐이다.

"쉐라 씨의 의견으로는 마력결정에 갇히는 바람에 생긴 마력적인 장애라고."

"나을 수 있을까요?"

"……엘리나리제 씨의 말로는 무리라고 합니다."

엘리나리제가 그렇게 말했나. 그런 쪽으로는 잘 아는 걸까. 하지만 포기하기에는 너무 이른 것 같다. 여기선 진짜 의사에게 보여줄 수도 없었고.

"마님은 제게 잘해 주셨습니다. 남편이 돌아가신 이상 제가 마님을 돌보겠습니다."

"나도 할 수 있는 일은 하겠습니다…."

그렇게 말하자 리랴는 딱 잘라 말했다.

"필요 없습니다."

차갑게 내치는 듯한 말이었다.

"어…?"

놀라서 그렇게 말했지만, 어쩔 수 없다는 마음도 있었다. 나는 아버지가 죽고 어머니가 힘들어 할 때에 아무것도 하지 않았다. 리랴가 날 저버리는 것도 어쩔 수 없다.

하지만 리랴는 말을 이었다.

"루데우스 님. 주제넘을지도 모르겠습니다만, 다소 무례한 말을 용서해 주시겠습니까?"

"말씀해 보세요."

"루데우스 님은 스스로를 돌보셔야 한다고 생각합니다."

"…나를요?"

"남편도 그렇게 말씀하시겠죠."

파울로는 그런 소리 안 할 것 같은데. 그 인간은 항상 자기 멋대로다.

"마님을 돌보는 일은 제가 해야 합니다. 그러기 위해 저는 지금 여기에 있습니다."

리랴는 지쳤다. 지치지 않을 리가 없다.

하지만 강했다. 이미 파울로의 죽음을 뛰어넘어서 한 발짝 앞으로 나아갔다.

나도 그녀를 본받아야 한다.

"리랴 씨. 이런 말을 하면 화를 내실지도 모르겠는데요."

"…화내지 않겠습니다."

"내가 해야 할 일이란 무얼까요?"

스스로 생각해야 한다는 것은 안다. 하지만 나는 그렇게 물었다.

리라는 놀란 얼굴로 나를 보았다. 나도 조금은 알고 있다. 하지만 남의 입을 통해 듣고 싶었다.

"일단 노른 님에게 아버님의 죽음을 전하는 것일까 합니다."

그렇지. 일단 돌아가야지.

다음날. 나는 멤버를 전원 모아서 이 도시를 떠나기로 선언했다.

마치 내가 리더인 듯한 모양새지만, 다들 따라주었다.

파울로 대신 나를 리더로 보는 걸까.

그럼 그 역할을 다하자.

일단 돌아가는 루트에 대해서도 설명하였다. '전이마법진'이란 단어를 쓰는 것을 피하고, 어떤 특수한 방법으로 이동한다고 설명했다. 또한 그 방법에 대해서는 발설하지 말라고 엄하게 일러두었다.

"하지만 기스가 술자리에서 떠들고 말 것 같은데요."

"으음, 뭐, 그렇게 되더라도 선배의 이름을 피할 테니까 걱정 말라고."

사람의 입에 자물쇠를 채울 순 없다. 정확한 위치는 가르쳐 주지 않는다. 마음 같아서는 유적에 들어간 뒤에 눈가리개를 시키고 싶다. 응, 좋네. 눈가리개 해 볼까. 마법진을 보여주지 않는 것만으로도 효과는 있을지도 모른다.

"여행은 좋지만, 선배, 이제 괜찮아?"

기스는 나를 걱정하는 눈치였다. 원숭이 얼굴을 찡그리면서 내 쪽을 살펴보았다.

"괜찮아 보입니까?"

"별로 안 그런 것 같은데…. 뭐, 저번보단 낫나."

"그럼 괜찮습니다."

사실은 아직 괜찮지 않다.

록시 덕분에 밑바닥에서 탈출했을 뿐이다. 하지만 걸어서 돌아갈 정도는 되겠지.

"리랴 씨, 어머니는 어떻습니까? 한 달 반의 여행, 사막도 지나는데 여행에 견딜 수 있겠습니까?"

"모르겠습니다. 하지만 제가 책임을 지고 돌보겠습니다."

"…잘 부탁드립니다."

리랴는 진지한 얼굴로 그렇게 장담했다. 나도 도울 순 있겠지. 체력적인 면이 문제라면 느긋하게 이동하면 될 뿐이다.

"뭣하면 마차 같은 거라도 살까."

"도중에 버리게 될 텐데요?"

"괜찮잖아. 돈이야 썩을 만큼 있어."

다른 이들은 내가 힘을 잃은 동안에 사람을 고용해 미궁에 들어갔다. 보스의 방 너머에 있는 보물창고에서 마력부여품 등을 입수해 왔다는 모양이다.

전이의 미궁은 오래된 미궁이고 많은 모험가가 목숨을 잃은 장소인 탓도 있어서 마력부여품은 수십 점에 달했다. 또한 히드라의 비늘이라고 할까, 피부에 달라붙은 마석을 떼어 가지고 왔다는 모양이다. 마력을 빨아들이는 마석이다.

이것들을 팔아치우면 막대한 부를 손에 넣을 수 있다.

"가져갈 수 있는 데까지 가져가서 아슬라 왕국에서 팔아먹을 생각이야."

기스는 그렇게 말하더니 마석이 가득하게 담긴 삼베자루, 펜던트나 반지 등의 장식품 등을 보여주었다.

파울로가 죽고 내가 힘을 잃은 동안에도 이 녀석은 돈벌이를 생각했다, 그렇게 생각하니 살짝 짜증이 났다.

하지만 앞날을 생각하면 회수하는 게 당연하다.

돈은 중요하고, 그들은 일한 대가를 받을 수 있다. 기스의 판단은 정확하다.

게다가 힘을 잃고 아무것도 안 했던 내가 뭐라고 할 수 있는 것도 아니다.

혹시 가령 내가 다음날에 바로 돌아간다고 선언했으면 기스도 떨떠름하게나마 따랐겠지.

"선배 몫은 리랴에게 맡겨놨어."

분배 문제는 나를 제외한 전원이 차분하게 이야기를 나누어 결정했다고 한다.

내 몫은 꽤나 많았다. 파울로의 몫이 포함된 탓도 있지만, 탈핸드가 '이번에 나는 도움이 안 되었으니까'라면서 절반을 내게 양보했고, 베라와 쉐라도 '파울로 씨가 죽어서 힘들 테니까요'라면서 각각 절반을 리라에게 양보했다. 그리고 리라는 그전액을 내게 양도할 생각이라고 했다.

각자가 각자의 일을 했으니까 받을 건 받는 게 좋다고 생각하는데.

뭐, 됐어. 받아두자. 분명히 앞으로 고생이겠고.

"또 최심부를 자세히 조사해 봤는데, 결국 제니스가 왜 그렇게 되었는지 알 수 없었어."

"그렇습니다. 수고를 끼쳐드렸습니다."

"됐다니까."

제니스가 마력결정에 갇힌 원인을 모르겠다. 물론 원인을 알았다고 해서 치료법을 알 수 있을지도 미심쩍다. 어찌 되었든 치료법은 돌아간 뒤에 생각하자.

"그럼 여행 준비는 기스와… 엘리나리제 씨, 부탁해도 될까요?"

"응."

"알겠어요."

두 사람에게 맡기면 괜찮겠지.

여행 계획은 면밀하게 세웠다.

루트는 알고 있고, 이 자리에 있는 전원이 여행에 익숙하다.

하지만 이 이상의 희생자를 내고 싶지 않았다. 신중하게, 실패하지 않도록 계획을 세웠다.

정보를 모아서, 오는 도중에 만났던 도적을 회피할 수 있는 루트를 확보했다. 다소 돌아가긴 하지만 문제는 없겠지.

제니스가 유일한 걱정거리였지만, 이것도 곧 해결되었다. 기스가 아르마딜로 같은 마수가 끄는 1인승 차를 구입한 것이다. 사막용 마차 같은 느낌으로 잘 만들어진 것이었다.

이 아르마딜로는 베가리트의 동쪽에 사는 마물을 길들인 것이라고 한다. 조금 비싸니까 여행이 끝나고 버릴 생각을 하면 아깝긴 하지만, 어쩔 수 없다.

…아예 이 아르마딜로도 전이마법진으로 집까지 가지고 가 볼까.

계단을 지나갈 수 있으면 되는데. 하지만 저쪽 기후가 안 맞아서 죽으면…. 아니, 그 사막에 두고 가면 어차피 죽겠지. 그럴 거면 데리고 돌아가서 저쪽의 호사가에게 파는 편이 낫다.

그런 식으로 준비는 완벽. 출발이다.

여행은 순조롭게 진행되었다.

도적은 멋지게 회피.

마물과의 조우전도 멤버가 갖추어진 이상 위험하지 않았다.

전사 둘, 마술사 둘, 마법전사 하나, 치유 술사 하나. 각자의 실력에 차이는 있지만, 실로 밸런스가 좋았다. 원래는 여기에 검사가 한 명 있을 터였지만.

왼손이 없는 여행이란 생각 이상으로 불편했다.

아프진 않지만, 무심결에 왼손을 쓰려다가 허공을 가르는 일이 많았다. 양손이 아니면 곤란한 일도 많았다.

하지만 그때마다 록시가 도와주었다. 록시는 그 날 밤 이후로 내게 딱 달라붙듯이 도와주었다. 항상 내 왼편에서 걷고, 무슨 일이 있으면 금방 나서서 도와주었다. 그 동작은 마치 연인 같았다.

"……."

나는 둔한 남자다. 예리해지려고 했지만 둔한 남자다.

하지만 이 정도가 되면 자각하지 않을 수가 없다.

록시는 아마 나를 좋아한다.

"…저기, 선생님."

어느 날 파수를 서던 때. 모닥불 앞에서 나는 록시와 나란히 앉아 있었다.

다른 이들은 쉘터 안에서 잠들었다. 쉘터는 튼튼하지만 만에 하나의 일도 있기 때문에 둘이서 교대로 파수를 섰다.

"왜 그러나요, 루디."

록시와의 거리가 가깝다. 내 옆에 앉아서 몸을 착 붙이고 있었다.

그녀의 작은 어깨가 로브 너머로 닿아서, 부드러움과 온기를 전해 주었다.

마치 연인 같다.

아니, 연인끼리 하는 일을 했다.

그 날 밤, 록시에게 의존하고 기대는 행위를 연인과 같다고 하면 어폐가 있을지도 모르지만, 아무튼 그녀는 그럴 마음일지도 모른다.

그녀는 내가 유부남이라는 것을 알까. 모를지도 모른다.

알고 있다면 이런 노골적인 태도를 취하지 않을 것 같다.

아니, 록시가 어쩌고 저쩌고의 문제가 아니다. 문제는 나다.

나는 바람을 피우고 있다. 실피에게 정조를 지키겠다던 내가 바람을 피우고 있다.

여기선 확실히 말하는 편이 좋을지도 모르겠다.

고마웠습니다. 이제 괜찮습니다. 아내에게 미안하니까 이걸로 끝내죠, 라고.

"……."

이 세계에서 록시와 만난 뒤로 나는 그녀에게 많은 도움을 받아왔다. 마술도 배웠고, 언어도 배웠다. 자노바와 친해질 수 있었던 것도 어떤 의미로 록시 덕분이라고 할 수 있다.

불능을 고쳐준 것은 실피지만, 고칠 때까지 3년 동안 마음의 버팀목이 되었던 것은 록시의 가르침이었다. 고개를 들 수가 없다.

이번에는 몸까지 써서 날 도와주었다.

그녀는 처음이었는데. 몸을 던져서 나를 도와주었다.

절망의 밑바닥에 떨어지려는 나를 도와주었다.

이렇게 한심하고 약해빠진 나를 도와주었다.

자기 심정을 토로하는 일 없이, 지금도 도와주고 있다.

그런 그녀를, 더 이상 볼일 없다고 휙 버리는 건가. 너무 예의 없는 짓 아닌가.

…아니, 핑계는 그만두자.

도와줬다든가, 예의라든가, 그런 건 아무래도 좋다.

나는 록시를 좋아한다. 매우 좋아한다.

실피와 록시 중 어느 쪽이냐고 묻는다면 대답할 수 없다. 좋아함의 벡터가 살짝 다르다.

그러니까 흔들린다. 지금 이 상황에서.

실피를 좋아하고 록시도 좋아하는 이 상황에서.

하지만… 나는 실피에게 정조를 지키겠다고 맹세했다. 맹세를 깨뜨렸지만, 맹세는 맹세다. 설령 한 번 깨뜨렸다고 해도.

실피는 다른 여자를 데려와도 된다고 말했지만.

하지만 나는 그 말을 거절하고 너만을 좋아한다고 맹세했다.

그때 실피는 틀림없이 기뻤을 것이다. 그걸 배신해선 안 된다.

"저기, 사실, 난, 이미 결혼해서, 이제 곧 아이도 태어납니다. 그러니까, 너무 연인 같은 느낌은, 저기, 미안하지만, 그만두지 않겠습니까?"

록시의 어깨가 꿈틀 움직였다. 그리고 조용히 입을 열었다.

"결혼한 것은 알고 있습니다. 엘리나리제 씨에게 들었으니까요.”

“아, 그렇습니까.”

알면서 이러고 있다. 그렇다는 말은, 즉… 무슨 뜻이지?

“괜찮습니다. 알고 있으니까요. 루디가 근심할 것 없습니다. 저는 루디가 약해졌을 때 다가간 것뿐입니다.”

록시는 억양 없는 목소리로 말을 이었다.

“원래 루디가 저처럼 궁상맞은 몸을 상대해 줄 리 없는 건 알고 있습니다.”

“궁상맞다니 무슨 소린가요.”

“위로는 필요 없습니다. 스스로 알고 있는 일이니까요.”

록시의 몸은 확실히 얌전할지도 모른다. 굴곡이 적고 여위었고, 여자답다는 점으로는 실피에게 뒤지겠지.

하지만 바꿔 말하자면 그냥 로리타 체형이고, 나는 ‘하지만 그게 좋다’고 말할 수 있는 인간이다.

“안심하세요. 루디의 집에 뻔뻔하게 들어갈 생각은 없습니다. 제가 루디의 왼손이 되는 건 이 여행 동안뿐입니다. 루디는 여행을 마치면 저 같은 건 생각하지 말고 아내를 소중히 여기세요.”

록시는 그렇게 말하면서 살짝 조심스럽게 나를 올려보았다.

“알겠습니다.”

“……”

하지만 역시 록시에게는 도움을 받았다. 그저 도움만 받아선 안 된다.

"하다못해 뭔가 은혜를 갚게 해 주겠습니까?"

"은혜를 갚는다고요?"

록시가 놀란 듯이 날 보았다.

"예, 내가 할 수 있는 일이라면 뭐든지 하겠습니다."

록시의 눈동자가 동요로 흔들렸다. 아, 뭔가 안 좋은 소리를 했을지도 모르겠다. 뭐든지라는 말이 문제였나. 하지만 록시는 '뭐든지'의 범주로 도와주었으니까.

"어어, 그럼, 저기."

"예."

"…변명을 들어줄 수 있을까요? 들어주기만 하면 되니까요."

"예?"

변명. 뭐에 대한 변명일까.

"예, 알겠습니다. 하세요."

"……."

록시는 그대로 한동안 침묵을 지켰지만, 띄엄띄엄 말을 꺼냈다.

"저는 한눈에 반했습니다."

"누구에게 말인가요?"

"예?"

"설마 아버지는 아니겠죠."

"아닙니다. 루디에게 말입니다. 미궁에서 절 도와주었을 때

말이에요."

재회했을 때 말인가. 그때의 록시는 너무 서먹서먹해서, 나는 치밀어 오르는 것을 참을 수 없었지. 갑자기 껴안았다가 토했다. 대체 어디에 반할 요소가 있었을까.

조금 더 뒤라고 생각했다.

"어쩔 수 없잖습니까. 죽을 위기라서 이제 틀렸다고 체념하려던 때에 멋진 남성이 호쾌하게 나타나서 구해 주었습니다. 제가 아니라도 가슴이 두근거렸겠지요."

"내가 멋있었나요?"

"제 이상, 그대로였습니다."

그래, 이상의 모습이었나. 살짝 얼굴이 풀어질 것 같네.

"미궁을 탐색할 때에도 루디의 얼굴만 보았고요."

"그러고 보면 꽤나 눈이 마주쳤지요. 금방 돌려 버렸지만요."

"그건, 그게, 루디처럼 멋진 사람과 정면에서 얼굴을 맞대면, 부끄럽잖아요."

부끄러워서 그랬나.

"…글렀다고는 생각했습니다."

록시는 계속해서 띄엄띄엄 말하였다.

"주점에서, 엘리나리제 씨하고도 이야기를 했지요. 루디가 앞으로 어떻게 될까 하는 이야기. 엘리나리제 씨나 기스 씨는 괜찮다, 혼자서 일어설 수 있다, 그렇게 말했습니다. 하지만 저는 루디와 부에나 마을에서 살았던 무렵이 떠올랐습니다."

그 뒤로 록시의 말은 멈추지 않았다.

"루디와 파울로 씨가 사이좋게 검술 연습을 하던 무렵의 일. 그때의 두 사람은 아주 사이가 좋았죠. 그때 문득 떠올랐습니다. 루디가 처음 말에 탔던 날의 일을. 그때의 루디는 아주 무서워하면서 잔뜩 긴장하고 꼼짝도 못 했죠. 아아, 이 아이는 재능도 있고 어른스럽지만 사실은 약하구나, 그렇게 생각했지요. 그 뒤로 예전에 검술 연습하던 때의 모습, 미궁을 탐색할 때 루디와 파울로 씨의 모습을 떠올리고. 힘을 잃고 아무것도 손에 잡히지 않게 된 루디를 보고. 루디가 겉보기보다 훨씬 약하다는 것을 떠올렸습니다. 파울로 씨의 존재는 루디에게 모두가 생각하는 이상으로 큰 존재가 아닐까 생각했습니다. 파울로 씨가 죽으면 루디는 힘을 잃고 아무것도 못 하게 되는 게 아닐까 하고요. 혼자서는 일어설 수 없을 만큼.

아, 물론 제가 회복시켜 줄 수 있다고는 생각도 안 했습니다. 루디에게는 사랑하는 사람이 있다고 들었고요. 분명 그 사람은 루디를 다시 일으켜 줄 힘을 가진 사람이겠죠. 하지만 그 사람은 지금 여기에 없잖아요. 루디가 가장 도움이 필요할 때에 없지 않나요. 그럼 누군가가 도와줘야 한다고 생각하게 되지 않나요.

하지만 엘리나리제 씨도, 기스 씨도 내버려두려고 하고, 리랴 씨는 제니스 씨를 돌보느라 손을 뗄 수 없고. 그럼 제가 할 수밖에 없다고 생각하잖아요. 변명으로밖에 안 들리겠지만, 처음에는 그런 짓을 할 생각이 아니었습니다. 루디에게서 존경받는 건 느끼고 있지만, 이렇게 조그맣고요. 루디의 상대가 어떤 분인지는 모르지만, 엘리나리제 씨의 친척이라면 미인이겠고요. 대상으로 봐주지 않을 거라고 생각했어요. 그거와 관계없이 하다못해 어떤 계기가 되면 좋겠다고 생각한 정도였습니다.

하지만 실제로는 루디에게 붙잡혀서 그렇게 가까이서 얼굴을 보면, 이거 잘만 풀리면? 하고 생각하게 되지 않을까요. 엘리나리제 씨에게 그런 이야기를 들었는걸요. 어쩌면 저라도? 라는 생각을 하게 되지 않나요. 어쩔 수 없지 않나요. 좋아하는 걸요."

그리고 록시는 주르륵 눈물을 흘렸다.

그걸 본 순간, 내 가슴을 후벼 파는 듯한 고통이 일었다.

"…너무하잖아요. 결혼했다니. 제가 루디를 좋아하게 되었다는 걸 알았는데, 나중에야 알려주다니. 너무해요."

그 말은 누굴 향한 것이었을까.

나를 향한 말은 아니었다. 그럼 엘리나리제일까.

하지만 나도 록시에게 결혼 보고를 하지 않았다. 딱히 이유도 없었고, 결혼에 대해 말할 계기도 없었다. 그걸 탓하는 거라면 나도 같은 죄다.

하지만 혹시 실피와 재회하여 그녀의 도움을 받고 그녀를 좋아하게 되어서, 그래서 혼자 흥분하여 어프로치했는데, 그랬는데 이미 실피에게 상대가 있었다면. 나도 역시 쇼크를 받았겠지.

틀림없이 받았겠지.

"저기, 록시 선생님."

…록시에게는 보답해 주고 싶다. 그녀는 보답을 받아야 한다.

"뭔가요?"

하지만 어째야 좋을까. 어떻게 하면 그녀는 보상을 받을 수 있을까. 실피를 배신하는 일 없이 록시를 만족시킬 수 없을까.

"저기, 하다못해 이번 여행 동안만이라도, 선생님의 소망을 들어드릴까요? 집에 돌아갈 때까지 내가 록시 선생님의 연인이 되어서, 그리고….."

그리고 어떻게 한다. 아무런 해결도 안 된다. 그런 건 나 자신이 잘 안다.

내게도, 록시에게도 도움이 안 된다. 실피를 배신하는 형태가 된다.

그때만 간신히 모면하는, 제일 틀려먹은 제안이다.

"……그건, 아주 매력적인 제안입니다."

록시는 그렇게 말하고 내 팔을 꼭 붙잡더니.

그리고 내 뺨을 찰싹 때렸다.

"하지만 그런 건 그만두세요. 아무것도 할 필요 없습니다."

"…알겠습니다."

아무것도 할 필요 없다. 록시가 그걸로 만족한다면 나는 그러기로 한다.

지금까지 그래왔고, 앞으로도 그렇다.

그걸로 되는 거죠, 선생님?

한 달 정도 걸려서 바자르에 도착했다.

일단 유리세공 등등, 실피나 가족들에게 줄 선물도 구입했다. 재미있는 모양의 유리병과 붉은색 유리에 민족색 풍부한 무늬가 들어간 머리장식 같은 것. 집에 갈 때까지 깨지지 않기를 빌고 싶다.

그 뒤에 쌀을 어느 정도 구입했다.

밤에는 엘리나리제가 여자들을 데리고 술을 마시러 갔다. 여자들만의 모임이라는 걸까. 그중 나이가 많은 편인 리랴만은 제니스를 돌봐야 한다고 거절했지만, 록시를 포함하여 다른 이들은 따라갔다.

기스와 탈핸드는 물론 여자들의 모임에 참가하지 않았지만, 이런저런 이유를 대며 외출했다.

나는 리랴를 도와서 제니스를 돌보았다.

제니스는 하루종일 멍하니 있었다.

걷고 먹고 화장실에도 간다. 하지만 말을 하지 않고, 능동적으로 자기가 뭘 하는 일도 없었다. 마치 시키는 대로 그대로 하는 기계 같았다.

그런 그녀라도 때때로 내 쪽을 똑바로 볼 때가 있었다. 딱히 무슨 말을 하는 것도 아니라 그저 가만히 보는 것이다. 육친이 상대라면 뭔가 느끼는 게 있을지도 모른다.

어떠한 계기로 기억이 돌아오는 일은… 뭐, 없겠지만.

이럴 때에 파울로가 있었으면 어떻게 했을까. 그 녀석은 어떻게 했을까. 잘 해냈을까. 아니면 잘 안 풀려서 실패했을까.

심야가 되자 록시가 내게로 왔다. 완전히 취한 모습이었다. 나와의 관계를 엘리나리제에게 털어놓고 울분을 터뜨렸던 모양이다.

엘리나리제도 마음속으로는 복잡하겠지. 그녀는 록시와 친구라고 말했다. 록시의 사랑을 응원하고 싶지만, 실피의 결혼을 방해하고 싶진 않다. 그런 어려운 입장일지도 모르겠다.

록시는 내 가슴을 작은 주먹으로 툭 때리더니 자기 침상으로 돌아갔다.

다음날.

그리폰의 바위선반에 도착했다. 원래 마차로는 못 올라가는 곳이지만, 내 마술로 억지로 선반 위까지 옮겼다.

첫날, 아르마딜로는 그리폰의 냄새에 겁을 먹고 움직이지 않았다. 이건 바자르에 두고 가는 수밖에 없나. 그렇게 생각했지만, 습격해 온 그리폰을 쓰러뜨린 뒤에 눈앞에서 기스가 그 고기를 먹었더니 아르마딜로는 뭔가를 느꼈는지 느릿느릿 기운

차게 걷기 시작했다.

아무래도 이건 기스가 마족 지인에게서 배운 조교술 중 하나라는 모양이다.

천적을 눈앞에서 해치우고 먹는 모습을 보여서 '내 집단은 천적보다 세다'라고 생각하게 한다나.

그걸 가르쳐 준 녀석이 도마뱀 같이 생기지 않았냐고 묻자, '아는 사이야? 역시나 선배'라면서 명랑하게 웃었다.

바위선반을 꼬박 하루 동안 걸어서 사막에 도달했다.

그 뒤로는 또 사흘 정도 걸어서 모래폭풍을 돌파했다. 마술로 폭풍을 멈추자, 록시가 '흙도 성급입니까. 대단하네요'라며 다소 질투 섞인 말을 하였다.

여기서부터는 마물도 많기에 충분히 주의하면서 이동했다. 그렇다고 해도 이번에는 이쪽의 숫자도 많고 베테랑이 즐비하다. 한두 명이 위험에 빠져도 곧바로 도우러 갈 수 있다. 올 때는 전투를 피했던 샌드 가루다도 순식간에 격파했고, 그 뒤에 출현한 티라노사우루스 같은 도마뱀도 격파했다.

도중에 샌드웜이 위험할지도 모른다고 생각했지만, 기스가 전부 먼저 찾아냈다. 요령이 있는 모양이다.

아무래도 지면에 희미하게 도넛 모양으로 파인 자국이 생긴다나 보다. 그걸 주의하며 금방 찾을 수 있다나. 그렇다고 해도 사막도 평탄하지 않다. 나로서는 판별하기 어려운 경우가 많았다. 이것도 경험에 달렸나.

서큐버스도 공격해 왔지만 문제없이 격파했다. 여자가 많으니까 고전할 요소도 없었다. 나와 기스가 페로몬에 당했지만 중급 해독도 있어서 문제없었다. 뭐, 약간 본성을 보여서 록시를 쫓아가려고 했을 정도인가.

놀란 것은 탈핸드에게 페로몬이 통하지 않았던 점이다.

탈핸드는 당연하다면서 코웃음을 쳤지만… 역시 건전한 육체에는 건전한 정신이 깃든다는 걸까. 멋지다.

유적에 도달했다. 당초 예정대로 유적 앞에서 엘리나리제 이외의 전원에게 눈가리개를 하게 했다. 쉐라가 다소 꺼려했지만 베라가 설득해서 별일 없었다.

눈가리개는 대단한 보험도 안 되지만, 마법진을 안 보면 무슨 일이 일어났는지 알 수 없다.

차는 두고 가기로 했다. 입구를 통과할 수 없었기 때문이다. 제니스도 앞으로 1주일 정도야 걸어갈 수 있겠지. 여기까지 왔으면 조금 늦어져도 문제없다.

아르마딜로는 입구를 통과했기에 데려왔다. 저쪽의 기후가 안 맞을지도 모르지만, 여기에 방치해서 마물의 밥이 되는 것보단 낫겠지.

일행은 눈가리개를 풀자 갑자기 풍경이 바뀌어서 기겁하였다.

사막에서 갑자기 숲으로 바뀌었으니 놀랄 만도 하겠지.

그런 일행에게 혹시 무슨 일이 생길지도 모르니까 발설하지 말라고 거듭해서 일러두었다.

아무튼 이렇게 해서 나는 베가리트 대륙을 뒤로 했다.

조금만 더 가면 집이다.

제13화 귀환

북방대륙에는 눈이 흩날리고 있었다.

여행을 떠난 지 약 4개월.

가을도, 수족의 발정기도 이미 지나가고, 기나긴 겨울에 들어가려는 계절이었다.

위장의 숲에도 복숭아뼈까지 눈이 쌓여 있었다. 한 달만 더 귀환이 늦었으면 눈은 허리 높이까지 쌓여 있었겠지. 그러면 샤리아까지 이동하는 것도 힘들었을 게 틀림없다.

"나와 엘리나리제 씨가 앞장서겠습니다."

나는 그렇게 말하고 선두로 걸었다.

뭔가 있으면 죄다 해치우자. 마력은 문제없다. 제니스는 힘든 눈치도 없이 걸었다. 아르마딜로는 부들부들 몸을 떨었지만, 때때로 마술로 데워주면 괜찮다.

문제는 없다, 그렇게 생각하면서.

그 날 밤. 파수를 선 것은 나와 엘리나리제였다.

"루데우스, 할 말이 있어요."

그녀는 갑자기 그런 말을 꺼냈지만, 무슨 내용일지는 나도 어렴풋이 눈치채고 있었다. 록시 문제겠지.

나는 엘리나리제의 정면에 정좌했다.

꾸지람이 떨어지면 당장 엎드려 빌 수 있도록 앉았다.

엘리나리제는 다리를 풀고 앉아 있었다. 무슨 말로 꾸짖으려나. 실피를 가볍게 여겼던 걸까. 아니면 록시를 안았던 걸까.

"루데우스, 당신 미리스 교도는 아니었지요?"

엘리나리제의 첫 말은 양쪽 중 어느 것도 아니었다.

"……?"

나는 그 말의 참뜻을 알 수 없었다. 하지만 내게 신이라고 부를 수 있는 상대는 단 한 명이다.

그건 과거에도 현재에도 변함없다.

"아닙니다."

"그렇군요. 실피도 미리스 교도는 아니었지요?"

"예, 그럴 거예요."

실피는 종교를 갖지 않았다.

그렇긴 해도, 내 지인 중에 경건한 미리스 교도는 크리프 정도다.

크리프는 미리스 교단의 심볼을 목에 걸고 있고, 7일에 한 번씩은 미사 같은 것을 올리러 시내의 교회까지 나가는 모양이다.

적어도 실피는 미리스 교단의 심볼을 갖고 있지 않고, 교회에도 나가지 않는다.

어디까지나 크리프와 비교했을 때의 이야기니까 사실은 신자일지도 모르지만, 적어도 나는 그런 이야기를 들은 적이 없다.

"제 크리프는 경건한 미리스 교도지요."

"그렇지요."

마침 크리프 생각을 하던 참이었기에 곧바로 동의했다.

"알고 있나요? 미리스 교도는 아내를 한 명만 두어야 한다는 규율이 있답니다."

"그런 모양이더군요."

"그 아내를 평생 사랑하라는 규율은 다소 딱딱하긴 하지만, 실제로 사랑받는 쪽이 되어보니 기분 좋은 가르침이에요."

그렇다마다. 한 명의 상대를 전력으로 사랑하고 사랑받는 것은 얼마나 좋은가. 그런데 나의 유동적인 바람기는 록시에게 흘러갔다. 나는 록시를 좋아한다. 그건 틀림없다.

하지만 그 비참했던 불능 시절은 잘 기억한다. 그걸 치료하고 만족스러운 생활을 준 것은 실피다. 할 수 있는 데까지 사랑을 갚아주고 싶다. 그 마음도 틀림없다.

"하지만 루데우스."

"예."

"저는 딱히 복수의 상대를 동시에 사랑하는 게 나쁘다고 생각하지 않아요."

"엘리나리제 씨는 그런 사람이라고 생각하지만, 그건 불성실한 것 아닙니까?"

되묻자 엘리나리제는 고개를 내저었다.

"당신이 실피를 버린다면 모르겠지만, 분명히 사랑하는 한 불성실하지 않아요."

"하지만 대상이 두 명이면 나눌 수 있는 노력은 절반이 됩니다."

"딱히 하루 종일 같이 있는 건 아니잖아요? 절반이 되지 않아요. 조금 줄어들지도 모르지만, 그것뿐이에요."

줄어드는 건 문제가 아닐까? 인간은 늘어나는 것에 둔감해도 줄어드는 것에는 민감하다.

전만큼 사랑받지 못한다. 실피가 그렇게 여긴다면 큰 문제다.

"떠올려 보세요. 파울로가 리랴를 아내로 삼은 뒤에 제니스는 불행해졌나요?"

불행일까 행복일까. 조금 논점이 어긋난 것 같기도 하다. 하지만 분명히 그 말을 듣고 보니, 딱히 불행해지지 않았다. 여태까지와 같았다. 오히려 이전보다 리랴와 친해져서 더 행복해진 것으로도 보였다. 아내 둘에게 공격당하면서 파울로는 조금 불행해졌을지도 모르지만. 그것도 행복의 한 형태겠지.

그런 행복은 더 이상 돌아오지 않는다.

"…결국 엘리나리제 씨는 무슨 말을 하고 싶은 겁니까?"

나는 그렇게 물었다. 파울로 생각을 하니 조금 슬픈 마음이

들었다. 이 이상 말하면 더 슬퍼질지도 모른다. 그러니까 결론을 듣고 싶었다.

"루데우스. 당신 록시를 아내로 삼으세요. 록시를 좋아하잖아요?"

그 말에 나는 조금 발끈하였다.

"…진심으로 하는 말입니까?"

"예, 물론 진심이에요."

"엘리나리제 씨. 당신이 할 말입니까? 실피의 할머니인 당신이, 실피의 행복한 생활을 누구보다도 바라는 당신이."

나에게 엘리나리제를 뭐라고 할 권리는 없다. 바람을 피운 건 나다. 실피와의 맹세를 깨고 록시를 안았다. 그 경위가 어떻든 사실은 변하지 않는다.

하지만 무심코 비난하는 어조로 말하였다.

"예, 제가 그렇게 말하고 있어요. 제가 아니면 말할 수 없으니까요."

엘리나리제는 오만한 표정으로 나를 보았다.

"이런 식으로 말하면 안 된다고 생각했지만, 저는 실피의 할머니가 되기 전부터 록시의 친구였거든요."

도무지 의미를 모르겠다.

하지만 만난 순서를 말하는 거라고 곧 깨달았다. 엘리나리제는 록시와 만난 뒤에 실피와 만났다.

"솔직히 지금의 록시는 봐줄 수가 없네요. 그 애는 사실 척척 다가가서 당신에게 마음껏 기대고 싶은데, 한 발 물러날 생각이에요. 만난 타이밍이 안 좋았을 뿐인데."

그런 말을 듣고 보니 록시는 분명히 가엾다. 하지만 실피의 입장에 서서 생각하면 실피가 가엾겠다.

"그 애는 이대로 당신과 헤어지면 분명 나쁜 인생을 보낼걸요. 못된 남자에게 속아서 거친 대접을 받다가, 마지막에는 빚더미에 깔려 창관에 팔려가서 이름도 모르는 남자의 아이를 낳을 가능성도 있어요."

"그건 좀 심한 말 아닌가요?"

"제 지인 중에 그런 인생을 보낸 여자도 있거든요."

꽤나 진지한 목소리였다. 설마 실제 체험은 아니겠지.

"저는 조금이라도 좋으니까 록시가 행복해졌으면 해요."

"그야 나도 그렇게 생각하는데요."

"루데우스, 당신이라면 할 수 있어요. 실피와 록시를 똑같이 사랑할 수 있어요. 파울로의 아들이잖아요. 그 정도 배짱은 있겠죠."

가능할까. 가능하겠지. 응, 할 수 있다. 똑같이 좋아하고 있으니까. 불가능할 리가 없다. 하지만 그렇게 뻔뻔한 소리를 해도 괜찮은 걸까?

너무나도 내게 유리한 소리다.

안 돼…. 이건 악마의 속삭임이다. 귀를 기울이면 안 돼.

"아뇨, 나는 실피만을――"

"이건 말할 생각 없었는데 말이죠."

내 말을 가로막으며 엘리나리제는 소리쳤다. 그리고 목소리를 낮추어서 조용히 말했다.

"바자르에서 술을 마실 때 록시는 그 날이 오지 않는다고 말했어요."

"……예?"

그 날이라는 게 뭔데…?

아니, 그건 됐으니까…. 어, 하지만, 그게 무슨.

"뭐, 아직 확실한 건 아니지만요…."

그럴 만한 짓은 했다. 그럼 가능성은 있다.

그리고 그 날 록시는 힘없이 내 가슴을 때렸다. 그건 무슨 신호가 아니었을까.

엘리나리제는 내 얼굴을 들여다보면서 말했다.

"루데우스, 당신 혹시 록시에게 아이가 생긴다면 어떻게 할 건가요?"

그 말을 들었을 때, 내 머릿속에는 과거의 파울로의 모습이 떠올랐다. 그래, 리랴가 아이를 가졌을 때의 파울로의 모습이. 그때 파울로는 한심했다. 이도 저도 아닌 행동을 하다가 내 도움 덕분에 살았다.

지금도 파울로는 존경할 만한 남자라고 생각한다. 하지만 그런 건 닮으면 안 된다.

"…책임을, 지겠습니다."

"어떻게 할 건가요?"

"결혼하겠습니다."

결혼하겠습니다, 나는 그렇게 말했다.

말하고 보니 마음속에 쿵 하고 떨어지는 게 있었다.

나는 실피를 좋아한다. 하지만 록시와도 결혼하여 맺어지고 싶다. 록시를 다른 누군가에게 빼앗기는 게 싫고, 내 것으로 만들고 싶다.

뻔뻔한 소리다. 실피에게 그런 소리를 하고 아이까지 만들고, 그러고서 다른 여자도 탐낸다니. 용서받을 수 있는 짓이 아니겠지.

이런 생각은 쓰레기나 하는 거다. 나는 지금까지 실컷 파울로를 쓰레기 같다고 말했지만 나도 남자다. 두 여자를 좋아하고, 두 여자를 다 원한다고 생각한다면, 둘을 동시에 손에 넣는 노력 정도는 해도 좋지 않을까?

파울로처럼.

그러다가 실피에게 환멸을 사고 록시에게도 버림받아서. 결국 양쪽을 다 잃게 되어도.

응, 그래. 이건 나만의 문제가 아냐.

"…하지만 록시 선생님과 실피가 허락해 줄지는 또 다른 이야기겠죠."

"그렇겠네요. 그럼 록시를 불러오지요."

"예?"

엘리나리제는 그렇게 말하고 일어서더니 근처에 쳐진 텐트 안으로 들어갔다.

잠시 후에 록시만 나왔다.

졸린 얼굴은 아니었다. 긴장한 얼굴로 이쪽을 보고 있었다. 어쩌면 엘리나리제가 먼저 뭐라고 했을지도 모르겠다.

"할 말이라는 건 뭡니까, 루디."

록시는 내 눈앞에 정좌를 했다. 나도 따라서 몸가짐을 바로 했다.

뭐라고 말하면 좋을까. 조금 이르다. 아무런 말도 생각하지 않았다. 아니, 생각할 필요는 없다. 록시를 좋아한다는 마음은 생각해서 나온 게 아니다.

"어어, 아주 예전부터 말할까 했습니다만."

"예."

"나는 선생님을 좋아합니다. 예전부터 지금에 이르기까지 계속 좋아했습니다. 그냥 좋아하는 게 아니라 존경도 합니다. 선생님은 나보다 마술이 부족하다고 마음에 두는 모양이지만, 그런 것과 관계없이 나는 선생님의 가르침에 몇 번이나 도움을 받았습니다. 나는 선생님이 있었으니까 지금까지 살아올 수 있었습니다."

록시의 얼굴이 순식간에 붉어졌다. 나도 꽤나 빨간 얼굴을 하고 있겠지.

얼굴을 맞대고 이런 말은 부끄럽군.

"그건 고맙습니다."

"하지만, 저기, 어어, 그러니까 말이죠. 내게는 이미 아내가 있습니다."

"예, 들었습니다."

두 번째 아내가 되어주세요. 라고 말해야 할까. 그건 너무 실례가 아닐까.

뭔가 좋은 말이 떠오르지 않았다. 어쩐다. 하지만 말해야 한다. 어떻게 둘러대든 결국은 똑같다. 나는 실피와 헤어질 수 없다. 그리고 록시를 손에 넣으려고 한다. 게다가 실피와의 대화는 뒤로 미루고, 실피에게 사후승인을 받으려고 한다.

완전히 쓰레기나 할 짓이다.

하지만 지금 말해두지 않으면. 록시는 어딘가로 갈지도 모른다. 그녀는 일이 끝나면 바로 여행을 떠나는 타입이다. 붙들지 않으면 늦을지도 모른다.

…이제 됐어. 뒤늦게 이랬어야 한다, 저랬어야 한다 식으로 말할 거면 차라리 나는 쓰레기가 되겠다.

"아내의 이름은 실피에트 그레이랫인데, 애초에는 성이 없어서 그냥 실피에트였습니다."

"예, 그렇게 들었습니다."

"록시도 록시 그레이랫으로 이름을 바꿀 생각은 없습니까?"

록시는 순간 의아한 얼굴을 했지만, 곧 의미를 이해했는지 입가를 눌렀다.

하지만 곧 차분한 얼굴로 돌아왔다.

"…그렇게 말해 주는 건 매우 고맙습니다. 하지만 아내 분의 승낙을 받지 않아도 되나요?"

물론 실피에게는 이야기해야만 하겠지. 모르는 상대가 가족이 되는 거니까. 여동생들에게도 설명해야만 한다. 리랴에게도 말할 필요가 있겠지.

"승낙을 받아야만 합니다."

"그럼──"

나는 차이겠지. 록시는 역시 자기 한 명만을 택해 주길 바란다.

그런 생각이 뇌리를 스쳤을 때.

"그럼 그 뒤에 다시 말해 주세요."

록시는 진지한 얼굴로 그렇게 말했다. 눈이 흩날리는 중에.

'그 뒤에 다시'라고.

거절당한 건 아니라는 사실이 내 몸을 뜨겁게 했다.

마법도시 샤리아에 가까워졌다.

록시와의 일은 리랴에게도 말했다.

그녀는 평소처럼 무표정한 얼굴로 "그렇습니까. 알겠습니다." 라고만 했을 뿐이었다.

딱히 뭐라고 하지 않았다. 그녀 자신도 록시와 같은 입장에 있었기 때문일까.

아니다. 애초에 일부일처라는 문화는 미리스 정도밖에 없기 때문이다.

아무튼 록시와 약속하고, 리랴에게 그 승낙을 받았으니 마음의 짐을 하나 내려놓은 기분이었다.

이제 집에 돌아가서 실피와 가족들에게 여행의 경위를 전하고, 록시 일에 대해 머리를 숙이기만 하면 된다.

파울로나 제니스 문제를 아이샤나 노른에게 전하는 건 마음이 무겁다.

하지만, 하지만 그녀들도 받아들여야만 한다.

노른은 화낼까. 나를 탓할까.

실피는 울까. 나를 탓할까.

나는 도망치지 않을 생각이다. 그 결과가 어떻게 되든 후회하지 않는다.

"…후회?"

그때 내 안에 어떤 불안이 고개를 들었다.

인신의 예언.

녀석은 '후회한다'고 말했다.

분명히 파울로는 죽었고, 제니스는 폐인이 되었고, 나는 왼손을 잃었다. 잃은 것은 많다.

하지만 지금의 나는 신기하게도 후회하지 않는다. 록시 덕분에 후회에는 이르지 않았다고 할 수 있다.

확실히 내가 더 강했으면, 이라고 생각하는 점도 있다. 혹시 검술을 더 깊게 배웠으면. 그 히드라를 쓰러뜨릴 수 있을 만큼 강했으면. 그런 마음도 있다.

하지만 동시에 '무리'라는 마음도 강했다. 나는 이 세계에서 전투에 관한 적성이 그리 높지 않다. 투기란 것도 쓸 수 없고, 방법도 모른다. 검술도 투기란 것이 없으면 더 늘 수 없다. 또 마술이 안 먹히는 히드라가 상대였다. 애써서 왕급 마술을 익혔다고 해도 의미는 없겠지. 또 다른 방법이 있었으면 싶지만….

그러니까 거기에 별로 후회는 없다.

파울로는 죽었지만, 결과적으로 그것은 과거의 자신을 다시금 돌아보는 것이 되었다. 다른 모두에게는 고생을 시켰고 걱정도 끼쳤지만, 결과적으로 내게는 플러스가 되는 부분이 있었다고 생각한다.

혹시 있다면 그건 후회가 아니다.

슬픔이다.

슬픔뿐이다. 베가리트 대륙에는 슬픔만이 남았다.

그러니까 생각한다.

혹시 후회하게 된다면 이제부터가 아닐까.

예를 들어서 집에 남기고 온 동생들에게 무슨 일이 있었던 게 아닐까.

인신의 말을 떠올려. 리니아와 프루세나와 어쩌라고 그랬다. 즉, 그녀들에게 무슨 일이 있지 않았을까. 그녀들의 도움을 얻어서 뭔가 문제를 해결해야만 했던 게 아닐까.

아니면, 설마. 설마 임신한 실피에게….

이제 그것밖에 후회할 만한 게 남아 있지 않다.

불안을 품으면서도 여행을 서두르진 않았다. 날씨는 나빠지고, 눈발은 더욱 거세졌다. 다른 이들은 괜찮지만 제니스가 힘들어 하는 듯하여 흙 마술로 즉석 지게를 만들어서 그녀를 등에 졌다.

아르마딜로도 추워했다. 역시 두고오는 게 좋았을까.

아니, 이미 늦었다. 하다못해 언제 죽어도 좋도록 이름을 지어주자.

지로, 지로면 되겠지. 힘내라, 지로.

갈 때는 닷새 만에 답파한 길. 거기를 열흘 걸려서 되돌아갔다.

지금까지 온 길을 생각하면 긴 여정이라고 할 수 없다.

하지만 지금까지의 여행 중에서 제일 길게 느껴졌다.

마법도시 샤리아에 도착했다.

나는 곧바로 집으로 향했다. 내 발걸음이 급해지는 걸 느꼈다.

"어이, 선배. 왜 그래? 안색이 새파랗잖아. 해독이라도 거는 게 좋지 않아?"

기스가 걱정스럽게 말을 붙였다.

하지만 나는 그걸 무시하고 계속 발걸음을 옮겼다.

"오, 여기가 도시의 중심인가. 일단 우리는 숙소를 잡을까. 이 숫자로 선배네 집에 신세질 수도——"

뒤에서 누가 뭐라고 말하지만 귀에 들어오지 않았다.

"어이, 선배 듣고…. 어이, 선배! 루데우스!"

나는 어느 틈에 달리고 있었다. 모두를 놔두고 혼자 집을 향해 달렸다.

1년 이상 살았던 도시의 낯익은 길을 달렸다. 길을 가던 사람들이 무슨 일인가 하는 눈으로 바라보았다.

넘어질 뻔하면서 달렸다. 아무래도 균형 감각이 이상했다. 왼쪽 손목이 없는 탓인지 제대로 뛸 수가 없었다.

넘어질 뻔한 걸 누가 붙잡아주었다.

"왜 그리 서두르는 건가요?"

엘리나리제였다.

"아뇨, 조금."

"…왜 그러죠? 아까부터 왜 그리 허둥대는 건가요? 무슨 일이라도 있었나요?"

"아, 아뇨, 저기, 왠지 모르게, 실피에게 위험이 닥쳤을 것 같은 느낌이 들어서."

"위험? 이유는 있나요?"

"없지만요."

나는 엘리나리제를 뿌리치고 또 서둘러 걸어갔다. 이 불안을 얼른 해소하고 싶었다.

이미 집은 코앞이다. 실피는 생각해 보면 배도 많이 불렀을 테니 집에 있겠지. 아니면 이미 태어났을까. 그렇다면 조산인데. 그 경우 혹시나…. 아무래도 좋다. 아무래도 좋으니까 나쁜 일은 일어나지 않았기를.

집에 도착했다. 눈은 쌓였지만, 내가 떠났을 때와 그리 변하지 않은 것처럼 보였다. 정원에 나무나 화분이 더 는 것 같다. 아이샤의 취미인가? 조금 더 화사해진 느낌이었다.

나는 가방 안에서 열쇠를 꺼냈다. 열쇠구멍에 넣고 찰칵찰칵 소리를 내며 돌렸다. 열쇠가 차갑고 손이 떨렸다. 안 열린다. 안 열린다.

"칫."

나는 도어노커에 손을 댔다. 얼음처럼 차가운 노커를 쾅쾅 두들겼다.

"열린 거 아닌가요?"

뒤에서 들려온 목소리에 나는 손잡이를 잡았다.

비틀면서 당기자 문이 열렸다. 잠겨 있지 않았다. 조심성도 없긴. 그렇게 생각하면서 안으로 들어가려는데, 마침 안쪽에서 문을 열려던 사람과 눈이 마주쳤다.

"아, 오빠?!"

"아이샤…. 무사하구나."

"무사라니, 뭐가?"

아이샤는 놀란 얼굴로 나와 내 바로 옆에 있는 엘리나리제를 교대로 보았다.

그리고 그 뒤쪽도. 돌아보니 거기에는 숨을 헐떡이는 록시도 있었다. 아무튼 나는 아이샤의 어깨를 붙잡았다. 아이샤는 오른쪽 어깨의 감각에 위화감을 느꼈는지 그쪽을 보다가 눈을 크게 떴다. 놀란 얼굴로 손과 내 얼굴을 교대로 보았다.

"어, 뭐야, 이거. 오빠, 손이――"

"너는 무사하구나. 실피는?"

"어? 응…. 실피 언니는 저기 있는데?"

그 말에 나는 정신을 차렸다.

아이샤의 바로 뒤에 놀란 얼굴로, 실피가 서 있었다.

배가 많이 불렀다. 아, 가슴도 조금 커졌다. 분명히 지금이 7, 8개월 정도였나. 이미 모유도 나오나. 아니, 지금 그런 건 아무래도 좋다.

"루디…. 어, 어떻게 된 거야?"

"실피, 괜찮아? 아무 일 없었어?"

"어? 응, 다들 잘 대해 주고, 아이샤도 잘해 주니까."

실피는 무사한가. 그래, 보면 안다.

"그 외에 다른 사람들은? 노른은? 리니아나 자노바 같은 애들은 무사해?"

"어? 무사라니? 아무 일 없는데?"

"아무도 아프거나 다치지 않았어?"

"으, 응. 별로….'

놀란 실피의 얼굴. 무슨 소린지 모르겠다는 얼굴. 그걸 보고. 나는.

아무 일도 없었다는 걸 깨달았다.

"아, 오빠…?"

생각해 보니 아이샤의 머리가 꽤 높은 곳에 있었다.

키가 많이 자랐구나. 아니다, 내가 주저앉은 것이다

"그렇구나."

마음이 탁 풀렸다.

결국 후회란 것은 파울로의 죽음과 과거의 양친에 대한 것이었다.

내가 성급하게 넘겨짚고 고생했던 것이다.

"하아…."

마음속으로 그렇게 생각하며 나는 안도의 숨을 내쉬었다.

"다행이다."

실피가 천천히 걸어와서 내 어깨에 손을 얹었다.

그녀의 따뜻한 손의 온기가 어깨에 천천히 퍼지듯이 느껴졌다. 그녀는 내 앞에 웅크려 앉아서 천천히 내 등에 손을 둘렀다. 나는 그녀의 등에 손을 둘렀다. 왼손이 없는 탓에 제대로 안을 수 없다고 생각하면서도 꼬옥 껴안았다. 익숙한 실피의 향기가 났다.

"루디… 잘 돌아왔어."

파울로 문제, 제니스 문제, 그리고 록시 문제. 말해야만 할 것은 많이 있었다.

광장에 있는 일행도 데리러 가야한다. 혼자서 달려왔으니까.

너무 허둥댔군. 아무 일도 없는 줄 알았으면 느긋하게 와도 되는데.

하지만 일단 말해야만 할 것이 있다.

"나 왔어."

나는 돌아왔다.

제14화 　보고

돌아온 뒤에는 다소 정신없이 보냈다.

일단 아이샤가 노른을 학교에서 불러오려고 달려갔다.

록시는 신경을 써 주는 건지, 아니면 아무래도 있기 거북했는지, 기스나 다른 이들을 부르러 돌아갔다.

엘리나리제는 사랑하는 그리프에게 달려가고 싶었겠지만, 꾹 참았다.

그들이 돌아올 때까지 나는 실피에게서 내가 없었던 동안의 일을 들었다.

실피는 무엇보다도 일단 이쪽의 일을 듣고 싶어 했겠지만, 군소리 않고 말해 주었다.

일단 실피의 용태 말인데, 경과는 순조롭다는 모양이다. 의사의 말로는 예정대로 태어난다고 했다고.

다른 이들도 쌩쌩하게 잘 지낸다고 했다.

어제도 학교에서 사소한 사건이 있었나 본데, 나나호시가 해결했다고 한다.

이 세계 사람을 위해 뭔가를 하다니, 녀석도 생각을 조금 바꾼 걸까.

아이샤와 노른도 다치거나 앓는 일 없이 건강하게 지낸다고 했다.

아이샤는 원예 취미를 쑥쑥 키워나갔는지, 방에서도 새로운 식물을 재배하기 시작했다고 한다. 다음에 보러 갈까.

노른은 학교에서 아이돌 같은 존재가 되어 가고 있다는 모양이다. 팬클럽 같은 게 있다나. 노른은 귀여우니까.

자노바나 크리프, 리니아와 프루세나 같은 이들도 때때로 이 집에 찾아와서 얼굴을 보고 간다는 모양이다. 또 아리엘은 내가 인사하러 오지 않았다고 푸념했다나. 그러고 보니 출발할 때 인사를 잊어버렸군. 다음에 사과하자.

아무튼 이야기를 듣기로는 다들 건강한가 보다.

짬을 봐서 순서대로 귀환 보고를 해야겠군.

다만 예외적으로 바디가디의 모습은 보이지 않는다고 했다.

뭐, 불사신인 그 녀석에게 무슨 일이 있을 것 같진 않지만.

반년 동안 무슨 일이 있었는지를 턱에 손가락을 대고 생각하는 실피는 여전히 귀여웠다.

"정말로 아무한테도 별일 없었구나."

"응, 루디가 걱정할 만한 일은 없었어."

"그래."

"그보다 루디 이야기를 좀 해 줘. 무슨 일이 있었어?"

"그래, 말할게. 하지만 모두가 모인 뒤에 하자. 이쪽은 꽤 많은 일이 있었어."

"…응. 아, 사람들이 도착했나 봐."

그렇게 말할 때에 록시가 다른 이들을 데리고 돌아왔다.

기스, 탈핸드, 리랴, 베라, 쉐라, 엘리나리제, 록시, 그리고 제니스.

거기에 나와 실피까지 해서 열 명. 우리 집의 넓은 거실은 이만큼 사람이 많이 모여도 아직 여유가 있다.

"오, 그쪽이 선배의 아내인가. 헤헤, 귀엽게 생겼네. 선배는 운이 좋아."

"제 손녀거든요."

"으음, 음란한 할망구가 붙어 있는 게 옥에 티로군."

"뭐라고요?"

기스와 엘리나리제의 싸움을 무시하고 그들은 한 명씩 실피에게 인사하였다.

실피는 긴장한 모습으로 그 전원에게 답례하였다.

"안녕하세요, 록시… 미굴디아라고 합니다."

"록시라면 루디가 항상 자랑했던 스승님?"

"예, 일단은…. 루디가 자랑할 정도는 아닙니다만."

"처음 뵙겠습니다, 루디에게 항상 이야기는 들었습니다. 실피에트입니다, 만나 뵈어서 영광입니다."

"이, 이쪽이야말로…."

록시는 아무래도 어색한 모습이었다.

지난번에 그런 이야기를 했던 참이니까 당연하겠지.

하지만 그 이야기는 나중에 하자.

"오래간만입니다, 실피에트 님."

"리랴 씨, 오래간만이에요!"

실피를 향해 리랴는 예의바르게 고개를 숙였다.

실피도 그녀와의 재회는 기뻤는지 활짝 웃었지만, 곧 쓴웃음으로 변했다.

"어어, 그 실피에트 님이란 말은…. 예전처럼 실피라고 불러주시면 안 될까요?"

"아뇨, 루데우스 님과 결혼하셨다면 이전처럼은 안 됩니다."

"그, 그런가요…."

실피는 멋쩍은 기색이었다. 그녀는 가사 쪽은 모두 리랴에게 배웠다고 했다. 말하자면 스승 같은 존재다. 나에게 있어서 록시. 그렇다면 존경하는 게 당연하겠지.

"제니스 아주머니도 오래간만입니다."

마지막으로 실피는 제니스에게 말을 걸었다.

"…저기…. 제니스 아주머니?"

"……."

그 말에 제니스는 멍한 반응일 뿐이었다.

"어어…."

실피는 난처한 얼굴로 이쪽을 보았다.

결혼을 좋게 생각하지 않으시나? 라는 얼굴이었다.

"실피. 부모님 이야기는 노른이 돌아온 뒤에 설명할게."

"그러고 보니 파울로 씨의 모습이 안 보이는데…."

내가 그렇게 말하자 실피는 파울로의 모습을 찾았다. 그러던 도중 주위의 침통한 얼굴을 보고 뭔가 알아차렸는지 입을 다물고 조용해졌다.

노른이 돌아올 때까지 침묵이 흘렀다.

모든 것은 전원이 다 모인 뒤에, 그런 암묵의 약속이었다.

잠시 후에 아이샤와 노른이 돌아왔다. 두 사람 다 숨을 헐떡이고 있었다.

"오, 오빠, 긴 여행, 고생하셨어요!"

노른은 가쁜 숨을 내뱉으면서 고개를 숙였고, 그러다가 내 손이 보여 놀란 얼굴을 하였다.

"오빠, 손 괜찮은가요?"

"괜찮아. 불편한 건 많지만 아프지도 않고."

이제부터 말할 내용과 비교하면 왼손은 대단할 게 아니다.

"그, 그런가요."

노른은 가쁜 숨을 뱉으면서 주위를 이리저리 둘러보다가 "어라?"라고 중얼거리며 의자에 앉았다. 아이샤는 내 옆으로 와서 질문을 하였다.

"…오라버니, 이야기를 하기 전에 손님들께 차를 내오는 편이 좋을까요?"

"그래. 긴 이야기가 될 테니까 부탁해."

"아, 미안, 사실은 내가 해야 하는 일인데… 도울게."

"아뇨, 마님은 그대로 계세요."

그렇게 부탁하자, 아이샤는 바로 움직였다. 모두의 차를 준비하거나 각자의 짐을 한곳에 모으거나 눈에 젖은 겉옷을 옷걸이에 걸거나 슬리퍼를 준비하여 전원에게 갈아신게 하고 젖은 신발을 난로 옆에서 말리는 등.

나는 왠지 모르게 그 움직임을 지켜보았다.

그리고 지켜보는 것은 나만이 아니었다. 리랴 또한 아이샤의 모습을 가만히 바라보았다. 생각해 보면 라판에서 이럴 때에 일하는 것은 항상 리랴였다.

지금 그녀는 모두가 침묵하는 동안에도 아무 일도 하지 않았다. 신기한 일이다.

"아이샤."

아이샤의 일이 대충 끝났다 싶을 때에 리랴는 딸에게 말을 걸었다.

"예, 말씀하세요, 어머님."

"루데우스 님께 폐를 끼치지 않고 착실하게 일하는 모양이네요."

"예."

"루데우스 님과는 피가 이어져 있다고 해도 당신에게는 생명의 은인이기도 합니다. 앞으로 마음을 늦추지 말고, 앞으로도 시녀로서의 본분을 다하세요."

"예, 어머님."

아이샤의 대답은 딱딱했고, 리랴 또한 사무적이었다.

모녀의 대화가 아니다. 오래간만에 만났으니까 더 훈훈한 대화를 해도 좋을 것 같은데….

아니, 리랴도 자중하고 있는 걸지도 모른다.

앞으로 힘든 이야기를 해야만 하니까.

"모두 모였으니 이야기를 할게."

내 마음은 다소 무겁지만, 내가 말해야 할 일이다. 파울로가 없으니까.

"저기, 오빠. 아버지가 안 계신데…."

노른이 불안하게 물었다.

그녀는 화를 낼까.

그때 아버지를 도와달라고 울었고. 나는 맡겨달라고 말했다.

그런데 그 아버지가 죽었다는 것을 알면 나를 탓할까.

그건 그거대로 괜찮다. 나는 노른의 바람을 들어줄 수 없었으니까.

나는 모두를 둘러본 뒤에 말했다.

"아버지는… 파울로 그레이랫은 사망했어."

"예…?"

노른은 짧은 당혹스러움의 말을 흘렸다. 실피는 가슴 아픈 표정으로 고개를 숙였다.

아이샤는 눈을 크게 뜨고 주먹을 움켜쥐었다.

"이게 유품이야."

나는 그렇게 말하고 파울로의 장비를 하나씩 테이블 위에 두었다.

검과 단검, 갑옷, 유골항아리. 딱 네 개뿐이다.

"…어, 어떻게?!"

노른이 일어서서 내게 다그쳤다.

"오빠가 갔는데! 왜 아빠가 죽는 건가요!"

"미안…. 내 힘이 부족했어."

"오빠는…!"

노른은 그대로 다가와서 내 멱살이라도 잡으려고 했는지 모른다.

하지만 그 기세는 갑자기 힘을 잃었다.

"……."

그녀의 눈에는 내가 잃어버린 왼손이 비치고 있었다.

손과 유품, 내 얼굴, 노른의 시선이 그렇게 오갔다.

노른의 눈에 금세 눈물이 차올랐다.

나는 왼손을 오른손으로 가리면서 말을 이었다.

"이제부터 자세히 설명할게."

"…훌쩍…예."

그런 노른의 어깨를 뒤에서 아이샤가 붙잡았다.

"노른 언니, 지금은."

"됐으니까. 알았으니까…."

노른은 아이샤의 손을 뿌리치고 자기 자리로 돌아갔다.

아이샤는 어쩔 줄 몰라 서 있었지만, 곧 실피의 뒤로 돌아갔다.

"그럼 처음부터 설명하겠는데──"

나는 일어난 사건을 대략적으로 설명했다. 엘리나리제와 둘이서 라판에 갔고, 거기서 파울로와 재회한 것. 그리고 제니스에 대한 정보를 따라서 일행과 함께 전이의 미궁을 공략한 것. 도중까지는 순조로웠지만, 수호자에게 고전해서 나는 왼손을 잃고 파울로가 죽은 것. 제니스의 구조에는 성공했지만 폐인 상태가 된 것.

도중에 몇 차례 기스의 보충 설명을 들으면서 천천히, 하나씩 이야기했다.

마지막으로 노른이 물었다.

"그럼 아빠도, 엄마도, 못 구했단 소리인가요?"

"…그래."

그 말에 천천히 고개를 끄덕이자, 노른의 머리칼이 확 곤두서나 싶었다.

하지만 폭발하진 않았다. 그녀는 입술을 깨물면서 내 왼손을 지그시 바라보았다.

"오빠도 노력했지요?"

"전력을 다했다고 생각해."

"그럼 오빠가 애썼어도, 그래도 안 됐다면, 누가 갔어도…."

노른은 차분하게 뭐라고 말하려고 했다. 하지만 순식간에 눈에 눈물이 고이고,

"분명, 도저히 수가 없어서…. 아빠는, 죽었… 흑… 우우… 우에에엥."

뚝뚝 굵은 눈물이 떨어지자 멈추지 않았다.

울었다. 노른은 울었다. 큰 소리로 울었다.

울음소리가 가슴에 꽂히는 듯하였다.

모두가 침통한 표정으로 그 소리를 들었다.

노른은 성대하게 울었다.

울고, 울고. 울었다.

다른 모두가 울지 않았던 만큼 울겠다는 듯이 울었다.

우리는 노른이 우는 것을 그저 듣고 있었다.

"…흑…훌쩍…."

잠시 뒤에 노른은 울음을 그쳤다. 새빨갛게 부어오른 눈으로, 쿨쩍쿨쩍 소리를 내면서.

하지만 결의를 담은 눈으로 나를 바라보았다.

"오빠….."

"음?"

"이, 검, 제가… 흑, 가져도… 될까요…?"

노른이 가리킨 것은 파울로의 애검이었다.

내가 태어났을 때부터 이미 가지고 있었던 파울로의 검이다.

파울로는 계속 이 검을 가지고 있었다. 항상 몸에서 떼어놓지 않고 가지고 있었다.

"응, 그래. 네가 가지고 있어. 하지만 함부로 쓰지는 마."

"……?"

"그 검을 가지고 있다고 네가 강해졌다고 착각하면 안 되니까."

그건 다섯 살 생일이었을까. 파울로는 내게 검을 주면서 그런 말을 하였다.

"알겠, 습니다."

노른은 그렇게 말하고 검을 가슴에 품었다.

강한 아이라고 생각했다. 방에 틀어박혀서 울어도 이상하지 않은 상황에서, 확실하게 파울로의 죽음을 바라보았다. 록시에게 도움을 받지 않았으면 일어날 수 없었던 나와는 다르다.

정말로 강한 아이다.

그 외의 유품들은 가족들이 분배하기로 했다.

아이샤는 단검을 택했고, 나는 갑옷.

유골항아리는 나중에 묘를 만들어서 거기에 매장할 생각이다.

그렇게 생각할 때 제니스가 스르륵 움직여서 갑옷을 손에 들었다.

"…어머니?"

"……."

말을 붙여도 제니스는 아무런 대답도 없었다. 여전히 폐인처럼 멍할 뿐이었다. 하지만 마치 지금이 어떤 장면인지 아는 듯한 움직임이었다. 우연일까.

아니, 제니스도 제니스로서의 핵 같은 것은 남아 있을지도 모른다.

아무튼 내 수중에 유품이 남아 있지 않았지만, 뭐, 괜찮겠지.

파울로에게 받은 것은 많으니까.

"자, 다음은 어머니 문제야."

나는 다시 제니스의 용태를 설명했다.

기억상실이며, 거의 껍질만 남은 상태라고.

"못 고쳐?"

실피의 질문에 나는 고개를 내저었다.

"모르겠어."

일단 앞으로 의사나 치유 술사에게도 보여줄 생각이지만, 기억상실을 고치는 치유 술사라는 이야기는 들어본 적이 없다.

생각해 보면 원인도 모른다. 마력결정 안에 갇혀서 기억상실. 산소결핍증과 비슷할지도 모른다. 확실히는 말할 수 없지만, 치료될 가능성은 낮을 것 같다.

뇌에 대미지가 갔다면 이 세계의 의료 기술로는 고칠 수 없다.

적어도 상급 치유 마술을 걸어도 제니스를 고칠 순 없었다. 만화 같은 데에서는 기억을 잃었을 때와 비슷한 충격을 주면 낫지만, 제니스에게 그런 짓을 할 수도 없다.

하지만 나았다고 해도 그게 정말로 좋은 일일까. 파울로는 제니스를 구하려다가 죽었다.

제니스는 스스로를 책망하겠지. 자기를 구하려고 하지만 않았으면 죽지 않았을 거라면서.

그럼 기억이 돌아오지 않는 편이 행복하지 않을까.

…아니, 그럴 리가 없다. 기억을 되살리는 노력은 해야 한다.

"아무튼 어머니에게는 치료, 그리고 간호가 필요해."

혹시 전생에서 양친이 돌아가시지 않고 나이를 먹어 드러누웠다면 나도 간호하게 되었을까.

"이 집에서 어머니와 함께 살 생각이야."

리랴는 처음에 내 생활에 방해가 되지 않도록 따로 방을 빌릴 생각이라고 말했다.

전이의 미궁을 공략한 돈이 있기 때문에 이 도시에서 10년 이상 살 수 있을 거라고.

하지만 나는 그 제안을 거절했다. 그런 건 안 된다. 죽은 파울로도 가만히 있지 않았겠지. 남은 가족들이 함께 돌봐야 한다.

"어머니를 돌보는 일은 리랴 씨에게 일임할 생각이지만, 다들 사소한 일을 거들어야 할 거야."

"알았어. 나도 열심히 할게."

실피는 그렇게 말하며 흔쾌히 승낙해 주었다.

그 외에도 반론은 없는 모양이었다. 나도 반론을 받아줄 생각은 없었다.

파울로는 죽어서도 제니스를 지키겠다고 말했다.

그 참뜻이 무엇이었는지는 지금으로선 알 수 없다. 하지만 나는 파울로가 죽어도 제니스를 지켜야만 한다.

뭐, 간호라고 해도 제니스는 알츠하이머에 걸린 게 아니다. 그냥 껍질만 남은 듯한 모습일 뿐이다. 리랴가 옆에 있으면 괜찮겠지. 물론 그러기 위해 필요한 것은 갖추어야만 하지만.

"저기, 그렇다면 어머님도 여기서 사시는 겁니까?"

그렇게 말한 것은 아이샤였다.

당혹스러운, 불안해하는 목소리였다.

"예. 아이샤, 루데우스 님의 신세를 질 생각입니다."

역시 아이샤에게 리랴는 부담되는 걸까.

리랴는 교육에 깐깐한 어머니였다. 그런 리랴에게서 해방된 아이샤는 매일이 즐거워보였다.

하지만 지금 그걸 불만으로 드러내는 건 문제 아닐까.

혹시 그런 말을 하게 된다면 따끔하게 야단을 쳐야 한다.

"일을 분담하게 될까요….."

"그건 나중에 이야기하죠. 나는 마님을 돌보는 일을 중심으로 할 생각이니까, 대부분의 일은 여전히 아이샤가 하게 될 거예요."

"…예."

아이샤는 불만을 말하지 않았다. 하지만 역시 자기 어머니가 거북한 걸까.

목소리는 딱딱하고 표정도 어둡다. 그 모습을 보고 끼어든 것은 노른이었다.

"저기, 아이샤."

노른은 아이샤의 어깨에 손을 올리고 속삭이듯이 말했다.

"우리, 눈치 볼 것, 없어."

아이샤는 그 말을 듣고 노른과 리랴, 그리고 나를 차례로 보았다.

리랴 또한 내 쪽을 보았다. 뭘 요구하는 건지는 모르겠다. 하지만 나는 일단 고개를 끄덕였다.

그러자 아이샤는 벌떡 일어나서 리랴를 껴안았다.

"어, 엄마…! 엄마가, 무사해서, 다, 다행이야!"

아이샤는 울면서 리랴의 배에 얼굴을 비볐다.

"돌아왔어요, 아이샤….."

리랴는 다정한 표정으로 딸의 머리를 쓰다듬었다.

그래. 그렇군. 아이샤도 속으로는 복잡했겠지.

그녀에게 리랴는 어머니다. 물론 파울로나 제니스가 무사하길 비는 마음도 있었겠지. 하지만 리랴가 무사하길 비는 마음은 남들보다 강했을 것이다. 그리고 실제로 리랴는 무사히 돌아왔는데. 그걸 솔직히 기뻐할 수 없는 상황이니까.

멍청한 생각을 한 나를 용서해 줘.

그 뒤에 자잘한 이야기를 하는 것으로 귀환 보고는 끝났다.

기스가 흑자로 끝난 수지 보고도 하였다.

막대한 돈이 모두의 손에 들어왔다고 해도 사람들의 얼굴은 밝지 않았다.

"자, 그럼 우리는 숙소라도 찾아볼까."

보고가 끝나는 동시에 기스가 일어섰다. 그 뒤를 따르듯이 탈핸드, 베라, 쉐라 등의 멤버가 일어섰다. 나는 황급히 그들을 붙잡았다.

"오늘은 여기서 자고 가도 괜찮은데요?"

"흥, 선배, 바보 같은 소리 마. 가족들이 모였는데 거기에 찬물을 끼얹을 만큼 눈치 없진 않다고."

기스의 말에 당연하다는 듯이 다른 세 명은 각자의 짐을 손에 들었다.

덜 마른 신발을 신고 겉옷을 걸쳤다.

"……."

결국 나는 현관에서 그들을 배웅하기로 했다.

담담히 그 자리를 뒤로 하려는 네 명을 붙잡듯이 말을 걸었다.

"여러분. 오랫동안 아버지를 도와주셔서 정말 감사합니다."

베라와 쉐라에게는 특히나 깊이 고개를 숙였다. 그녀들은 미리시온에 있을 적부터 파울로를 도와주었다. 나와는 별로 대화가 없었지만, 전이의 미궁에서는 서포트를 맡아서 바쁘게 움직여 주었다. 숨은 공로자다.

"아뇨, 저희야말로, 별로 힘이 못 되어서, 죄송합니다."

"파울로 단장의 무덤이 완성되거든 나중에 위치만이라도 알려주세요."

두 사람의 대답은 짧았다. 그녀들에게 파울로는 어떤 존재였을까.

수색단이 해산된 뒤에도 베가리트 대륙까지 따라갔다. 뭔가 특별한 감정이 있었을지도 모른다. 하지만 설령 그녀들이 파울로를 좋아했더라도 이미 끝난 일이다.

"앞으로 어떻게 하실 건가요?"

"겨울이 끝나거든 아슬라 왕국으로 돌아가겠습니다. 수색단 중에는 신세 졌던 사람도 있고요."

"그렇습니까, 몸조심히세요."

"예, 루데우스 씨도 앞으로 고생이겠지만 몸조심하세요."

그녀들은 마지막에 내게 다시 한번 고개를 숙인 뒤 눈 속으로 사라졌다.

수색단이라. 그러고 보니 파울로의 활동에 제니스의 친정이 자금 원조를 해 주었다는 이야기가 있었다. 제니스가 무사…하다곤 할 수 없지만, 발견했다고 전해야 한다. 닿을지는 알 수 없지만, 편지라도 몇 통 보내두도록 하자.

그런 생각을 하는데 기스가 어깨를 두드렸다.

"그럼 잘 있어, 선배."

"기스 씨, 탈핸드 씨."

"뭐야, 왜 그리 힘든 얼굴을 하고 있어."

"…여러분은 앞으로 어쩌실 건가요?"

그렇게 묻자, 기스는 벅벅 머리를 긁었다.

"우리도 아슬라까지 갈 생각이야. 베가리트에서 번 돈이나 마력부여품을 환금해야 하니까."

"전부 돈으로 바꿀 겁니까?"

"일부는 우리가 쓰겠지만, 대부분은 그렇지."

내 수중에도 마력부여품이 남아 있다. 감정했을 때에 어떤 효과를 가진 것인지 대충 들었지만, 대단한 건 별로 없어서 성냥 대신 쓰는 단검 정도였다. 일단 어딘가에 도움이 될지도 모르니까 지하 창고에 넣어두었고, 나중에 돈이 궁해지면 그때 팔면 된다고 생각한다. 어떤 황당한 효과가 있더라도 돈은 될 테니까.

다만 마력을 흡수하는 마석, 이건 별개다. 가능하면 시간이 있을 때에 연구하고 싶다.

또 비슷한 상대와 싸울 때에 아무것도 못 하고, 대처법도 모르면 또 같은 꼴이 나니까.

나로서는 아무것도 모를지 모르지만, 안 하는 것보단 낫겠지.

"뭣하면 선배 것도 아슬라까지 가져가서 팔아 줄까? 여기서 환금하는 것보다 훨씬 큰 돈이 될걸?"

아슬라 왕국은 물가가 비싸고, 아슬라 왕국의 화폐는 중앙대륙이라면 어지간한 곳에서 다 쓸 수 있다.

물건을 팔 거면 아슬라가 제일이다.

"그러고는 돌아오는 길에 도박으로 다 털어먹고 내뺄 생각입니까?"

"어, 어라, 아니, 선배의 돈에는 손 안 댈 거거든?"

기스는 그렇게 말하며 시선을 피했다. 혹시 정말로 나한테 물건을 받거든 도박을 할 생각이었을지도 모른다.

뭐, 하지만 이 녀석이 없었으면 전이의 미궁을 답파할 수 없었겠지.

그만큼 기스에게는 신세를 졌으니 별로 상관없다.

"농담이에요."

"뭐, 도박 자체는 하겠지만."

기스는 그렇게 말하더니 입꼬리를 들고 차갑게 웃었다.

"그 뒤에는?"

"계속 모험가지. 우리는 달리 재주도 없으니까."

"그렇습니까."

"뭐, 겨울이 끝날 때까지는 여기에 있을 테니까, 짬이 생기거든 술이라도 마시자. 좋은 암원숭이, 소개해 준댔지? 아, 아내도 자식도 있는 선배는 그런 가게에 가기 좀 그런가? 헤헤."

분명히 지금 바로 헤어지는 건 아니다.

하지만 기스라는 남자는 막상 여행을 떠날 때는 내게 인사도 않겠지. 훌쩍 사라질 게 틀림없다. 그러니까 이참에 확실히 인사를 마쳐둬야지.

"기스 씨…."

"선배. 아까부터 말투가 이상하다? 평소처럼 '어이, 신입'이라고 해야지."

"…왜 그렇게 신입에 집착합니까?"

그렇게 묻자 기스는 피식 웃었다.

"징크스야."

징크스. 그 말은 이유로 충분하니 않을텐데도, 내 마음에 와닿았다.

기스의 징크스라면 어쩔 수 없지.

"아무튼 두 사람 다, 지금까지 고마웠습니다."

"됐다, 됐어. 그럼 잘 있어, 선배."

내가 깊이 고개를 숙이자, 기스는 손을 흔들면서 걸어가기 시작했다.

"음, 자네에게 그런 말을 들을 것 없네. 꼭 들어야 한다면 파울로에게 들어야 하지. 즉, 우리에게는 인사 같은 건 필요 없단 소릴세.”

탈핸드도 묵직한 몸을 흔들면서 그렇게 말하더니 기스의 뒤를 따라 걷기 시작했다.

나는 그 두 사람의 뒷모습이 보이지 않게 될 때까지 계속 지켜보았다.

“남자들은 툭하면 멋진 척하고 싶어 하는군요.”

그 말에 고개를 돌리니 엘리나리제가 옆에 서 있었다.

내가 작별인사를 하는 사이에 실피와 뭔가 이야기를 나누었던 모양이다.

그 문제일까. 그 문제라면 내가 모든 것을 말해야만 한다고 사전에 말했을 텐데, 참견쟁이인 엘리나리제는 뭔가 먼저 손을 써준 걸지도 모르겠다.

솔직히 마음이 무거우니까 그 마음은 고맙다.

“자, 저는 크리프에게 가봐야겠어요. 이제 한계니까요.”

엘리나리제는 하복부를 쓸면서 그런 소리를 하였다. 그녀에게도 고생을 시켰다. 왕복하는 동안 총 세 번 정도 모르는 상대와 관계를 가졌다. 항상 있는 일이니까 괜찮다며 그녀는 웃었지만, 나로서는 웃을 수 없는 이야기였다.

“엘리나리제 씨에게도 신세 많이 졌습니다.”

그렇게 말하자 엘리나리제는 떨떠름한 얼굴을 하였다.

“…파울로의 일은 미안하게 됐어요.”

"아뇨, 그건 내…."

내 미스, 내 잘못. 그렇게 말하려고 했지만, 엘리나리제는 말을 이었다.

"그 파티에서 제 역할은 그렇게 되지 않도록 행동하는 것이었어요. 파울로가 죽은 건 제 미스이기도 해요."

그렇지 않을 것이다. 그 자리에 있었던 모두가 필사적으로 싸웠다.

히드라의 비장의 공격도 회피했다. 앞으로 딱 한 걸음, 조금만 더, 그런 상황에서 죽을 기세로 날뛰는 히드라가 그런 행동으로 나오리라고는 아무도 생각하지 않았다. 적어도 엘리나리제를 탓할 수 있는 것은 그녀 자신, 그리고 죽은 파울로뿐이겠지.

"나는 그렇게 생각하지 않습니다. 다들 그래요."

"그럼 자기 자신을 탓하면 안 돼요."

"…예."

"그럼 이만 가 볼게요!"

엘리나리제는 그렇게 말하더니 눈 속을 뛰어갔다. 그녀의 귀환 보고는 이제부터 시작이다.

"…휴우."

나는 긴 한숨을 내쉬었다. 하얀 숨결이 눈 속에서 사라졌다.

이걸로. 이걸로. 나에게 있어서 전이사건은 일단 끝을 맺은 게 되겠지.

행방불명되었던 가족은 전부 찾아냈다.

세상에는 아직 못 찾은 사람이 있을지도 모르지만, 내가 찾을 의리는 없다.

끝났다.

길고 괴로운, 그리고 쓰디쓴 결과였다.

하지만 여기서부터는 다음 전개다.

과거를 돌아보지 않고, 앞을 보며 살아가야만 한다.

이 세계에는 아직 내가 할 일도, 내가 하고 싶은 일도 남아 있으니까. 앞을 바라보자.

"루디. 다들 돌아갔습니까?"

돌아보니 록시가 뒤에 서 있었다.

"저도 그들과 조금 이야기를 하고 싶었습니다만….."

"당분간 이 도시에 있을 모양이니까 짬을 내서 만나면 되지 않을까 합니다."

"그렇군요."

록시는 눈 속을 걸어가지 않았다.

그녀는 유일하게 이 집에 남았다.

그 뒤에 숙소로 갈 것인지, 이 집의 주민이 될 것인지는 앞으로의 이야기에 달렸다.

"그럼 록시."

"예."

"가죠."

나는 집 안으로 돌아갔다. 작은 록시를 데리고.

제15화 수라장

다섯 명이 거실에 남아 있었다.

나와 실피와 노른과 아이샤와 록시.

또 아르마딜로인 지로가 행복한 얼굴로 난로 앞에 엎드려 있지만, 이건 숫자로 헤아리지 않아도 되겠지.

리랴는 제니스를 목욕시키고 있었다. 들어가기 전에 "괜찮겠습니까?"라고 물어오길래 고개를 끄덕여 주었다. 앞으로의 대화는 리랴의 도움을 받지 않고 끝내고 싶다.

노른은 자기 방으로 돌아가는 일 없이 여기에 남았다.

하지만 역시 괴로운 걸까. 아직도 코를 훌쩍이고 있었다. 노른은 파울로를 잘 따랐으니까 그 괴로움은 특히 크겠지.

"자, 마지막으로 할 이야기가 있어."

그렇게 말하자 세 사람은 의자에 고쳐 앉았다.

록시에게 눈짓을 하자, 그녀는 묵묵히 내 옆으로 다가왔다.

"……."

실피의 커다란 배가 앞으로 할 말을 주저하게 했다.

하지만 내게는 책임이 있다. 록시도 언젠가 이렇게 된다.

가령 실피가 안 된다고 말하면 그녀는 혼자 아이를 낳게 될까. 일단 약속은 했는데… 혹시 그렇다면 나로서는 지금 원조든 뭐든 할 생각이다.

"나는 여기 있는 록시를 둘째 아내로 맞아들일까 생각해."

"…예?"

당황한 목소리를 낸 것은 실피가 아니라 노른이었다.

그녀는 일어서더니 나와 록시를 교대로 보았다.

실피는 좀 놀란 눈치였다.

"무, 무슨 말씀인가요?!"

"순서대로 설명할게."

나는 베가리트 대륙에서 무슨 일이 있었는지를 설명했다.

파울로가 죽고 밑바닥이라고 할 만큼 완전히 힘을 잃은 것. 그것을 록시의 도움으로 극복한 것. 아무래도 나는 록시를 좋아한다는 것. 그리고 존경하는 그녀를 가족의 일원으로 맞아들이고 싶다는 것.

"실피를 배신할 생각은 없었지만, 결과적으로 약속을 깨뜨린 꼴이야. 미안해."

나는 무릎을 꿇었다. 바닥에는 융단이 깔려 있지만, 북방대륙의 겨울은 춥고 바닥은 차가웠다.

머리를 깊게 숙여서 바닥에 댔다.

"어, 어, 루디?"!

실피의 당황한 목소리가 들렸다.

"여전히 실피를 사랑해. 하지만 록시를 임신시켰을지도 몰

라. 책임을 져야 해."

"어, 응."

거듭해서 말할수록 내 말이 값싸게 들렸다.

하지만 본심이다. 실피는, 그녀는 곤란한 표정을 하고 있었다. 혼란스러워 하는 걸지도 모르겠다.

무리도 아니다. 나는 사랑한다, 반드시 돌아오겠다, 그렇게 말했다.

그런 상대가 엉망이 되어서 돌아왔다. 가족과 왼손을 잃고. 하지만 목숨은 무사하니까 그 사실을 기뻐하자고 생각했더니, 다른 여자를 아내로 들이고 싶다고 말했으니까.

나라면 소리치고 욕하고 규탄한다.

하지만 나는 무리라는 걸 알면서 말했다.

"실피. 용서해 줘."

"용서할 수 있을 리 없잖아요!"

노른이었다. 소리친 것은 실피가 아니라 노른이었다.

그녀는 성큼성큼 내게 다가오더니 멱살을 잡았다.

"실피 언니가 어떤 마음으로 오빠를 기다렸는지 알면서 하는 말인가요!"

"……."

"매일 루디는 괜찮을까, 루디를 만나고 싶어, 루디도 지금쯤 밥 먹고 있을까, 라고 하면서 외로운 얼굴을 하는 실피 언니의 얼굴과 목소리를 알면서 하는 말인가요!"

모른다.

모르지만, 상상은 간다. 나를 기다리는 실피의 얼굴. 외로워하는 실피의 목소리.

의자에 앉아 다리를 흔들면서 따분한 시간을 보내는 실피의 모습.

"아빠를 구할 수 없었던 건 어쩔 수 없다고 생각해요! 왼손을 잃을 만큼 힘들었으니까 어쩔 수 없다고! 그러니까 오빠에게 뭐라고 하는 건 아니라고 생각하지만, 하지만 여자를 안고 자기 것으로 만들 여유는 있었단 소린가요?!"

"아냐! 그럴 여유는 없었어. 록시는 여유가 없는 나를 자기 마음을 버리면서 도와주었어!"

"실피 언니도 그 자리에 있었으면 틀림없이 오빠를 도왔을 거예요!"

그랬겠지. 실피는 나를 도와주었다. 내 불능을 치료해 준 것도 실피다.

하지만 록시도 도와주었다.

나를 좋아하고, 내게 좋아하는 상대가 있다는 걸 알면서도, 자기를 버리겠다고 각오하고.

"노른. 너도 알 거야. 방에 틀어박혀서 어쩔 줄 모르던, 스스로도 틀렸다고 생각할 때의 마음을. 거기서 구해 준 상대를 어떻게 무시할 수가 있지?"

"알지만요! 오빠에게 감사하지만요! 그것과 이건 관계없어요! 아내를 둘이나 맞다니 미리스 님은 용서하지 않습니다!"

아, 그런가. 노른은 미리스 교도였나. 아니, 종교는 관계없지. 나는 잘못된 짓을 하려고 하는 거겠지. 억지를 부리며 도리를 굽히려고 한다.

"애초에 왜 이렇게 조그만 애인가요? 저랑 별로 다를 것도 없잖아요!"

노른은 록시를 노려보았다. 록시는 평소처럼 무표정하게 노른을 보았다. 록시 쪽이 키가 조금 크지만, 10센티미터 차이도 안 되겠지. 록시는 그 시선을 받고 무표정하게 말하였다.

"…작을지도 모릅니다만, 이래보여도 성인입니다."

뭘 어떻게 말하면 좋을지 모르겠다. 록시의 그런 마음이 엿보이는 듯한 떨리는 목소리였다.

하지만 그 말은 듣기에 따라서는 뻔뻔한 소리로도 들렸겠지. 노른은 격앙했다.

"성인이라면 뻔뻔하다고 생각하지 않습니까!"

"……."

"뻔뻔히 남의 집에 들어와서 잘못이라는 생각도 않습니까!"

"노른, 말이 심해. 록시를 아내로 들인다고 말한 건 나야. 록시는 나쁘지 않아. 그녀는 원래 그냥 물러나려고 했어."

나는 강한 어조로 반론했다.

하지만 노른은 내 쪽을 보지도 않고 록시를 몰아붙였다.

"오빠는 조용히 계세요! 애초에 물러난다고 했다면서 왜 끝

까지 그러려고 하지 않았나요! 결국 오빠의 말에 기댔을 뿐이
잖아요!"

나는 노른을 때릴까 했다.

하지만 내게 그럴 자격이 없다는 사실은 말할 것도 없다.

여기서 노른을 때리면 나는 진정한 의미로 망가질 것 같았다.

"……."

노른의 외침에 록시는 한동안 침묵했다. 여전히 무표정으로
고개 숙여 바닥을 보다가, 마지막에 고개를 들더니 노른을 향
해 고개를 숙였다.

"그렇군요. 뻔뻔합니다. 죄송합니다."

록시는 그렇게 말하며 일어서더니 느릿느릿 움직였다.

방구석에 놔둔 짐을 손에 들더니 모자를 쓰고, 서둘러서 그
자리를 뜨려고 했다.

나는 그걸 막을 수 없었다.

반대가 있을 것은 알고 있었다. 간단히 받아들여 줄 거라는
생각은 하지 않았다. 그래도 설득하면 어떻게든 된다고 생각
했다.

하지만 내 생각이 부족했다. 지금 상황. 록시에게 사정없이
쏟아지는 말. 그녀는 바늘방석처럼 느꼈겠지.

앞으로의 생활에서 그게 이어질지도 모른다. 그렇게 생각하
면 여기에 있자는 생각은 들지 않는다. 나도 도저히 못 버티고
나가려고 할 것이다.

록시가 불쾌한 마음을 품은 채로 여기를 떠나게 할 순 없다. 나는 그걸 바라지 않는다. 그녀에게는 보상을 해야만 한다. 이런 경험을 시키기 위해 여기로 데려온 게 아니다. 그녀를 행복하게 만들어 주기 위해 여기에 왔다.

그렇게 생각하는데 멈출 수 없었다. 붙들 수 없었다.

아니면, 어쩌면 나는 그녀를 행복하게 해 줄 수 없나?

아니, 생각해. 어쩌면 좋다. 어떻게 하면 노른을 설득할 수 있지?

떠오르지 않았다. 지금 당장이라도 록시가 나간다. 하다못해 붙잡아야 하는데.

그래. 예를 들어 노른을 때려서 그녀에게 미움을 사더라도.

"잠깐!"

그 목소리는 뒤쪽에서 들렸다.

"록시 씨. 기다려 주세요!"

실피였다. 그녀는 일어서서 바삐 록시에게 가더니 그 손을 잡았다.

돌아본 록시의 눈에는 굵은 눈물이 맺혀 있었다.

"왜 붙잡는 건가요, 실피 언니! 그냥 내버려두면 되잖아요!"

"노른, 잠깐만 조용히 해 주겠니?"

"예?"

"너 아까부터 말이 지나쳐. 나는 처음부터 싫다는 소리는 한마디도 안 했으니까."

실피가 그렇게 말하자, 노른은 놀라서 움직임을 멈추었다.

"앉아 주세요."

움직임을 멈춘 노른을 무시하고 실피는 록시를 소파에 앉혔다.

록시는 저항하지 않고 시키는 대로 소파에 앉았다. 실피 또한 바로 그 옆에 앉았다.

"조금 혼란스럽지만… 록시 씨는 루디를 도와준 거지?"

그렇게 묻자 록시는 조심조심 끄덕였다.

"…예. 하지만 흑심도 있었으니 변명을 할 생각은 없습니다."

"응, 루디는 멋지니까. 흑심이 없다고 하면 오히려 믿을 수 없어."

"……."

"내가 록시 씨의 입장이라도 역시 같은 짓을 할 거라고 생각해."

실피는 다정한 얼굴로 록시에게 웃어 주었다. 록시는 굳은 얼굴이었다.

실피는 웃으면서 말을 이었다.

"…솔직히 말이지. 나는 시간문제라고 생각했어."

"으음? 뭐가 말인가요?"

"루디가 다른 여자를 데려오는 것."

시간문제로, 내가 다른 여자를 데려온다.

…응? …어라? 혹시 나 신용이 없나?

"루디는 야하잖아? 그러니까 나랑은 못 하면 분명 누군가랑 할 거라고 생각했어. 내 때도 그랬지만, 루디는 성실하니까 저질렀으면 아내로 맞겠다고 말하겠고. 언제까지고 나 혼자서 루디를 독점할 수 있다고는 생각 안 했어."

하고 싶은 말은 있다. 하지만 실제로 이렇게 되었다. 내게 뭐라고 할 자격은 없다.

"솔직히 데려온다면 리니아나 프루세나, 나나호시 씨 정도라고 생각했는데."

"나나호시 씨 이외는 들은 적 없는 이름입니다."

"루디의 학교 친구야. 다들 가슴이 크고 섹시해."

나나호시는 딱히 섹시하지 않지만. 아니, 지금 그런 문제는 아무래도 좋은가.

"솔직히 들어보니 여행은 힘들었고, 아버님이 돌아가신 것도 있고, 그런 걸 까맣게 잊고 있었으니까 조금 당황했지만… 하지만 납득했어."

"뭘 말입니까?"

"록시 씨가 이 집에 온 뒤로 계속 불안한 얼굴로 루디를 보고 있으니까, 왠지 모르게 생각했어. 처음에는 파울로 씨가 죽었다고 전하는 걸 불안해하는 걸까 했는데, 그건 이것 때문이었구나 하고."

"……."

"록시 씨의 눈은 사랑하는 여자의 눈이었구나 하고."

사랑하는 여자. 그 말에 록시의 얼굴이 새빨갛게 변했다.

"죄송합니다. 불쾌한 모습을 보여서….."

록시는 새빨간 얼굴인 채로 고개를 숙였다.

아내가 볼 때 남편에게 연모의 눈길을 보내는 여자의 존재는 거슬리겠지.

그런 식으로 생각하는 게 훤히 보였다.

하지만 실피는 고개를 내저었다.

"불쾌하지 않았어."

"…하지만."

"뭐라고 하면 좋을까."

실피는 조금 생각하듯이 고개를 갸웃거린 뒤에 고개를 끄덕였다.

"있잖아, 록시 씨에 대해선 루디에게 항상 들었어."

"어떤 식으로?"

"내가 존경하는 마술사는 그 사람뿐이라고. 전이사건이 일어나기 전에도, 나와 결혼한 뒤에도, 같은 말을 했어."

"…그건 뭐라고 할까, 분에 겨운 말입니다."

"그러니까 조금 질투한 적도 있었어. 루디는 록시 씨의 이야기를 할 때면 아주 동경하는 눈을 하니까."

"……."

"록시 미굴디아라는 인물은 나 같은 것과 비교도 안 될 만큼 대단한 마술사구나 하고, 멋대로 생각했어."

"······."

"하지만 실제로 보고, 루디를 좋아할 뿐인 평범한 여자라고 생각하니, 질투 같은 건 사라졌어. 나도 똑같으니까."

실피는 그렇게 말하더니 록시의 모자를 벗기고 그 머리를 쓰다듬었다.

록시는 실피를 바라보면서, 그녀가 머리를 쓸도록 가만히 있었다.

그리고 실피는 계속해서 말했다.

"노른은 그렇게 말했지만, 나는 환영합니다."

록시의 얼굴이 경악으로 물들고, 내 턱도 경악으로 벌어졌다.

설마 실피가 이렇게 간단히 용서하리라고는 생각도 하지 않았다.

"실피에트··· 씨."

"실피면 돼. 사이좋게 지내자. 어어, 록시···?"

"저기, 일단 올해로 쉰 살이긴 합니다···."

"어, 그렇구나. 나보다 연상···. 미안, 그러고 보니 그랬지. 루디에게 들었을 뿐이지만 실제로 보니."

"전 조그마니까요."

"나도 크진 않아."

록시와 실피는 서로의 얼굴을 보고 손을 맞잡으며 함께 웃었다.

"같이 루디를 돕자, 록시."

"감사합니다. 실피."

두 사람은 그렇게 말하고 다시 악수했다. 기묘한 연대감이 느껴지는 악수였다.

그걸 보고 나는 후우 하고 숨을 내뱉었다. 괜찮은 모양이다. 그렇게 생각했기에 무의식 중에 한 행동이었다.

하지만 그런 내 동작을 보고 노른이 눈썹을 찌푸렸다.

"…실피 언니가 괜찮다면 저도 뭐라고 할 수 없지만요."

노른은 아직 납득하지 않은 기색이었다. 입술을 일그러뜨리며 불만스러운 얼굴로 우리를 노려보았다.

그녀에게는 또 경멸을 살지도 모르겠다.

하지만 실피는 그런 그녀를 부드럽게 다독였다.

"노른. 루디는 미리스 교도가 아니니까 용서해 줘."

"하지만."

"아버님도 아내가 둘이었잖아?"

"…분명히 그렇지만요."

"노른. 리랴 씨에게도 그렇게 말할래?"

노른은 놀란 얼굴로 자기 옆에 앉은 아이샤를 보았다.

아이샤는 차분한 얼굴로 계속 조용히 있었다.

"아…. 미안, 아이샤."

"아니, 별로. 노른 언니가 곧잘 생각 없이 말하는 건 알고 있으니까."

"…너무하잖아, 그런 말은!"

"아뇨, 아까도 노른 언니가 말했잖아. 실피 언니가 어쩌구저쩌구 그랬지만, 노른 언니가 자기 생각을 밀어붙인 것뿐이잖아."

"뭐!"

노른이 벌떡 일어났다. 주먹을 움켜쥔 것을 보고 나는 아이샤를 타일렀다.

"아이샤. 말이 심했어."

"하지만, 오빠."

"노른이 무슨 말을 하고 싶은 건지도 나는 알아. 실제로 실피가 그런 말을 해도 이상하지 않은 상황이었어. 상대의 마음을 생각하지 않는다는 의미로는 나도 똑같아. 노른을 뭐라고 하지 마."

"뭐, 오빠가 그렇게 말한다면…."

"……."

노른은 복잡한 표정을 했다. 뭐라고 하면 좋을지 모르겠다는 얼굴이다.

그리고 아무래도 가만히 있을 수 없어졌겠지.

"자러 갈게요."

그녀는 서둘러서 거실에서 나가려고 했다.

하지만 뭔가 떠오른 게 있는 것처럼 멈춰 서서 나를 보았다. 그리고 말했다.

"저기, 오빠…."

"음?"

마지막에 뭔가 아픈 소리가 나오려나.

"다음에 검술을 좀 가르쳐 주실 수 있나요?"

그렇게 생각했는데, 노른의 입에서 나온 것은 그런 말이었다.

"엉?"

순간 갑작스러운 그 말의 의미를 알 수 없었다.

검술. 파울로의 검을 쓰려는 걸까.

어중간한 호신술로는 오히려 위험해질 것 같기도 하다.

하지만 여기는 이런 세계다. 검술을 배워두는 편이 좋겠다. 작은 힘이라도 없는 것보다는 나으니까. 문제는 내가 교사로서 도움이 될까 하는 점이다.

"나로 괜찮을까?"

"오빠가 한 일, 아직 납득할 수 없지만, 그래도 오빠를 싫어 하지 않으니까요."

"…응."

어중간하게 건드려본 정도의 내가 검술 스승으로 괜찮을까, 하는 의미였는데.

하지만 싫어하지 않는다고 하니 거절할 수 없군.

"알았어. 학교 방과 후에라도 시간을 만들지."

"부탁하겠습니다."

노른은 그렇게 말하더니 자기 방으로 올라갔다.

"……."

결국 나는 아무것도 할 수 없었군. 실피의 도량 덕분에 살았다.

"오빠는 말이지."

그때 아이샤가 툭 말했다.

"지금 아주 한심하거든?"

돌려줄 말도 없어서 나는 고개를 숙였다.

그 뒤로 셋이서 앞으로의 일에 대해서 이야기했다.

밤에 함께 자는 순서라든가, 매달려도 되는 시간이라든가. 그런 적나라한 이야기도 섞인 탓인지 아이샤는 물러갔다.

"그럼 록시 씨, 내일부터 잘 부탁합니다."

"예. 이쪽이야말로."

물러날 때 아이샤는 뚱하면서도 조금 기쁜 눈치였다. 왜일까.

뭐, 됐어. 실피와 록시. 그리고 나는 셋이서 앞으로의 일에 대해서 이야기했다.

파울로가 죽은 뒤에 대체 무슨 짓이냐고 할지도 모른다.

하지만 이럴 때니까 밝은 화제가 필요했다.

"기본적으로 루디는 실피를 정처로 대해 주세요. 저는 한가할 때에 잠깐 신경써 준다는 느낌이면 됩니다."

"안 돼. 평등하게 해야지."

"하지만."

"더 늘어날지도 모르니까 정정당당하게 하자."

더 늘어난다. 그런 단어에서 실피가 나의 하반신을 신뢰하지 않는다는 게 엿보였다.

"솔직히 한동안은 실피에 대한 미안함이 클 테니까, 아이가 태어날 때까지 저는 얌전히 있겠습니다."

"그래…. 출산까지 앞으로 한 달 정도라고 했으니까, 그때까지는 내가 루디를 독점할 건데 괜찮아?"

"괜찮습니다. 그럼 정식으로 아내가 되는 건 한 달 뒤, 라는 걸로 하죠."

"……."

여기서 한 달 금욕 생활이라고 아쉽게 생각하니까 나는 글렀 겠지.

하지만 한 달 뒤에 실피가 출산하고 둘을 마음껏 안을 수 있다고 생각하니. 왠지 벌써부터 하반신이 힘을 내기 시작한다.

"……."

"……."

그런 망상을 부풀릴 때 두 사람의 시선이 이쪽을 향했다.

"어어, 루디. 도저히 못 참을 때는 말해. 어떻게든 할 테니까."

"아니, 혼자서 어떻게 할게."

아무리 나라도 이런 상황에서 또 바람을 피우진 않는다.

루데우스 그레이랫은 성욕적 동요로 인한 미스가 없다고 생각하자.

록시에게 쏠려갔을 때는 그런 상황인데다가 상대가 록시였기 때문이다. 그만큼 침울해지고 록시급의 여성이 나타나지 않는 한 문제없다. 나는 더 이상 바람을 피우지 않는다.

절대로, 절대로 말이다.

"아, 하지만 록시도 임신했잖아? 그러면 한 달 뒤가 되면 못 해. 어쩐다."

실피의 말에 록시는 미안하다는 얼굴을 했다.

"저기, 방금 전의 루디의 발언이라면 루디의 거짓말이라고 생각합니다. 말을 꺼낼 타이밍을 놓쳤습니다만, 저는 아직 임신하지 않았습니다."

"…어?"

하지 않았다. 그럼 안 왔다고 말했던 건?

"…아하."

엘리나리제에게 속은 건가. 그 녀석, 젠장.

손바닥 위에서 놀아난 기분이다.

"왜 그러나요, 루디?"

"아니, 그건 거짓말이 아니라 내 착각이었습니다."

"그런가요."

록시는 뺨을 긁적거리더니 얼굴을 붉히고 말했다.

"하지만 언젠가 부탁합니다."

"아, 예. 이쪽이야말로."

밝은 가족계획이란 말이 떠올라서 얼굴이 풀어졌다.

아아, 벌써부터 기대되는구나.

"루디는 저질이야."

"그래, 나는 저질이야, 실피."

"그런 야한 루디에게 저는 무슨 짓을 당하는 걸까요."

그런 이야기를 하면서 우리는 웃었다.

이렇게 내게 두 번째 아내가 생겼다.

그 뒤에 목욕을 마치고 나온 리랴와 제니스에게 방을 준비해 주고 잠자리에 들었다.

방금 전의 규정대로 밤에는 실피와 함께 잔다. 나는 실피에게 팔베개를 해 주고, 실피는 나를 향해 돌아누웠다.

하지만 아직 잠들진 않았다. 나와 시선을 주고받으며 서로 말이 없었다.

"아까 이야기 말인데."

먼저 입을 연 것은 실피였다.

"루디가 중요한 이야기가 있다고 하고 록시가 옆에 있었을 때. 난 아주 슬픈 상상을 했어."

"어떤?"

"더는 나를 사랑할 수 없으니까 나가라고, 그런 말을 할지도 모른다고."

"그런 소린 안 해."

대체 어떤 놈이 그런 소릴.

"응, 알고 있어."

실피는 조금씩 움직였다. 잃어버린 왼손 끝에 감각이 있었다. 실피가 어루만지고 있었다.

"하지만 역시 불안해. 왠지 루디가 내게서 없어질 것만 같고."

불길한 예감이란 걸까. 하지만 잘 생각해 보면 분명히 이번에는 위험했다.

어쩌면 죽었어도 이상하지 않았을지 모른다.

"불안하게 만들었나."

"응."

"착하지."

나는 오른손으로 실피의 머리를 쓰다듬었다. 실피는 눈을 가늘게 뜨며 그걸 받아들였다.

하얗고 예쁜 머리였다. 잘 보니 모르는 사이에 그녀의 머리가 조금 길었다.

"머리가 길었네."

"루디는 긴 머리가 좋다고 그랬으니까."

"나를 위해서?"

"응."

귀엽구나….

그녀는 계속 기다려 주었는데, 나는….

"미안, 실피. 내가 배신했구나."

"됐어. 그런 루디도 좋아하니까."

"하지만 난 실피가 그렇게 된다면 꼴사납게 울면서, 어떻게 배신할 수가 있냐고 소리칠 자신이 있어."

"후후후…. 나는 그런 짓 안 해. 루디 이외의 사람은 보지 않으니까."

실피는 그렇게 말하더니 얼굴을 가까이 해 내 뺨에 키스를 했다.

내 가슴 속에서 사랑스러움이 끓어올랐다. 나는 평생 실피를 사랑하자. 불안하면서도, 소리치고 싶으면서도, 불평 않고 나를 받아들여 준 실피를.

"실피."

"에헤헤."

나도 답례로 실피에게 키스를 했다. 포동포동하고 부드러운 실피의 뺨에.

"……."

평소였으면 이제부터 한 판 시작할 참이다.

하지만 오늘은 여기까지. 몸이 무거운 실피에게 무리를 하게 할 수는 없으니까.

그때 내 하복부를 만지는 감촉이 있었다.

"아, 안 돼, 실피. 지금 그런 데를 만지면 못 참게 돼. 임산부 플레이에는 흥미가 있지만…"

"아, 안 돼, 루디. 배 속의 애한테 문제가…."

"응?"

"어?"

아래쪽을 보니 실피의 커다란 배 옆에 똥똥하니 커다란 산이 있었다.

모포를 젖혀보니, 거기에는,

"지로…."

커다란 아르마딜로가 침대 밑에서 고개를 내밀고 있었다. 딱 나와 실피 사이에. 언제부터 들어와 있었을까. 전혀 몰랐군.

"남의 잠자리에 기어들다니 야한 녀석이네."

"루디 같아."

"아니, 나는…. 어쩔 수 없군. 오늘은 같이 잘까."

"응, 그래."

나는 일어나서 다른 모포를 꺼내 와 침대 옆에 지로를 위한 잠자리를 만들어 주었다. 지로는 그 위에 엎드려서 천천히 눈을 감았다. 겉보기로는 아르마딜로지만, 대형견 같은 느낌이로군.

조만간 이 녀석을 위한 집도 만들어 주어야겠어.

집에서 길러도 좋겠지만, 똥 같은 걸 싸면 귀찮고…. 아니, 그런 점도 개처럼 길들이면 될까.

뭐, 그런 건 또 가족들끼리 이야기할까.

"좋아, 잘까."

나는 실피의 오른편으로 파고들려다가 그만두었다.

왼편으로 들어가서 오른손으로 실피의 손을 쥐었다.

실피는 내 오른손을 꼭 붙잡아주었다.

"잘 자, 실피."

"응, 잘 자. 루디."

그리고 나는 진흙처럼 깊은 잠에 빠졌다.

제16화 무덤 앞에서

록시가 아내가 되고 며칠이 지났다.

무슨 불행이 있을까 하는 불안도 최근에는 서서히 흐려졌다.

불행은 없을 듯하지만, 제니스 쪽 문제는 아직 불안이 남아 있다.

제니스는 이 집에 있는 또 하나의 커다란 방에서 지내게 되었다.

예전 입주자가 죽은 방이니까 그만두는 편이 낫다고 리랴에게 말했지만, 제니스가 마음에 들어 해서 떠나려 하질 않았다. 리랴도 그걸 보고 신경 쓸 것 없다고 말했다.

뭐, 제니스를 간호할 거면 좁은 방보다 넓은 방이 좋겠지.

물론 제니스를 의사에게도 데려갔다. 아리엘의 소개로 라노아 왕국에서도 손꼽히는 명의에게. 하지만 이런 증상에는 짚이는 바가 없는 모양인지 치료법도 모르겠다고 두 손 들었다. 역시 이 세계의 의료기술로는 기억에 관한 증상에 무슨 수가 없는 모양이다.

치유 마술이 있기 때문인지 이 세계 의료에는 편차가 크다.

그렇긴 해도 기억상실자용 재활 메뉴 같은 걸 짜달라고 할 순 있었다. 고쳐질지는 모르지만, 손놓고 있는 것보다는 낫겠지. 기회가 있으면 기억을 되찾기 위한 마도구 같은 것을 찾아보는 것도 좋을지 모르겠다.

물론 그런 게 있을지는 알 수 없다.

장기적으로 보고 치료할 수밖에 없을지도 모른다.

미리스 신성국에 있는 제니스의 친정도 무슨 연락을 보낼지 모른다.

불안투성이다.

실피의 상태는 순조로웠다. 최근 배 속의 아이가 발로 찬다고 기쁜 듯이 나더러 배를 만지게 하였다.

하는 김에 임신의 영향으로 커진 가슴을 주물렀더니 꽤나 진지하게 화를 냈다.

세게 만지면 아프다는 모양이다.

만질 거면 부드럽게 하라는 부탁을 받았다. 그대로 넘어뜨리고 싶어지는 부탁이었다.

생각해 보면 과거의 나는 실피의 이런 유혹에 져서 몇 번이나 덮쳤다.

하지만 지금의 그녀는 임산부. 내 욕망을 드러낼 수 없다.

그렇긴 해도 만지고 싶은 건 만지고 싶다. 조심스럽게, 부드럽게 만졌다.

역시 임신하면 몸에 변화가 있는 모양이다. 익숙한 실피의 가슴이 아니었다.

내가 이렇게 만들었나 생각하니 뭐라고 할 수 없는 기분이었다. 이게 이른바 정복감이란 것일까. 아아, 실피는 내 것이다.

하지만 역시 왼손이 없으면 불편하군. 두 손으로 가슴을 만지던 그때가 그립다.

두 개밖에 없는 것에서 하나가 줄었으니까 만족감도 절반이다.

조금만 지나면 모유도 나올까. 맛을 보고 싶다고 말하면 화를 낼까.

경멸을 살까. 되든 안 되든 한 번 말해 보면 어떨까. 그만 두는 게 나을지도 모르지만, 한 번 정도는….

"루디는 내 가슴을 좋아해."

"그래, 실피의 가슴은 작지만 세계 제일이야."

"세계 제일…. 다른 여자한테 손을 댄 주제에?"

"죄, 죄, 죄송합니다."

"에헤헤, 화 안 났어."

그런 달콤한 대화를 하는 건 실피와의 관계도 양호하다는 것이겠지.

혹시 이게 전생의 일본이었으면 꽤나 문제도 있었겠지만.

여기는 이세계고, 실피에게는 이해심이 있다.

아내가 둘이든 셋이든 맞아도 내가 평등하게 사랑하면 된다.

또 한 명의 아내 록시. 그녀는 2층에 있는 작은 방 중 하나를 차지했다.

2층에서 제일 작은 방 중 하나다. 더 큰 방으로 하라고 말했지만, 좁은 방이 좋다는 모양이다. 나도 좁은 방은 싫지 않다.

록시는 마법대학의 교사가 되었다.

그때 그녀를 소개하는 김에 귀환 보고도 했는데, 그 이야기는 나중에 하자.

또 한 달 뒤. 눈발이 거센 날.

실피는 출산했다.

딱히 문제는 없는, 평범한 출산이었다.

역산도 아니고, 조산도 아니었다.

문제라면 눈발이 너무 세서 의사를 부르러 가는 게 늦었다는 정도.

전생이었으면 허둥거렸겠지만, 든든하게도 우리 집에는 리랴가 있었다.

산파 경험이 풍부한 그녀는 내가 부탁하지 않아도 아이샤를 데리고 척척 일해 주었다.

리랴는 아이샤에게 순서를 가르치듯이 하나하나 꼼꼼하게 처리하였다.

일단 무슨 일이 있을 경우를 대비하여 나와 록시가 옆에 붙어 있었다.

치유 마술을 쓸 수 있냐와 아니냐에 따라서 긴급사태에 대한 대응력이 다르니까.

그렇긴 해도 그때의 나는 크게 허둥거리고 있었다. 치유 마술 따위 머릿속에 없었다.

힘들어하는 실피의 손을 잡아주는 게 한계였다.

"지금 루데우스 님을 보고 있으면 마님의… 노른 님의 출산 때가 떠오릅니다."

리랴의 그 말에 나도 옛날 일을 떠올렸다.

노른은 역산이었고, 모녀가 모두 위험한 상태. 파울로는 도움이 안 되어서 안절부절못할 뿐이었다.

그때의 나는 냉정하게 움직였지만, 지금의 내가 그 꼴이다. 어렸을 적이 낫다는 건 이번 생이고 예전 생이고 다름이 없군.

"하지만 안심하세요, 루데우스 님. 실피 님은 괜찮습니다. 아무 걱정도 없습니다."

리랴는 그렇게 말하면서 담담히 작업을 하였다.

그 일처리는 반할 정도였다.

괜찮다는 말을 들어도 내 동요는 수그러들지 않았다. 실피의 손을 잡고 '시실피이' 같은 소리를 해 주거나 이마의 땀을 닦아 주는 정도밖에 할 수 없다.

실피는 힘든 얼굴을 하고 있었지만, 안절부절못하는 나를 보고 웃었다.

"어어…. 루디는 더 힘을 빼는 편이 좋은데?"

그 말에 아이샤가 웃음을 터뜨리고, 리랴가 아이샤의 머리를 쥐어박았다.

실피는 그걸 보고 또 웃었다.

"응?!"

분위기가 부드러워진 순간 파도가 왔다.

"실피에트 님. 자, 힘주세요."

"으음!"

실피가 애쓰는 것을 나는 조용히 지켜보았다. 입에서 나오는 것은 그저 힘내라는 말뿐이었다. 내가 뭔가 해야한다는 마음은 있었지만 아무것도 할 수 없었다.

리랴의 호령에 맞추어서 실피가 괴로운 얼굴을 하고….

태어났다.

아기는 무사히 이 세상에 태어나서 건강한 산성을 올렸다.

여자아이였다. 나와 같은 머리색깔의 귀여운 딸이었다.

그녀는 리랴의 손에 안겨서 실피에게 건네졌다. 실피는 아기를 안고 숨을 내뱉었다.

"다행이다…. 녹색 머리가 아니야."

조용히 중얼거린 그 말에 나는 실피의 머리를 쓰다듬었다.

실피의 예쁜 백발을. 원래는 녹색이었던 머리를.

"…그래."

나는 설령 태어난 아이의 머리가 녹색이더라도 실피에게 뭐라 할 생각 없었다.

당연하다. 내게 이 세상의 녹색이란 이 세상에서 제일 좋아하는 색깔이니까.

녹색은 실피의 색깔이고 루이젤드의 색깔이다. 록시의 머리 색깔도 빛에 따라서는 에메랄드그린으로 빛나 보인다. 좋아하는 색깔은 녹색이다.

녹색을 차별하려고 한다면 설령 세계라도 적으로 돌리겠다.

"수고했어, 실피."

"응."

하지만 내가 그런 마음이라도 이 세상은 그렇지 않다.

녹색 머리는 그것만으로도 금기다.

나와 같은 머리 색깔로 태어난 딸. 그 행운을 신에게 감사드릴 수밖에 없다.

물론 내게 있어서 신은 방구석에서 지팡이를 움켜쥐고 새파란 얼굴을 하고 있지만.

"자, 루디도 안아줘."

"응."

아기를 안았다. 뜨거울 정도의 체온에 시끄러울 정도의 울음소리. 작은 손에 작은 머리, 작은 입, 작은 코, 모든 것이 생명으로 가득했다.

이게 내 아이라고 생각하니 가슴 속에서 솟아오르는 게 있었다.

실피가 낳아준 내 아이.

"……."

눈물이 나왔다.

파울로는 죽었다.

하지만 아기는 태어났다.

그 녀석이 없었으면 나는 아이를 안을 수 없었다.

대신 파울로는 자기 아내도, 딸도, 손녀도, 안을 수 없었다.

이 자리에 없는 것을 파울로는 아쉬워할까.

아니면 내 덕분이라고 자랑스럽게 웃을까.

어찌 되었든 나는 살아야만 한다.

이 아이를 위해서라도 죽을 수 없다. 실피도, 가족도, 지켜야만 한다.

딸은 나와 실피의 머리글자를 따서 루시라는 이름을 붙였다.

루시 그레이랫이다.

아이샤는 안이한 이름이라고 웃다가 리랴에게 머리를 쥐어박혔다.

그렇긴 해도 딸이라서 다행이다.

혹시 아들이 태어났으면 파울로라고 이름을 붙였을지도 모르니까.

★　　★　　★

그 뒤에 리라에게 방에서 쫓겨났다.

여러모로 할 일이 있다니까 기다리고 있으라는 말이었다.

거실로 이동하여 소파에 앉았다.

옆에는 록시가 앉았다. 그녀도 지친 얼굴로 한숨을 내쉬었다.

록시는 나 이상으로 아무것도 하지 않았다. 아무리 봐도 정신적인 피로겠지.

"사람이 태어나는 순간이란 것을 처음으로 봤습니다. 대단하네요."

"나는… 몇 번째더라. 세 번째 정도가 되네요. 자기 자식이면 괜히 더 지치네요."

실피는 더 힘들겠지. 나중에 잔뜩 위로해 줘야겠다.

"저도 저렇게 태어났겠죠."

"뭐, 다들 그렇죠."

미굴드족의 생태에 대해서는 모르지만, 인간의 형태를 한 이상 그리 다르지 않겠지.

"…저도, 저렇게 낳게 될까요?"

록시를 보니, 조금 붉어진 얼굴로 날 올려다보고 있었다.

나는 신발을 벗고 소파 위에 정좌를 하였다.

"예, 잘 부탁드리게 되리라고 생각합니다."

실피의 아이가 태어났다는 소리는 록시와도 그런 생활이 시작된다.

솔직히 기대하고 있다. 실피와의 아이가 막 태어난 참인데.

나도 참 글러먹었다. 물론 나는 그런 스스로가 싫지 않다.

파울로도 그런 기분이었을지 모른다고 생각하니, 싫어할 수 없다.

앞으로가 기대된다. 그렇게 생각하고 웃자, 록시는 새빨간 얼굴을 하고 자기 몸을 껴안았다.

"루디, 아주 야한 얼굴을 하고 있습니다."

"선천적인 겁니다."

그래, 선천적이다. 나는 태어났을 때부터 이랬다.

어쩌면 태어나기 전부터.

"……."

아, 그렇지.

록시와 그런 생활에 들어가기 전에 아이가 태어났다고 보고해야 한다.

다음날. 나는 혼자서 교외의 자그만 언덕에 있는 귀족용 묘지로 향했다.

파울로의 묘다.

파울로는 귀족들과 함께 있는 게 싫다고 할지도 모르지만,

공중 묘보다 관리가 좋다. 참으라고 해야지.

나는 눈 속의 라노아식 둥근 묘비 앞에 섰다. 파울로의 종교가 뭐였는지는 모른다. 신 따윈 안 믿었던 것 같다. 설령 뭔가 잘못되었다고 해도 종파 같은 걸 신경 쓸 남자도 아니니까 용서해 주겠지.

사실 묘는 아슬라 왕국의 부에나 마을이 있던 곳에 만드는 게 좋았을지도 모른다. 이 땅은 파울로와 아무런 연관도 없다.

하지만 내 집에서 너무 먼 곳에 만들면 묘를 찾아갈 수 없으니까.

이 위치는 파울로와 같은 파티였던 이들에게도 전했다.

일단 모두 함께 한 번 성묘를 왔다.

그때는 각자가 파울로가 좋아할 만한 것을 가져왔다.

술이나 단검. 기스나 탈핸드는 묘 앞에 성대하게 술판을 벌이다가 묘지기에게 꾸지람을 들었다.

나는 오는 길에 사온 술병을 옆구리에 끼고 파울로의 묘를 청소했다.

묘비 위에 쌓인 눈을 치우고, 가져온 천으로 묘비를 닦았다. 여기에 오는 길은 눈으로 막혀 있었지만, 묘지 자체는 묘지기가 어느 정도 눈을 치웠으니까 그리 힘들지 않았다.

청소를 하고 술병을 묘 앞에 두고, 한손만으로 빌었다.

꽃이라도 사올까 했는데, 팔지 않았다. 여기 북방대륙에서는 겨울에 꽃을 손에 넣기 힘들다.

뭐, 꽃을 사랑하는 취미를 가진 남자는 아닌가.

"파울로… 아버지. 어제 자식이 태어났어요. 딸이에요. 실피의 딸이니까 분명 미인이 되겠죠."

나는 묘 앞에 앉아서 파울로에게 그렇게 보고했다.

"아버지에게 보여주고 싶었는데."

파울로가 루시를 보면 분명 떠들고 소리치고, 제니스에게 한소리 들을 때까지 떠들겠지.

축하라면서 나와 함께 술을 마시고 완전히 취해선 리랴에게 성희롱을 하다가 제니스에게 한숨을 산다.

그런 광경까지 훤히 눈앞에 떠오르는 듯했다.

파울로가 무사히 살아 있고, 제니스가 기억상실에 걸리지 않았다면의 이야기지만.

"록시 선생님을 아내로 맞았어요. 아내가 둘. 아버지랑 똑같네요. 이럴 때의 마음가짐 같은 걸 좀 듣고 싶었는데."

생각해 보면 그때. 그 미궁에서 파울로가 내게 말하려던 것은 그런 것이었을까. 록시가 나를 좋아한다는 사실을 알고, 나도 록시를 좋아한다는 사실을 알고, 아내를 둘 두는 일의 마음가짐을 가르쳐 주려고 했을까.

"아버지랑 달리 갑자기 딸이 둘인 건 아니지만, 언젠가 록시도 임신해서 내 아이를 낳겠죠. 그건 아직 미래의 일이지만, 노른이나 아이샤처럼 건강하게 자라주면 좋겠네요."

리랴의 교육이 나쁘다고 말할 생각은 없지만, 내 아이는 어디까지나 평등하게 자랐으면 좋겠다. 마족과의 혼혈이라는 말을 듣고 이상하게 비뚤어지지 않도록.

"실피는 앞으로 아내가 더 늘어나리라고 생각하나 봐요. 나는 그럴 생각이 없지만, 두 번 있는 일은 세 번 있다고 그러고. 그렇게 될지도 모르죠⋯."

파울로는 길레느나 엘리나리제, 베라 등과 결혼할 생각을 하지 않았을까. 길레느와는 육체적인 관계가 있었던 모양이고, 한 번 정도는 생각했을 것 같은데.

뭐, 그런 점에 대해서 파울로는 나보다 생각이 느슨했으니, 생각도 하지 않았을지도 모른다.

"나도 너무 어렵게 생각하지 않는 게 좋을까요."

묘비를 향해 그렇게 묻자, 장난스럽게 웃는 파울로의 얼굴이 보인 듯하였다.

얼굴뿐이지, 파울로의 말은 들리지 않았다.

하지만 파울로도 아무 생각 없었던 건 아니겠지.

녀석은 분명 고뇌했을 거다.

그도 그렇지. 생각 없이 사는 녀석은 그리 없다.

"⋯아버지, 난 한심한 아들이었죠. 전생의 기억을 가지고 있어서 아버지를 제대로 사랑하지 않았어요."

나는 그렇게 말하고 일어섰다. 술병을 손에 들고 한 모금 마셨다.

타듯이 뜨거운 화주의 맛을 목으로 느낀 뒤에 묘에 꿀렁꿀렁

부었다.

"하지만 지금은 분명히 당신의 아들이니까요."

술에 빠져서 실패했던 파울로에게 술은 그리 좋은 것이 아니었을지도 모른다.

하지만 오늘은 괜찮겠지. 탄생 축하의 술이니까.

"난 이제야 알았어요. 내가 아직 어린애였다고. 전생의 기억으로 어른인 척했을 뿐인 애송이였다고."

마시고, 붓고, 마시고, 붓고, 금방 술병이 비었다.

"아이도 태어나서 아버지가 되었고, 얼른 어른이 되어야 한다고 생각하는데. 분명 더 많은 실패를 하고 많은 고민을 하면서 조금씩, 천천히 변하지 않으면 어른이 될 수 없겠죠. 하지만 아버지도 그랬으니 나도 열심히 할게요."

나는 술병을 닫고 묘 앞에 두었다.

"그럼 또 올게요. 다음에는 모두를 데리고."

나는 그렇게 말하고 파울로의 묘에 등을 돌렸다.

많은 일이 정리되었다.

힘든 일도 있었고, 기쁜 일도 있었다. 커다란 실패도 거듭하였다.

하지만 끝이 아니다. 아무리 실패해도, 실수해도, 끝이 아니다.

나는 계속 이 세계에서 살아간다. 살아가는 것이다.

언제 죽어도 후회하지 않도록.

열심히.

12권 끝

무직전생 ~ 이세계에 갔으면 최선을 다한다 ~ 12

2018년 1월 7일 초판 발행
2023년 12월 10일 7쇄 발행

저자	리후진 나 마고노테
일러스트	시로타카
옮긴이	한신남

발행인	정동훈
편집인	여영아
편집 팀장	황정아
편집	노혜림

발행처	(주)학산문화사
등록	1995년 7월 1일
등록번호	제3-632호
주소	서울특별시 동작구 상도로 282 학산빌딩
편집부	02-828-8838
영업부	02-828-8986

ISBN 979-11-256-9986-6 04830
ISBN 979-11-256-0603-1 (세트)

값 9,000원